戲非戲74

戰國縱橫

戰國縱橫

卷八——風雷相薄

寒川子 著

高寶書版集團

戲非戲　DN074

戰國縱橫　卷八：風雷相薄

作　　者：寒川子
總 編 輯：林秀禎
編　　輯：李國祥
出 版 者：英屬維京群島商高寶國際有限公司台灣分公司
Global Group Holdings, Ltd.
地　　址：台北市內湖區洲子街88號3樓
網　　址：gobooks.com.tw
電　　話：(02) 27992788
E-mail：readers@gobooks.com.tw（讀者服務部）
pr@gobooks.com.tw（公關諮詢部）
電　　傳：出版部(02) 27990909　行銷部（02）27993088
郵政劃撥：19394552
戶　　名：英屬維京群島商高寶國際有限公司台灣分公司
發　　行：希代多媒體書版股份有限公司/Printed in Taiwan
初版日期：2009年10月

國家圖書館出版品預行編目資料

戰國縱橫. 卷八：風雷相薄 / 寒川子著. -- 初版. -- 臺北市：高寶國際出版：希代多媒體發行, 2009.10
面；公分. --（戲非戲；74）

ISBN 978-986-185-360-4（平裝）

857.7　　98016219

・目錄・

【第三十六章】

倡合縱蘇秦首捧印
巧設套陳軫陷張儀

蘇秦與子之步出宮門，一乘駟馬戰車早在恭候。御者放好墊腳凳子，候立於側。子之朝蘇子拱手道：「在下奉旨與蘇子共商大事，此處嘈雜，在下誠意邀請蘇子前往一處偏靜地方暢敘，望蘇子賞光！」

「恭敬不如從命！」蘇秦拱手回禮。

「蘇子請！」子之退至一側，手指軺車，禮讓道。

「將軍先請！」蘇秦回讓。

子之微微一笑，攜蘇秦之手同登車乘，御者揚鞭催馬，馳過宮前大街，閃過一個又一個高門大宅，在一處極為偏僻的私宅前停下。子之先一步跳下來，擺好腳凳，親手扶蘇秦下車，轉對御者道：「請大公子來，就說有貴客！」

御者也不答話，轉過車身，揚鞭一揮，一溜煙似地馳走了。

蘇秦打眼一看，面前竟是一處極普通的農家宅院，草舍土牆，既無門樓，也無門房，更無門人。院門處的一扇柴扉倒是精緻，一條淺黃色的獅子狗隔著那柴扉搖尾狂吠，看牠的那股興奮勁，顯然不是如臨大敵。聽到吠聲，草舍的房門吱呀一聲打開，一個四、五歲大的女孩子小跑出來，看到蘇秦，忙又縮回去，躲在門後，露出一隻圓圓的小腦袋向他們張望。不一會兒，一個年輕貌美的胡服女子急步走出，張口欲叫，見有外人，面色緋紅，用手捣住嘴唇，款款幾步，近前挪開柴扉，謙卑地退至一側，躬身候立。女孩子也跟出來，怯怯地站在女子身後。

柴扉一打開，急不可待的小狗就躍撲上來，衝子之好一番親熱。子之彎腰安撫牠幾下，對蘇秦拱手道：「蘇子，請！」

這兒既不像農家，又不像客棧，更不像茶館。蘇秦思忖有頃，仍舊看不出個所以然來，指著柴扉道：「將軍，這是……」

子之卻不解釋，伸手道：「此處偏靜，可以敘話！蘇子，請！」

蘇秦不無狐疑地走進屋子，環顧四周，見裡面是一處三進宅院，雖不奢華，收拾得卻是整潔，一應物什應有盡有。二人走至上房，在大客廳中分別坐下，只將主位空著。不一會兒，胡服女子端上茶水，順手拉上女孩子，趕至灶房燒菜煮酒去了。

蘇秦心中正自嘀咕，外面車馬再響。子之忙朝蘇秦道：「快，大公子來了！」

蘇秦不知大公子是誰，急與子之起身迎出，未及院門，公子噲已從車上躍下，疾走過來。子之迎上去，呵呵笑道：「公子來得好快喲！」

姬噲亦笑一聲：「將軍這兒難得客來，今有貴客，姬噲自是不敢怠慢了！」望向蘇秦，「將軍，這位可是貴客？」

「正是！」子之手指蘇秦，對姬噲道，「來來來，末將介紹一下，這位是聞名列國的洛陽士子蘇秦！」指著姬噲，轉對蘇秦，「這位是公子噲，當今殿下的長公子！」

聽到是殿下的長公子，蘇秦跪地欲拜，被公子噲一把扯起：「蘇子免禮！」蘇秦只好改拜為揖，拱手道：「洛陽蘇秦見過長公子！」

姬噲亦回一揖：「姬噲見過蘇子！」

三人回至客廳，姬噲也不推讓，坐於主位，子之、蘇秦於左右分別坐下。姬噲笑對蘇秦道：「蘇子好面子，將軍此處，非一般人所能登門哩！」

「哦？」蘇秦將周圍的簡陋陳設掃了一眼，佯作一笑，「敢問公子，都是何人能登此門？」

姬噲又是一笑：「據噲所知，在此燕地，能登此門的迄今為止共是二人，一是本公子姬噲，再一個就是你蘇子！」

蘇秦大是驚訝：「此又為何？」

「因為這是將軍的私宅！」姬噲呵呵一笑，「將軍有個怪癖，從不將他人帶至家中，除非是知己！」

蘇秦大吃一驚，扭頭望著子之，似是不可置信：「將軍的私宅？」

子之微微一笑，點了點頭：「正是在下寒舍！」

「那……」蘇秦猛然想起什麼，「方才那女子……」

「是賤內。那個孩子是膝下小女！」

「蘇子有所不知，」見蘇秦一臉驚愕之狀，姬噲笑著插進來，「將軍夫人可不是尋常人物，出嫁之前，是東胡大王的掌上明珠呢！」

「是胡人的公主！」蘇秦又是一怔，「公主情願住在這個草舍裡？」

「沒辦法喲！」子之攤開兩手，半開玩笑道，「誰讓她嫁給子之這個窮光蛋呀！」

蘇秦肅然起敬，喟然嘆道：「大將軍身為燕室貴胄，更在朝中位極人臣，生活起居竟還如此儉樸，若非在下親眼所見，萬難相信！」

「是在下露醜了，」子之微微抱拳，不無抱歉地說，「家室寒磣，是以少有外人光顧。今在宮中聞聽蘇子高論，在下斷知蘇子不是外人，方才冒膽帶蘇子前來！」

「唉，」蘇秦搖頭嘆道，「不是將軍露醜，是蘇秦見笑了！不瞞將軍，蘇秦遊走列國，見過不少達官顯貴，無一不是錦衣玉食，高門重院，以大將軍之貴之尊，竟然保有如此品性，實出在下意料！」

「唉，」子之這也斂起笑容，喟然嘆道，「在下也是血肉之軀，何嘗不樂於錦衣玉食？可……」眼睛望著地上，黯然神傷，「蘇子有所不知，燕國地處貧寒，災害頻仍，民生疾苦，度日艱難，許多人家甚至隔夜無糧，子之每每見之，心痛如割。不瞞蘇子，比起平民百姓來，在下有此生活，已夠奢華了！」

姬噲大概也是第一次聽聞子之吐露心跡，大是震撼，當即斂起笑容，垂頭自思。蘇秦亦是肅然起敬，抱拳揖道：「將軍能以百姓疾苦為念，實乃燕人之福啊！」

「比起蘇子來，」子之亦還一禮，「在下實在慚愧！在下所念不過是燕人疾苦，蘇子所念卻是天下福祉。一個是燕人，一個是天下，兩相比較，在下心胸小蘇子多了！」

「是將軍高看蘇秦了！蘇秦不過是空口誇談，將軍卻是從實在做起！有將軍在，合縱有望，百姓有望，天下有望啊！」

「謝蘇子誇獎！」子之抱拳謝過蘇秦，將頭轉向姬噲，「公子，咱們還是談正事吧！」

姬噲正在冥想，聞聲打個驚愣，抬眼望向子之，似是不知所云。

子之笑道：「是這樣，末將邀請公子來，是想與蘇子共議燕國長策！」

「公子請講！」

「這個不難！」姬噲點了點頭，「不過，將軍須先應下姬噲一事！」

「姬噲有意與將軍為鄰，在此搭建一處草舍，大小、陳設就與將軍的一般無二，不知將軍意下如何？」姬噲極其誠摯地望著子之。

「這……」倒是子之感到驚異了。

「怎麼？」姬噲急了，「難道將軍不願與姬噲為鄰？」

「不不不，」子之急急辯白，「是末將受寵若驚！」

「這麼說，將軍肯了！」姬噲喜逐顏開。

「肯肯肯！」子之連聲說道，「待末將忙過眼前這一陣，就去安排匠人動工搭建！」

「好！」姬噲轉對蘇秦，「蘇子，可以議事了！」

蘇秦正欲回話，外面傳來腳步聲，子之夫人備好肴酒，親自端上。三人一邊飲酒，一邊敘談，竟是越談越投機緣，不知不覺中，天已大黑。子之吩咐掌燈再敘，三人一直聊至天明，遠遠聽到上朝鐘聲，才把話頭頓住。

早有車輛候在門外。三人洗梳已畢，趕至宮中。燕文公當殿頒旨，晉封蘇秦為客卿，賜官服兩套，府宅一處，駟馬軺車一乘，金三百，奴僕十五人。想到子之尚住土屋草舍，東胡君上的公主竟無一名侍女，蘇秦大是汗顏，再三叩辭，文公只不准許，傳旨散朝。

眾臣散去，燕文公獨留蘇秦前往書房，復議天下大勢及合縱方略。君臣二人談至午後申時，蘇秦見文公已現倦容，作禮告退。剛出殿門，又有老內臣候在外面，引他前去驗看君上新賜的宅院。

這是一處高門大院，是前司徒季府，位於達官顯貴集中居住的宮前街的最中間，在豪門裡也算顯要。季韋仙逝之後，季青將家人盡數遣散，順手將房產及所有物什轉讓於先父的下屬兼好友雷澤。前幾日武成君攻城，雷澤一家內應，事洩之後，男丁盡死於東城門下，女人尚未自盡的，盡數充為官奴，家產也被盡數抄沒，府宅也賜予蘇秦了。

老內臣與蘇秦步入院中，老內臣派來的家宰聽到聲響，打聲口哨，院中立即轉出六男八女十四個臣僕，加上家宰，剛好一十五人，齊刷刷地跪在地上。

老內臣使人抬上兩只箱子，一箱是官服，另一箱是三百金，全部打開來，讓蘇秦驗看。

是的，橫在面前的就是富貴，是他曾經追求過那麼多年的富貴！富貴說來就來，來得又是如此簡單明捷！

蘇秦望著兩只箱子，望著跪倒在地的十五個臣僕，望著這一大片極盡奢華的房舍和後花園，簡直就像在做夢一樣，甚至沒有聽到老內臣都在對眾臣僕吩咐什麼，只感到他

在大聲訓話，眾臣僕在不斷叩頭，然後就是老內臣朝他拱手作別，轉身離去。

蘇秦本能地送出府門，在門口又站一時，返回院中，見家宰與眾臣僕仍舊跪在地上，大是惶急，擺手道：「快，快起來，你們老是跪著幹什麼？」

家宰謝過恩，朝眾臣僕道：「主公發話了，大家起來吧！從今日起，大家各司職分，侍奉好主公。有誰膽敢偷懶，家法伺候！」

眾臣僕謝過恩，家宰指揮幾個力大的將兩只箱子抬回屋中，過來候命。蘇秦在廳中盤腿靜坐有頃，陡然想起什麼，對候在身邊的家宰道：「帶上金子，備車！」

「請問主公，帶多少金子為宜？」家宰看出主人新貴，還不太適應，稍作遲疑，小心翼翼地補問一句。

「隨便吧。」蘇秦順口應道。

「這……」家宰面現為難之色，微微皺眉。

蘇秦從袖中摸出一只袋子，遞給家宰：「那就數一數袋裡的銅板，一枚銅板，一枚金幣！」

家宰應聲喏，雙手接過錢袋，轉身去了。不一會兒，家宰返回來，身後跟著兩個年輕的女僕，各捧一只托盤，上面是一套官服。

家宰哈腰道：「回稟主公，袋中共有一百枚銅板，小人已備百枚金幣，放在車中了！主公若是出行，請更衣！」

蘇秦看一眼嶄新的官服，再回看自身，兩相對照，身上所穿陳舊不堪，跡痕斑斑，與這高門大宅、駟馬軺車甚不匹配。比照一時，蘇秦苦笑一聲，搖頭笑道：「穿習慣了，還是不換為好，走吧！」話未說完，人已動身，走向院中。

家宰急跟上來，先一步趕至君上所賜的駟馬車前，放好墊腳凳，扶蘇秦上車，自己縱身躍上車前御者位置，回頭問道：「主公欲去何處？」

「老燕人客棧！」

天已近黑，四周茫茫蒼蒼。新官邸與老燕人客棧雖在同一條街，卻有一段距離。因戰亂剛過，蘇秦一路馳來，見到好幾戶人家均在舉喪，不時可聞悲悲切切的哭泣聲。眼見前面就是老燕人客棧，蘇秦擺手止住，跳下車來，對家宰道：「你在此處候著，我自己去！」

蘇秦緩步走入客棧，一進大門，大吃一驚，因為院中也在舉喪，中堂擺著一具黑漆棺木，堂後設著靈位，沒有哭聲，只有三個年輕人身著孝服跪在堂前。

蘇秦疾走幾步，趕至靈位前細看牌位，方知是老丈過世，一下子懵了，好半天才反應過來，朝靈位跪下，連拜幾拜，淚水湧出。

跪過一時，蘇秦起身走出，不一會兒，手提一只禮箱再次進來，拜過幾拜，從箱中摸出一枚又一枚金幣，擺出一個大大的品字。跪在一邊的小二大睜兩眼，不無驚異地傻望著那堆黃澄澄的金子，用肘輕推袁豹。

袁豹、壯士也挪過來，挨蘇秦跪下。

蘇秦含著淚水，轉對小二：「拿酒來，在下要與老丈對飲幾爵！」

小二抱來酒罈，袁豹拿出老丈的兩只銅爵，蘇秦斟滿，舉爵道：「老丈，在下與你對飲一爵，先乾為敬！」一口飲下，將另一爵灑在靈位前。

蘇秦自說自話，與老丈一人一爵，連乾三巡。袁豹用極其哀傷的聲音輕聲吟道：

燕山之木青兮，之子出征。燕山之木枯兮，胡不歸！

袁豹將這兩句古老的民謠反覆吟唱，蘇秦、壯士聽得淚水流淌，情不自禁地跟著吟唱起來：「燕山之木青兮，之子出征。燕山之木枯兮，胡不歸……」

不知唱有多久，蘇秦擦把淚水，轉頭問道：「袁將軍，老丈是怎麼走的？」

袁豹泣道：「聽仁兄說，是在東門戰死的！」

不待蘇秦詢問，壯士就將老丈赴難的前後過程細講一遍，不無感嘆地說：「在下遊走四方，見過不少豪傑志士，真令在下感動的，卻是老丈！」

「是的，」蘇秦點了點頭，「老丈是燕人，是老燕人！」有頃，轉向壯士，「前番見面，過於匆忙，在下還未問過壯士尊姓大名、家住何方呢！」

壯士抱拳道：「在下自幼父母雙亡，不知名姓，在趙地番吾長大，少年時遇異人傳授異術，能於三十步外飛刀鎖喉，番吾人叫我飛刀鄒，想是在下祖上姓鄒了。」

蘇秦驚問：「壯士遇的是何異人，還能憶起嗎？」

飛刀鄒沉思有頃，點頭道：「是個中年人，全身衣褐，武功高超，劍術甚是了得。他遇見在下時正值隆冬，在下衣著單薄，住在山神廟裡，全身冷得發抖。他先脫下身上衣服讓在下穿，又給在下吃的，後來傳授在下飛刀之術，講解兼愛，囑託在下行俠仗義，善待他人！」

聽到「兼愛」二字，蘇秦已是猜出八九，點頭道：「壯士所遇，想是墨家弟子了！他沒有說出自己名姓？」

壯士搖了搖頭：「他不肯說，只讓在下稱他先生。待在下學會飛刀，先生就走了。那時在下年紀尚幼，只知學藝，不會刨根問柢！」

「壯士又是如何遇到賈先生的？」

「不久前，在下在邯鄲街頭與搭檔表演飛刀鎖喉，得遇賈先生，對他甚是敬服。先生贈送在下一匹好馬，叫在下為蘇子送信，說是那信關係萬千人的生死存亡。在下二話沒說，當即飛馬趕來。」

「幸虧壯士來得及時！」蘇秦拱手謝道，「敢問壯士，今後可有打算？」

「還能有何打算？回邯鄲賣藝去！」

「賣藝只能換口飯吃，不是壯士所為！壯士難道不做其他考慮，譬如說，幹一番轟轟烈烈的人生大業？」

「轟轟烈烈？」飛刀鄒睜大眼睛望著蘇秦，「是何大業？」

「合縱！」

「何為合縱？」飛刀鄒、袁豹幾乎是不約而同地問道。

蘇秦緩緩解釋道：「這麼說吧，合縱就是制止征伐，就是讓眾生和解，就是善待他人，行兼愛大道！」

看到面前整齊擺放的一百枚金幣，飛刀鄒已知蘇秦得到燕公重用，朗聲說道：「在下願意跟從蘇子，行合縱大業！」

「蘇先生，」袁豹遲疑一下，輕聲問道，「在下能否加入？」

「袁將軍，」蘇秦頗為驚訝地望著他，「殿下那兒做何交代？」

「殿下……」袁豹的眼中滾出淚花，「殿下已經革除在下軍職，趕走在下了！」

蘇秦思索有頃，點了點頭：「將軍願意跟從在下，再好不過了。待葬過令尊，你可與鄒兄一道，前往在下府上，咱們兄弟三人結成一心，鼎力合縱！」

袁豹拿袖抹去淚水：「謝先生收留！」

* * *

燕人剛剛走出武陽之亂的陰霾，就有好事尋上門來。在一個風和日麗的午後，由數

十輛車馬組成的趙國問聘使團從南城門絡繹馳入薊城，在燕人的夾道歡迎下入住燕宮前面不遠處的列國館驛。

翌日晨起，趙肅侯特使樓緩上朝，先代趙侯向燕公賀安，後就奉陽君邊境尋釁一事向燕國致歉，同時獻上厚禮，表示願意與燕締結睦鄰盟約。

趙使退朝後，燕文公即在明光宮召集重臣謀議。因蘇秦的合縱長策早成共識，燕室君臣迅速達成一致，回聘趙國，促進合縱。蘇秦奏請以公子噲為特使，自己為副使，袁豹為右將軍，文公不聽，詔命蘇秦為特使，公子噲為副使，袁豹為右將軍，將車百乘，精騎五百，以壯聲威。

文公先一步退朝，由殿下主議。殿下留下蘇秦、子之、子噲等相關人員，移至偏殿進一步商議出使細節，及至午時，方才散朝。

蘇秦意氣風發地步出宮門，正欲下殿，旁邊冒出一人，上前揖道：「蘇子留步！」

蘇秦扭頭一看，是甘棠宮的宮正，趕忙回揖：「蘇秦見過宮正！」

「娘娘有請！」

蘇秦隨著宮正來到甘棠宮，宮正安排他在偏殿稍候，自己進去稟報。足足候有半個時辰，宮正方才走進偏殿，對蘇秦揖道：「娘娘有旨，請蘇子前往後花園裡觀賞桃花！」

燕為北國，今年又是倒春寒，桃花遲至三月才開。蘇秦隨宮正走至後花園一角的桃林裡，遠遠望見滿園桃花，爭開鬥豔。園中一處涼亭上，燕文公、姬雪正在席上就坐，春梅候立於側。

午後的桃園充滿暖意。看到文公在場，蘇秦不得不佩服姬雪。蘇秦出使在即，自然希望能夠再見姬雪一面。然而，無論是他還是姬雪，誰都沒有合適的約見理由。姬雪邀他與文公來此桃園共賞桃花，真是一個絕妙不過的主意。

蘇秦碎步趨前，跪地叩道：「微臣叩見君上，叩見夫人！」

文公微微一笑，指著前面的客位：「愛卿免禮，請坐！」

蘇秦謝過，在客位上盤腿坐下，眼睛看一眼文公，又將目光轉向坐在文公身邊的姬雪。姬雪身披一襲白紗，上面繡著些許粉紅色的小碎花，恰如這滿園盛開的桃花相似，見他望來，又是燦爛一笑，真的是顏若桃花，比平日裡判若兩人，不知嫵媚出多少。

燕文公望著姬雪，越看越喜，轉對蘇秦呵呵笑道：「不瞞愛卿，這些年來，寡人還是第一次看到愛妃如此高興呢！」

蘇秦轉過臉來，望著桃花道：「是這桃花好！」

姬雪咯咯一笑，脫口吟道：

桃之夭夭，灼灼其華。之子于歸，宜其室家。

這首〈桃夭〉出自周風，在《詩》三百中是開頭幾篇，講述姑娘在桃花盛開時節出嫁及對夫妻恩愛、和美生活的嚮往之情，蘇秦、燕文公都是讀熟了的。然而，姬雪此時吟起，卻是別有韻味，蘇秦、文公皆有解讀，各自感動，紛紛跟著姬雪吟誦起來：

桃之夭夭，有蕡其實。之子于歸，宜其家室。

桃之夭夭，其葉蓁蓁。之子于歸，宜其家人。

眾人吟完，姬雪朝蘇秦、文公拱了拱手，緩緩說道：「今年春寒，園中桃花前幾日始開，今日正值賞玩，臣妾福薄，不敢獨享，特邀君上、蘇子與臣妾同樂！」轉對文

公，「君上，轉眼之間，臣妾嫁至燕地已是七年。今見蘇子，臣妾如同回到洛陽，見到親人一般。臣妾久未碰過琴弦，今日面對親人，面對滿園桃花，臣妾興致忽來，願為君上，願為蘇子，願為這些桃花，獻上一曲，以助雅興！」轉對春梅，「擺琴！」

早已準備好一切的春梅迅速支起琴架，擺好琴弦。姬雪伸出玉手，輕輕滑過，琴弦響起，恰如春風拂過。姬雪微微閉眼，輕抬素手，調勻呼吸，緩緩以手撥弦，不見弦動，但聞琴響，一曲〈流水〉悠然而出，如訴如說，如切如磋，與這春日春情渾然一體。

因有鬼谷數年的修煉之功，蘇秦聽到的就不是單純的琴聲，而是姬雪的內心。姬雪借琴抒情，將她的所有愛戀、一腔激情全部傾注在幾根琴弦上，聽得蘇秦面紅耳赤，一顆心鼕鼕狂跳，偷眼望向燕文公，見他竟然一無所知，兩根手指還在和著韻律有節奏地微微擺動，似在打節拍。文公雖通音律，卻不通姬雪之心，因而節拍總是打不到點上。蘇秦看得明白，卻也不敢有絲毫表達，只是筆直地坐在席上，呼吸一聲緊似一聲。

姬雪彈完一曲，再次滑弦，餘音繞梁。燕文公知她彈完，鼓掌道：「愛妃彈得好琴，寡人如聞仙樂矣！」

姬雪微微一笑，朝他拱手道：「謝君上厚愛！」轉向蘇秦，見他仍舊沉浸在音樂裡，輕聲道，「蘇子？」

蘇秦從恍惚中醒來，打了個驚愣，決定將話題移開，遂拱手讚道：「夫人所彈，堪比先生了！」

「先生？」姬雪稍稍一怔，「是鬼谷先生嗎？」

「不，」蘇秦搖了搖頭，「是琴師！」

聽到琴師，姬雪心裡一顫，輕聲問道：「先生他……好嗎？」

「回稟夫人，」蘇秦不無沉重地說，「先生仙去了！」

「先生怎麼去的？」

蘇秦遂將這些年來洛陽發生的故事扼要講述一遍，聽得姬雪、春梅嗚嗚咽咽，文公也跟著陪淚。

傷感有頃，姬雪重新抬頭，睜開淚眼望著蘇秦，移開話題：「聽君上說，蘇子欲去邯鄲合縱，敢問蘇子，幾時起程？」

「回稟夫人，」蘇秦拱手道，「後日大吉，微臣打算辰時啟程！」

姬雪再次垂下頭去，又過一時，抬頭凝視蘇秦，語意雙關：「蘇子若能促成燕、趙、韓三國合縱，既利三國，又利天下，更利燕國。不過，燕國經此一亂，元氣大傷，君上龍體有待恢復，還有殿下……」略頓一下，「蘇子，不說這些了，燕國離不開蘇子！蘇子此行，成也好，不成也好，皆要全身回燕，奴……」忽覺失言，急急改口，「本宮定與君上迎至易水河邊，為蘇子接風洗塵！」

蘇秦聽得明白，起身叩道：「蘇秦謝夫人厚愛！」轉向文公，「君上，時辰不早了，微臣尚須做些預備，這就告辭！」

燕文公看一眼姬雪，點頭道：「也好。愛卿此番出使，事關重大。待凱旋之日，寡人定如愛妃所言，與愛妃迎至易水，為愛卿洗塵！」

蘇秦再拜：「微臣叩謝君上隆恩！」

＊　＊　＊

因燕公長孫姬噲只以副使身分助陣，更有戰車百乘、精騎五百，外加其他隨從人員，燕國的問聘使團在人數上逼近兩千，規格上也勝趙國一籌。燕使、趙使合兵一處，拖拉數里，一路上塵土飛揚，浩浩蕩蕩。

涉過易水，樓緩別過蘇秦，引趙國使團先一步趕回，將燕國情勢及誠意詳細稟過，

肅侯動容，聞燕國使團已近邯鄲，使殿下趙雍乘上自己的車輦，引領安陽君、肥義、樓緩、趙豹等重臣郊迎三十里，以示隆重。

這日午時，邯鄲城裡，在通往宮城的一條主要大街上每隔三步就如豎槍般站著一名持槍甲士，行人全被趕至兩側。鼓樂聲中，趙侯車輦轔轔而來，車上站著趙國太子趙雍和燕國特使蘇秦。其他人員各乘車輛，跟在後面，朝宮城旁邊的列國驛館馳去。

豐雲客棧的寬大屋簷下，被趕至路邊的眾多行人擠成一團，兩眼大睜，唯恐錯過這場難得一見的熱鬧。陡然，一人不無激動地大叫道：「我看清了，是他！」

「誰？」眾人齊望過來，見是一個賣燒餅的，略顯失望，白他一眼，重又扭頭望向街道。

「是看清了嘛！」賣燒餅的見眾人不理他，委屈地小聲嘟囔。

「你看清什麼了？」有人湊上來問。

賣燒餅的指著剛剛晃過眼去的蘇秦：「就是那個人，我見過的！」

「哼，你見過？」那人不無鄙夷地哼出一聲，「知道他是誰嗎？是燕國特使！他旁邊的那個孩子，是當朝殿下長公子！你個賣燒餅的，豬鼻子上插白蔥，充大象呢！」

「什麼燕國特使！」賣燒餅的急了，「兩個月前，他不過是個窮光蛋，穿一雙破草鞋，在南門大街上蹓躂，肚子裡咕咕響，買我兩個燒餅，給的卻是大周銅錢，待我看出來，跟他討要趙錢，一隻燒餅已是豁去一邊！這是真的，誰騙你是龜孫子！」

那人見賣燒餅的說得逼真，不由不信，眼珠一轉，奚落他道：「瞧你這德性，貴人到你身邊，你竟不知，眼珠子算是白長了！要是我，必將簍中燒餅盡送予他，結個人緣！我敢說，這陣兒他得了志，沒準賞你兩塊金幣呢！」

賣燒餅的嘆道：「唉，那時候，只覺著他像個癟三，誰知道他會是個貴人呢！」

「唉，也是的，」那人接道，「真是啥人啥命，像你這樣，只配賣個燒餅！」

眾人哄笑起來。身後不遠處，身披斗笠的賈舍人站在門口，聽有一時，微微一笑，轉身隱入門後。

* * *

這一次，趙肅侯不再躲躲閃閃。雖未見過蘇秦，但肅侯對其合縱方略已大體明白，深為讚賞。此番使樓緩使燕，本就有重用蘇秦、推動合縱這一想法。然而，趙肅侯一向老謀深算，經過一夜思慮，決定在大朝時召見蘇秦，廷議合縱，一來可觀蘇秦之才，二來也使合縱觀念朝野皆知。

翌日晨起，趙肅侯在信宮正殿召集大朝，隆重接待燕國特使。太子趙雍、安陽君趙刻，還有新近晉封的國尉肥義、上將軍趙豹、上大夫樓緩等中大夫以上朝臣，分列兩側。另有幾位嘉賓，是趙國前代遺老，皆是大學問家，也被肅侯請來，參與廷議。在肅侯下首，特別空出兩個席位，是特意留給燕國特使的。

蘇秦、姬噲趨前叩道：「燕公特使蘇秦（姬噲）叩見趙侯，恭祝君上龍體永康，萬壽無疆！」

趙肅侯將蘇秦、姬噲打量一時，方才點頭道：「燕使免禮，看座！」

蘇秦、姬噲謝過，起身走至客位，分別落坐。

趙肅侯望著蘇秦，微微一笑，拱手道：「寡人早聞蘇子大名，今日得見，果是不同凡俗！」

蘇秦還以一笑：「一過易水，蘇秦就以香水洗目，不敢有一日懈怠！」

「哦，」趙肅侯大是驚奇，傾身問道，「蘇子為何以香水洗目？」

蘇秦正襟危坐，睜大兩眼，眨也不眨地對肅侯好一陣凝視，方才抱拳說道：「為了一睹君上威儀！」

滿座皆笑，趙肅侯更是開懷，傾身再問：「蘇子這可看清了？」

「微臣看清了！」蘇秦點了點頭。

「哦，寡人威儀如何？」

「微臣沒有看到！」蘇秦一字一頓。

在座諸臣皆是一驚，肥義、趙豹面現慍容。姬噲面色微變，兩眼不解地望著蘇秦。

唯有趙肅侯無動於衷，依舊保持微笑：「那……蘇子看到什麼了？」

「慈悲！」

這兩個字一出口，眾人無不釋然。

趙肅侯微微點頭，呵呵笑道：「謝蘇子美言！」轉對眾臣，「寡人活到這個分上，本以為一無所有了，不想蘇子卻看出了慈悲！這兩個字，好哇，著實好哇，比威儀強多了！」再次轉對蘇秦，連連拱手，「謝蘇子美言了！」

蘇秦拱手回揖道：「君上謝字，微臣不敢當！慈悲實出君上內中，微臣不過是說出來而已！」

「好言詞！」趙肅侯點了點頭，切入正題，「屢聽樓愛卿說，蘇子有長策欲教寡人，能得聞乎？」

蘇秦思忖有頃，微微搖頭：「實在抱歉，蘇秦並無長策！」

樓緩急了，目示蘇秦。

趙肅侯略略一怔，微微笑道：「蘇子沒有長策，或有短策，寡人能得聞乎？」

蘇秦再次搖頭：「蘇秦亦無短策！」

趙肅侯真也愣了，掃過眾臣，見他們皆在面面相覷，因前車有轍，不知蘇子此番又賣什麼關子，因而無不將目光射向蘇秦。趙肅侯似已猜透蘇秦之意，輕輕咳嗽一聲：「蘇子既然不肯賜教，寡人只好……」頓住話頭，假意欠了欠身子，作勢欲起。

果然，蘇秦適時插上一句：「君上，蘇秦既無長策，亦無短策，只有救趙之策！」

此言一出，眾人皆驚。趙肅侯重新坐穩，趨向蘇秦：「哦，趙國怎麼了？」

「回稟君上，趙國危若累卵，存亡只在旦夕之間！」

此話可就說大了，眾人不無驚詫地齊視蘇秦。座中一人眼睛圓睜，出聲喝道：「蘇子休得狂言，趙有鐵騎強弓，險山大川，百年來左右騰挪，北擊胡狄，南抗韓、魏，東退強齊，西卻暴秦，拓地千里，巍巍乎如泰山屹立，何來累卵之危，存亡之說？」

眾人一看，是新上任的上將軍趙豹。蘇秦微微一笑，朝趙豹拱手道：「趙將軍稍安勿躁，聽蘇秦細說。人之安危在於所處環境，國之安危在於所處大勢。大勢危，雖有破軍殺將之功，難逃厄運，曾經強大一時的鄭國就是這樣亡國的。大勢安，雖有大敗卻無傷宗祠，泗上弱衛就是這樣求存的。趙地方圓二千里，甲士數十萬眾，糧粟可支數年，乍看起來堪與大國比肩。然而……」環視眾人，話鋒一轉，言詞驟然犀利，「趙有四戰四患，諸位可知？」

眾人面面相覷，趙豹面現怒容，嘴巴幾次欲張，終又合上。看到冷場，肥義插道：「是何四戰四患，請蘇子明言！」

蘇秦侃侃說道：「四戰者，魏、秦、齊、韓也。諸位公論，自趙立國以來，與四國之戰幾曾停過？」

舉座寂然，有人點頭。

「四患者，中山、胡狄、楚、燕也。」

一陣更長的沉寂過後，趙豹終於憋不住，冷冷一笑，敲几喝道：「縱有四戰四患，

奈何趙國？」

蘇秦對他微微一笑，語氣不急不緩：「趙將軍說出此言，當為匹夫之勇！由此觀之，趙國之危，更在心盲！」

趙豹忽地一聲推開几案，跳起身來，手指蘇秦，氣結：「你——」

安陽君白他一眼，趙豹看見，氣呼呼地復坐下來，伸手將几案拉回身前，因用力過猛，几案在木地板上發出「吱吱」的聲響。

安陽君微微一笑，轉問蘇秦：「請問蘇子，何為心盲？」

「回安陽君的話，」蘇秦朝他拱了拱手，「心盲者，不聽於外，不審於內也。趙國自恃兵強士勇，外不理天下大勢，內不思順時而動，與天下列國怒目相向，動輒刀兵相見，一味爭勇鬥狠。趙國長此行事，上下不知，宛如盲人騎瞎馬，難道不是危若累卵嗎？」

蘇秦如此不分青紅皂白地一棒子打下來，莫說是趙豹等武將，縱使一向以沉穩著稱的安陽君，面上也是掛不住了，輕輕咳嗽一聲，緩緩說道：「依蘇子之見，天下大勢做何解析？」

「大國爭雄，小國圖存！」蘇秦一字一頓。

「請問蘇子，」肥義插上一句，「大國、小國可有區分？」

蘇秦微微一笑：「人之強弱唯以力分，國之強弱唯以勢分。成大勢者為大國，成小勢者為小國。」

「以蘇子觀之，」肥義接道，「今日天下，何為大國，何為小國？」

「就方今天下而論，成大勢者，秦、齊、楚也，因而，此三國當為大國。之於其他，皆為小勢，當為小國！」

蘇秦又是出語驚人，眾人無不詫異。趙豹急了，大聲喝問：「敢問蘇子，難道霸魏也是小國？」

蘇秦微微一笑：「魏乃強弩之末，其勢不能穿縞，如何敢稱大國？」

趙肅侯微微點頭：「嗯，說得好！以蘇子之見，危在旦夕的不只是趙國，韓國、魏國也在其中了！」

「君上聖明！」蘇秦揖過，轉掃諸臣一眼，緩緩說道，「智者不出門，可知天下事。諸位皆是胸懷天下之人，請睜眼觀之：方今天下，東是強齊，西是暴秦，南是大楚。齊有管桓之治，農藝之達，漁鹽之利，且風俗純正，士民開化，農桑發達，負海抱角，國富兵強；秦有關中沃野千里，民以法為上，多死國之士，更得商於、河西、函谷諸地，成四塞之國，進可威逼列國，退可據險以守；楚得吳越諸地，方圓五千里，民過千萬，地大物博，列國無可匹敵。此三國各成大勢，各抱一角，將三晉圍在中間。打個比方吧，三個大國如同三隻餓狼，韓、趙、魏三晉如同三隻瘦鹿。三狼各抱地勢，將三鹿擠在中央，你一口，我一口，不急不緩地撕扯咬嚼，此所謂逐鹿中原。三鹿卻不自知，非但不去同仇敵愾，反倒彼此生隙，勾心鬥角。天下大勢如此，能不悲夫？」

蘇秦之言如一股徹骨的寒氣直透眾人，眾臣無不悚然，面面相覷，誰也說不出一句話來。姬噲、樓緩、趙雍等人也終於明白蘇秦的機謀，會心地點了點頭。

趙肅侯臉色凝重，輕輕點頭：「依蘇子之言，三晉別無他途，唯有合縱了！」

「君上聖明！」蘇秦再次拱手道，「東西為橫，南北為縱。三晉結盟合一，就不是鹿，而是一隻虎。外加燕國，四國縱親，其勢超強。向東，齊不敢動，向西，秦不敢動，向南，楚不敢動。三個大國皆不敢動，天下何來戰事？天下無戰事，趙國何來危難？」

即使趙肅侯，也不得不對蘇秦的高瞻遠矚及雄辯才華表示折服，而且，他要的也正是這個效果。沉思良久，肅侯環視眾卿，神色嚴峻地說道：「諸位愛卿，蘇子的群狼逐鹿之喻，甚是精闢，不知你們感覺如何，寡人可是出了一身冷汗哪！蘇子倡議合縱三晉，諸位愛卿可有異議？」

安陽君抱拳道：「三晉縱親固然不錯，蘇子卻是忽略一事：縱使趙、韓願意縱親，魏卻未必。魏國雄霸中原數十年，幾年前雖有河西之辱，可今有猛將龐涓、賢相惠施，國力復強，斷不肯合！」

「嗯，安陽君所言甚是，」肅侯連連點頭，轉對蘇秦，「魏罃向以霸主自居，如何能與寡人為伍？再說，前幾年，魏罃失道，又是稱王又是伐衛，引起列國公憤，寡人與他因此而有一些隔閡，若是與他縱親，只怕有些難度！」

蘇秦微微一笑：「君上大可不必掛心於此。今之魏國是強是弱，諸位皆有公判，天下皆有公判，蘇秦不必再說。至於龐涓、惠施，雖是大才，卻也有限。惠施過柔，龐涓過剛。過柔則乏力，過剛則易折。再說，魏國一向不缺大才，昔有公孫鞅，近有公孫衍，在魏皆是閒散，在秦卻得大用。」略頓一下，斂起笑容，「退一步說，縱使魏勢復強，三晉縱親對魏也是有百利而無一害，魏王若是不傻，必會合縱！」

「哦，」肅侯問道，「合縱對魏有何益處？」

「正如君上方才所言，前幾年魏王失道於天下，稱王伐弱，東戰於衛，西戰於秦，更與列國為敵。今日之魏，西有河西之辱，與秦人不共戴天；東有相王之辱，與齊人互為仇視；南有陘山之爭，與楚人構下新怨；魏王別無他途，唯有與韓、趙縱親，方能在中原立足！」

趙豹急道：「如此說來，三晉合縱，魏國得此大利，趙國豈不虧了？」

「將軍差矣！」蘇秦笑道，「三晉縱親，趙國非但不吃虧，反倒得利最大！」

「此言何解？」

「因有韓、魏，趙不患楚，因有燕、魏、韓，趙不患齊，因有韓、魏，趙不患秦，其中道理，在下不說，將軍想也明白！」

列國彼此制衡，這是人人皆知之事，趙豹不得不點頭稱是。

趙肅侯掃視眾人一眼：「合縱一事，諸位可有異議？」

眾臣異口同聲道：「我等沒有異議，但聽君上聖裁！」

「好！」趙肅侯朗聲說道，「三晉本為一家，合則俱興，爭則俱亡！眾卿既無異議，寡人意決，策動合縱！」轉向樓緩、肥義，「具體如何去做，就請二位愛卿與蘇子擬出細則，奏報寡人！」

二臣起身叩道：「微臣領旨！」

* * *

散朝之後，樓緩、肥義奉旨前往館驛，與蘇秦、姬噲商討合縱細則。關於趙、魏、韓、燕四國如何縱親，蘇秦早已草擬了實施方略，主要涉及消除隔閡、化解爭端、禮尚往來、互通商貿、外交用兵等諸方面。經過討論，大家皆以為方案可行，遂由樓緩起草奏章，報奏肅侯。

樓緩、肥義走後，蘇秦見天色尚早，換過服飾，與飛刀鄒一道沿宮前大街信步趕往豐雲客棧。賈舍人早從飛刀鄒口中得知蘇秦要來見他，只在棧中守候。

一番客套過後，蘇秦將燕國內亂略述一遍，賈舍人也將趙肅侯如何借助晉陽危局剷除奉陽君專權的過程約略講過，蘇秦得知奉陽君趙成、代主將公子范均在獄中受詔命自裁，其家宰申孫及通秦的申寶等人皆以叛國罪腰斬於市，受此案牽累而丟官失爵、淪為

家奴者多達數百人。

「唉，」蘇秦搖了搖頭，長嘆一聲，「兄弟之間尚且如此相殘，莫說是一般世人了！」

「不說他們了，」賈舍人關心的卻不是這個，「蘇子的大事進展如何？」

蘇秦應道：「趙侯同意合縱，詔令樓緩、肥義與在下及公子姬噲商議細則，論至方才，終於理出一個預案，就是縱親國之間化解恩怨，求同存異，在此基礎上實現『五通』和『三同』。」

「五通？」舍人一怔，「何為五通？」

「就是通商，通驛，通幣，通士，通兵。」

「那……三同呢？」

「同心，同力，同仇。」

舍人思忖有頃，抬頭評道：「蘇子這樣總結，簡明，易懂，易記，利於傳揚！只是……」話鋒一轉，「五通容易，三同卻難。」

「是的，」蘇秦點了點頭，「三晉本為一家，習俗大體相同，燕與趙毗鄰，許多地方同風同俗，實現五通有一定基礎。難的是三同。三晉不和已久，積怨甚深，很難同心。不同心，自不同力，更談不上同仇了。」

「蘇子可有應對？」

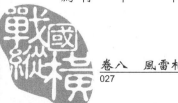

「四國縱親，關鍵是三晉。三晉若要同心，首要同力，若要同力，首要同仇。在下琢磨過，就三晉的大敵而言，韓之仇在楚、秦，魏之仇在楚、齊、秦，趙之仇在齊、秦。楚雖與三晉不合，但其真正對手卻是齊、秦，因而，在下以為，縱親國的公仇只有兩個，一是秦，二是齊。只要三晉朝野均能意識到秦、齊是公敵，就能做到同仇。做為應對，他們就會同力，而同力的前提就是同心了。」

賈舍人笑道：「蘇子這是逼其就範了。」

蘇秦苦笑一下：「唉，有什麼辦法？眼下利欲熏心，不能同心，只好以外力相逼了！」

「如此說來，蘇子的敵人是兩個，不是三個！」

「其實，」蘇秦搖了搖頭，「在下真正的敵人只有一個，就是秦國！齊、楚雖有霸心，卻無併天下之心，或有此心，亦無此力。有此心及此力者，唯有秦國。在下樹此三敵，無非是為逼迫三晉，使他們醒悟過來，停止內爭，共同對外。待三晉合一，四國皆縱，在下的下一個目標就是楚國。只有楚國加入縱親，合縱才算完成。從江南到塞北皆成一家，五國實現五通三同，形如銅牆鐵壁，秦、齊就被分隔兩側，欲動不敢，天下可無戰事。」越說越慢，目光中流露出對遠景的嚮往，「天下既無戰事，就可實施教化，形成聯邦共治盟約，上古先聖時代的共和共生盛世或可再現！」

「蘇子壯志，舍人敬服！只是，蘇子以秦人為敵，以秦公其人，斷不會聽任蘇子！蘇子對此可有應對？」

蘇秦微微一笑：「這個在下倒是不怕。反過來說，在下怕的是他真就不管不問，聽任在下呢！」

「哦？」舍人怔道，「此是為何？」

「沒有黑，就沒有白！」蘇秦笑道，「三晉合縱，等於將秦人鎖死於秦川，首不利秦。依秦公之志，以秦公為人，必不肯甘休，必張勢蓄力，應對縱親。老聃曰：『有無相生，難易相成，長短相形，高下相盈，音聲相和，前後相隨，恆也。』恆者，衡也。在下這裡以秦為敵，秦就必須是敵。在下不怕他蓄勢，不怕他強，反而怕他不蓄勢，不強！」

賈舍人撲哧笑道：「你一邊抗秦，一邊強秦，這不是自相矛盾嗎？」

「賈兄所言甚是，」蘇秦斂起笑容，沉聲應道，「在下要的就是這個矛盾，要的就是強秦。所謂合縱，就是保持力量均衡。秦人若是無力，縱親反而不成。秦人只有張勢蓄力，保持強大，三晉才有危機感，才樂意合縱。三晉只有合縱，秦人才會產生懼怕，才會努力使自己更強。秦人越強，三晉越合；三晉越合，秦人越強，天下因此而保持均勢，方能制衡！」

蘇秦講出此話，倒讓賈舍人吃了一驚。可細細一想，也還真是這個理。舍人冥思有頃，竟也想不出合適的言詞反駁，慨然嘆道：「唉，真有你的。可話說回來，眼下秦無大才，蘇子又不肯去，如何方可保持強勢呢？」

「在下此來，為的正是此事，」蘇秦望著舍人，「在下雖不仕秦，卻願為秦公薦舉一人，或可使秦保持強勢！」

「誰？」

「張儀！」

「此人不是在楚國嗎？」

「是的，眼下是在楚國。」蘇秦微微笑道，「依此人性情，或不容於楚。在下打算勞動賈兄走一趟郢都，若是此人混得好，也就算了。若是此人混得不好，你可設法讓他來邯鄲！」

「來邯鄲？」舍人又是一怔，「為何不讓他直接去咸陽呢？」

「賈兄有所不知，」蘇秦呵呵笑道，「這位仁兄，不見在下，是不會赴秦的！」

「如此甚好，」賈舍人樂道，「在下此來，原也是遵循師命，為秦公尋回蘇子。蘇子另有高志，在下能得張子，也可回山交差了！」

「回山？」蘇秦怔道，「賈兄師尊是……」

「終南山寒泉子！」賈舍人緩緩說道。

「寒泉子是賈兄恩師？」蘇秦又驚又喜，「在鬼谷時在下就聽大師兄說，我們有個師叔叫寒泉子，住在終南山裡，真沒想到，賈兄竟是師叔的弟子！」

「是的，」賈舍人呵呵笑道，「蘇子一到咸陽，在下就知是同門來了！」

蘇秦大是驚愣，有頃，方才恍然有悟，點頭道：「難怪……」

* * *

與此同時，秦宮的書房裡，惠文公與朝中三位要員，公孫衍、司馬錯和樗里疾，正襟危坐，面色凝重。

惠文公眉頭緊鎖，掃射眾臣一眼，緩緩說道：「寡人擔心之事，終於來了！蘇秦自燕至趙，欲合縱三晉和燕國。莫說燕國，單是三晉合一，即無秦矣！諸位愛卿可有應策？」

眾人面面相覷，有頃，公孫衍拱手道：「回稟君上，自三家分晉以來，韓、趙、魏三家一直勾心鬥角，相互攻伐，互有血仇，蘇秦合縱不過是一廂情願而已。不過，為防患於未然，微臣以為，我可趁合縱尚在雛形之際，來一個敲山震虎！」

「哦，如何敲山震虎？」

「蘇秦旨在合縱三晉，若是不出微臣所料，必以趙為根基。我當以趙為靶，發大兵擊趙，撼其根基。韓、魏見之，或生顧忌，知難而退！韓、魏不參與，合縱也就胎死腹中了！」

「大良造所言甚是！」樗里疾附和道，「微臣以為，我可一邊伐趙，一邊結盟韓、

魏，分裂三晉！」

「君上，」司馬錯不無激憤地說，「打吧！前番攻打晉陽，功敗垂成，將士們無不憋著一肚子怨氣呢！」

惠文公閉目深思，良久，眉頭舒開：「嗯，諸位愛卿所言甚是，晉陽之恥也該有個說法！」轉向公孫衍，「公孫愛卿！」

「微臣在！」

「寡人決定伐趙。愛卿善於詞令，草擬伐趙檄文，傳檄天下！」

「微臣遵旨！」

「司馬愛卿！」惠文公將頭轉向司馬錯。

「微臣在！」

「寡人欲發大軍二十萬，告示各地郡縣，明令徵調！」

「二十萬？」司馬錯顯然有些驚愕，以為聽錯了。

惠文公微微一笑：「不，是二十五萬！」轉向公孫衍，「公孫愛卿，你可在檄文裡加上一句，意思是說，眼下春日正豔，寡人聽聞邯鄲城裡多秀色，欲去一睹群芳！」

公孫衍心頭一亮，朗聲說道：「微臣明白！」

惠文公點了點頭：「嗯，明白就好，兩位愛卿，你們忙活去吧！」轉向樗里疾，「樗里愛卿留步！」

公孫衍、司馬錯起身告退，惠文公見他們走遠，對樗里疾道：「寡人特意留下愛卿，是想讓你觀看一件物什！」從几案下摸出一物，竟是那張寫著「殺」與「赦」的竹籤，緩緩擺在几案上，「此物想必你也見過，現在該明白了吧！」

樗里疾點頭道：「君上因為惜才，終於未殺蘇子！」

「唉，不是寡人惜才，是你樗里愛卿惜才呀！」惠文公輕嘆一聲，話中有話。

樗里疾心頭一震，故作不解地望著惠文公：「君上……」

惠文公似笑不笑，目光逼視樗里疾：「樗里愛卿，不要裝糊塗了。寡人問你，你是否在大街上攔過小華，要他放走蘇秦？」

樗里疾臉色煞白，起身叩拜於地：「微臣的確攔過小華，讓他……微臣該死，請君上治罪！」

「唉，」惠文公長嘆一聲，「治什麼罪呢？治你惜才之罪？是寡人叫你惜才的！治你欺君之罪？你也沒有欺君！治你心軟之罪？你也看到這個竹籤了，寡人之心也是軟哪！咱們君臣二人，因那一時心軟，方才遺下今日大患！」

樗里疾沉思有頃，抬頭望向惠文公：「君上，眼下謀之，也來得及！」

「如何謀之？」惠文公抬頭望著他，「殺掉他嗎？」連連搖頭，「為時晚矣！當初是在寡人地界裡，蘇秦不過是一介士子，就如一隻螻蟻。今日蘇秦名滿列國，已是一個巨人，更在異國他鄉，稍有不慎，豈不是天搖地動？」

「君上放心，此事交由微臣就是！」

「不要說了，」惠文公擺手止住他，「寡人真要殺他，莫說他在邯鄲，縱使他躲到天涯海角，也難逃一死！然而……」話鋒一轉，「此事斷不可為！明君不做暗事，我大秦立國迄今，一向是真刀實槍，光明磊落，不曾有過暗箭傷人之事。若是暗殺蘇秦，讓史家如何描寫寡人？勝之不武，秦人又何以在列國立威？再說……」頓住話頭，目視遠處，沉吟有頃，臉色漸趨堅毅，「觀這蘇秦，真還算個對手，若是讓他這樣不明不白死去，也是無趣！」

惠文公的高遠及自信讓樗里疾大為折服，連連叩首。

「不過，」惠文公收回目光，望向樗里疾，「不到萬不得已，寡人也還不想與他作對。此人是大才，更是奇才。上次未能用他，皆是寡人之錯，寡人不知追悔多少次了。此番你出使邯鄲，一是向趙侯下達戰書，二是求見蘇秦，向他坦承寡人心意。你可告訴蘇秦，就說寡人懇請他，只要他放下成見，願意赴秦，寡人必躬身跣足，迎至邊關，向他當面請罪。寡人願舉國以託，竭秦之力，成其一統心志！」

「微臣領旨！」

*　　*　　*

數日之後，信宮大朝，趙肅侯准許樓緩所奏，沿襲燕公所封職爵，冊封蘇秦為客卿兼趙侯特使，因太子過小，其他公子皆不足任，遂使樓緩為副使，率車百乘，精騎五百，黃金千鎰，組成趙、燕合縱特使團，問聘韓、魏，促進合縱。

蘇秦的下一個目標是韓國。依他的推斷，三晉之中，韓勢最弱，且直面秦、魏、楚三個強國的擠壓，必樂意合縱。韓國一旦合縱，將會對魏國形成壓力，迫使魏國參與縱親。因樓緩出使過韓國，熟悉韓情，為保險起見，蘇秦使他先行一步，傳遞合縱意向。與此同時，蘇秦使人將「五通」、「三同」等合縱舉措大量抄錄，列國傳揚，使合縱理念廣布人心。

做完這一切，蘇秦占過吉日，別過肅侯，率領逾兩百車乘、四千餘人的合縱大隊浩浩蕩蕩地馳出邯鄲南門，欲沿太行山東側、河水西岸，過境魏地趕往韓國都城鄭，然後由鄭至大梁，將合縱大業一氣呵成。

然而，合縱車馬行不過百里，未至滏水，一名宮尉引數騎如飛般馳至。宮尉在蘇秦車前下馬，拱手道：「君上口諭，請蘇子速返邯鄲！」

蘇秦傳令袁豹調轉車頭，返回邯鄲。剛至南門，早有宦者令宮澤恭候多時，急急引他前往洪波臺，覲見肅侯。

見過君臣之禮，趙肅侯苦笑一聲，搖頭道：「真是不巧。蘇子前腳剛走，大事就來了，寡人左思右想，還是決定召回蘇子！」

蘇秦微微一笑：「可是秦人來了？」

「正是！」趙肅侯微微一怔，「蘇子何以知之？」

「三晉合一，自是不利於秦。微臣一聽說讓回來，就琢磨是秦人來了！」

趙肅侯從几案下拿出秦人的戰書，遞過來，緩緩說道：「秦人為雪晉陽之恥，打著為奉陽君鳴冤的幌子，特下戰書，徵發大軍二十五萬伐我邯鄲！寡人雖不懼之，心中卻也沒有底數，召回蘇子商議！今見蘇子如此坦然，想必已有退敵良策！」

蘇秦接過戰書，粗粗瀏覽一遍，將之置於几上，笑道：「如此戰書，不過是筆頭工夫，不值一提。微臣斷定，秦公此番伐我，不會出動一兵一卒！」

趙肅侯大是驚訝：「請蘇子詳解！」

「君上請看，」蘇秦將戰書呈予肅侯，「秦人叫囂在一月之內出兵二十五萬，直取邯鄲，秦公更要玩賞趙女，全是欺人之談。據微臣估算，依目下秦國戰力，莫說是一月之內徵集二十五萬大軍，即使十五萬，也須傷筋動骨，此其一也；前番偷襲晉陽，秦人丟盔卸甲，教訓深刻，如何還敢輕啟戰端，此其二也；秦公雄才大略，一向言語謹慎，此戰書卻說他欲逛邯鄲賞玩趙女，出言隨意，可見是信口而出，此其三也。秦公謀戰準備精細，務求完勝，不會啟動無把握之戰，此其四也。蘇秦據此四點，推斷秦人不過是恫嚇而已！」

蘇秦的分析合情合理，趙肅侯由衷嘆道：「唉，蘇子所論有理有據，實讓寡人折服。今有蘇子在側，寡人還有何懼？」

蘇秦心頭一震，知肅侯已生暫緩合縱之意，稍作沉思，順勢說道：「君上，秦公必將此檄傳達天下，以威脅韓、魏，韓、魏不辨真假，或生忌憚。微臣以為，微臣可以暫留邯鄲，待過一些時日，秦人誇言不攻自破，再去動身合縱不遲！」

「嗯，」趙肅侯連連點頭，「寡人也是此意。除此之外，寡人另有一事相請，望蘇子不可推托！」

「君上請講！」

「自奉陽君之後，趙相一直空缺。寡人實意拜蘇子為相，懇請蘇子成全！」

趙肅侯的懇請讓蘇秦喜出望外。執掌相府是他多年來的願望，他也篤信遲早會有這一日，只是未料到它來得這麼快而已。思忖有頃，他壓住激動，屏住氣息，緩緩起身，鄭重叩道：「謝君上器重！」

「蘇子請起！」肅侯起身，親手扶起蘇秦，呵呵笑道，「其實，寡人自見蘇子，即有此意，之所以拖至今日，是有兩大因由，一是蘇子欲出行合縱，時日緊張，寡人不想再生節枝，二是趙人尚功重績，蘇子雖有大才，卻無大功於趙，寡人擔憂蘇子無功受祿，不能服眾，欲在縱成之後，再提此事。不想時勢發生變化，秦人叫戰，朝野震駭，形勢迫人，寡人說的兩大原因，自然也就不存在了！」

蘇秦拱手道：「微臣不才，願竭股肱之力，報君上知遇大恩！」

翌日，肅侯在信宮大會朝臣，宣讀詔書，拜蘇秦為相國，主司內政邦交，當廷授予蘇秦節制諸府的相府金印，賜奉陽君府宅。

散朝之後，宦者令宮澤引內府吏員，陪同蘇秦前往奉陽君府，舉辦交接儀式。蘇秦在府中正堂祭過神靈，拜過金印，由宮澤等陪同視察府院，按冊簿點驗府產。奉陽君府宅蘇秦曾經來過兩次，甚是熟悉。時光流轉，物是人非，前後不過數月，蘇秦竟然成為這片宅院的主人，不由不使他陡生嘆喟。

轉過一圈，蘇秦看到一切尚好，就於次日搬出列國館驛，入駐新府，同時任命袁豹為家宰，飛刀鄒為護院。隨眾人入駐，死寂一片的奉陽君府再次鮮活起來。

府中最忙碌的要數新任家宰袁豹。由將軍到家宰，袁豹既感到生疏，又感到新奇，一連數日，與飛刀鄒一道一刻不停地吆喝眾僕從熟悉並整理院落。

剛過午時，宮澤使人送來匾額，上面金光閃閃的「相國府」三字由肅侯親筆題寫、邯鄲城中最優秀的銅匠澆鑄，工藝之精湛令人稱嘆。蘇秦拜過匾額，謝過宮吏，吩咐袁豹安裝。袁豹使人抬著匾額，兩人分頭爬上扶梯，將府門上原來的匾額拆下，換上新匾。

袁豹眯著兩眼，望著扶梯上的兩個家僕，指揮道：「朝左稍挪一點點，對對對，右邊再稍稍抬高一點，對，這下行了，釘吧！」

兩人掄起錘子，朝匾上釘釘。恰在此時，一身便服的樗里疾緩步走過來，逕至袁豹前，揖道：「這位可是袁將軍？」

袁豹打量他一眼，還一揖道：「正是在下。先生是……」

樗里疾拱手道：「請將軍稟報相國大人，就說老友木雨兮求見！」

袁豹將他又是一番打量，有頃，拱手說道：「木先生稍候！」走進府中，不一會兒出來，揖道，「木先生，主公有請！」

蘇秦兩次求見奉陽君，都是在聽雨閣，知其雅致，將其闢為書齋，在此讀書會友。聽到腳步聲響，蘇秦迎出來，衝樗里疾揖道：「木先生光臨，在下有失遠迎，失敬！」

樗里疾回揖一禮：「蘇子錦袍玉帶一加身，若是走在大街上，在下真還不敢認呢！」

「是嗎？」蘇秦呵呵笑道，「看來，木先生也是只認衣冠，不認人哪！」

樗里疾也大笑起來：「是啊是啊，人看衣冠馬看鞍，不可無衣冠哪！」

兩人攜手走入廳中，分賓主坐下，僕從倒上茶水，兩人各自品過一口，蘇秦笑道：「木先生此來，聽說是下戰書的，可有此事？」

樗里疾回望蘇秦，抱拳說道：「在下來意，想也瞞不過蘇子。臨行之際，君上親執在下之手，口述旨意，要在下務必轉諭蘇子！」

「哦，秦公所諭何事？」

「君上口諭：『寡人懇請蘇子，只要蘇子願意赴秦，寡人必躬身跣足，迎至邊關，舉國以託，竭秦之力，成蘇子一統心志！』」

聽到「躬身跣足」四字，蘇秦不無感動，沉思許久，方才抬起頭來，長嘆一聲：「唉，時也，命也。昔日在下在咸陽時，秦公若出此話，就沒有這多周折了！」

「蘇子！」樗里疾不無誠懇地望著他，「在下早已說過，君上沒有及時大用蘇子，早已追悔！這事是真的，在下沒有半句誑言！」

「在下知道是真的！」蘇秦又品一口濃茶，微微笑道，「在下也知道，秦公還在追悔一事，就是當初一時心軟，讓在下逃出一條小命！」

樗里疾心頭一震，張口結舌，好半晌，方才回過神來：「蘇子，你……你是真的誤會君上了！」

「就算在下誤會吧！」蘇秦呵呵一笑，抱拳道，「都是過去的事了。不過，在下煩請木兄回奏秦公，就說無論如何，蘇秦還是叩謝秦公的厚愛！蘇秦也請上大夫轉奏秦公，今日之蘇秦，已非昨日之蘇秦了！」

樗里疾苦笑一聲，點頭哂道：「是的，昨日之蘇子不過是一介寒士，今日之蘇子貴為燕國特使、趙國相國！秦國窮鄉僻壤，自是盛不下蘇子貴體了！」

「樗里兄想偏了！」蘇秦微微搖頭。

「請蘇子詳解！」

「在下是說，」蘇秦端過茶盅，小啜一口，「時過境遷，蘇秦雖是一人，今昔卻是有別。昨日蘇秦旨在謀求天下一統，今日蘇秦旨在謀求天下共和。在下請上大夫轉呈秦公，蘇秦倡導列國縱親，求的無非是『五通』、『三同』，使列國之間彼此尊重，睦鄰共處，無害於秦！蘇秦無意與列國為敵，亦無意與秦為敵！」

「唉，」樗里疾亦端起茶盅，品一口道，「蘇子謀求，只能令人感動，無法令人景仰。別的不說，在下只請蘇子考慮一個現實！」

「蘇秦洗耳恭聽！」

「三晉之所以成為三晉，原因只有一個，就是晉人是一盤散沙，合不成一個團。蘇子硬要他們縱親，是趕兔子飛天，為所不能為。樗里疾斗膽放言，即使三晉勉強合縱，也是曇花一現，稍有風吹草動，定會分崩離析！」

蘇秦朗聲笑道：「上大夫誤解蘇秦了！」

「哦？」

「蘇秦所求，不是要三晉合成一國，而是要三晉互相尊重，和睦共處。不僅是三晉，蘇秦認為，天下列國，無論大小，只要放棄爭鬥，只要坐到一起，就沒有解不開的疙瘩！蘇秦所求，無非是讓大家坐下來，坐到一起來，將有限的精力花在謀求天下眾生的福祉上，而不是花在你死我活的拚爭上！」

樗里疾沉思良久，朝蘇秦深揖一禮：「在下今日始知蘇子善心，敬服！敬服！」

蘇秦還一揖道：「謝樗里兄體諒！」

樗里疾仍不死心，傾身拱手：「蘇子所求，亦是秦公所求，更是天下蒼生所求。在下懇請蘇子，只要願去咸陽，無論蘇子逞何壯志，君上亦必鼎力推之！」

「謝樗里兄美意！」蘇秦笑道，「蘇秦做事向來不願半途而廢，還請樗里兄寬諒！」

樗里疾默然無語，許久，長嘆一聲：「唉，秦失蘇子，永遠之憾哪！」

「哈哈哈哈，」蘇秦大笑起來，「天下勝秦之人多矣，樗里兄言重了！」

「哦，還有何人勝過蘇子？」

「張儀！」

「張儀？」樗里疾大睜兩眼，「他不是在楚國嗎？」

「是的，」蘇秦微微一笑，「眼下是在楚國。不過，樗里兄可以轉奏秦公，就說在下雖然與秦無緣，卻願保薦此人。秦公若能得之，或可無憂矣！」

「這……」樗里疾愣怔有頃，終於反應過來，眼珠子連轉幾轉，「張子遠在楚地，縱有蘇子舉薦，又如何得之？」

「樗里兄勿憂，」蘇秦呵呵笑道，「如果不出在下所料，五十日之內，此人或至邯鄲，樗里兄若無緊事，可在此處遊山賞景，張網待他就是！」

「好！」樗里疾朗聲笑道，「有蘇子此話，在下真就不走了！」

* * *

滅越之後，威王似也覺得自己功德圓滿，復將朝政交付太子，自己再至章華臺上，沉湎於鐘鼓琴瑟，後宮歡娛，不再過問朝事。太子槐忖知威王是在歷練自己，因而越發謹慎，處處遵循威王舊政，遇有大事，或修書上奏，或登臺示請，不敢有絲毫懈怠。

這年開春，剛過清明，楚國政壇發生一件大事，年過七旬的老令尹景舍在上朝時兩眼一黑，一頭栽倒在殿前的臺階上，額角出血，口吐血水，再也沒有醒來。景舍死於上朝途中，也算是為大楚鞠躬盡瘁了。景氏一門，嫡傳親人只有孫兒景翠，此時正與張儀一道遠在會稽郡治理越人。太子槐一面安置後事，一面急召景翠回郢奔喪。快馬臨行之際，與張儀相善的靳尚託其捎予張儀一封密函。張儀拆開看過，急將會稽諸事安排妥當，以弔唁為名，與景翠、香女一道直奔郢都。

張儀諸人水陸並行，晝夜兼程，一路上馬不停蹄，船不靠岸，不消半月，就已趕至郢都。一到郢都，張儀不及回府，就隨景翠馳至景府弔唁。按照荊地習俗，香女不便前去，只好回至楚王賞賜的客卿府中。因久不在家，府中只有一名老奴看管。老奴初時還盡心意，時間久了，也就懶散起來，致使院中雜草叢生，房裡充滿霉味，看起來既落寞，又荒蕪。香女一看，顧不上旅途疲累，領臣僕清理起來。

香女正在忙活，門外傳來車馬聲，不一會兒，一人直走進來。香女見是靳尚，趕忙扔下掃帚，迎上前揖道：「小女子見過靳大人！」

靳尚回過一揖：「靳尚見過嫂夫人！」話音剛落，忽聞一股莫名的香味，拿鼻子連嗅幾嗅，眼珠子四下裡亂掄。

香女笑道：「靳大人尋什麼呢？」

靳尚邊看邊納悶：「奇怪，院中並無花草，何來芳香？」

香女撲哧一笑：「靳大人不要找了，這個香味是小女子身上的！」

靳尚瞄她一眼，見她渾身是汗，連連搖頭：「嫂夫人莫要說笑了，看妳一頭大汗，縱使插上鮮花，也早沒有香味了！」

香女又是一笑：「靳大人有所不知，小女子天生異香，平日還好，越是出汗，香味越濃，方才打掃庭堂，出汗過多，故而散出此味，驚擾靳大人了！」

靳尚大是驚奇，凝視她半晌，又湊近兩步，拿鼻子嗅了幾嗅，方才信實，嘖嘖讚道：「嫂夫人真是奇人，在下今日開眼界了！」略頓一下，想起正事，「張大人呢？」

香女應道：「還沒有到家，就奔景府弔唁去了！」

靳尚瞄一眼香女，見她英姿颯爽，兩頰緋紅，一身香汗，渾身上下說不盡的嫵媚雅致，怦然心動，一時竟是呆了。怔有一時，他才晃過神來，抬頭望望天色，見已日暮西山，走前幾步，彎腰撿起香女的掃帚，笑道：「嫂夫人，看妳累的，這先歇著，在下替妳打掃！」言訖，用力清掃起來。

「這哪成呢？」香女瞄一眼他那雙從未幹過粗活的嫩白之手，咯咯笑道，「靳大人是貴體，哪能幹此粗活？」

靳尚也笑起來，頓住掃把，半開玩笑道：「在下身上盡出臭汗，嫂夫人卻出香汗，要說貴體，嫂夫人的身子才是呢！」說完，兩隻眼珠子聚過來，直射香女。

見他目光火辣，香女臉色微紅，後退一步，揖道：「靳大人，您硬要勞動，小女子無可奈何，只好為您沏碗茶去！」言訖，落落大方地轉過身子，款款走向堂門。

靳尚不無讚賞地目送她轉入門後，收回目光，有一無一地打掃起來。剛掃幾下，門外再傳車馬聲，靳尚放下掃把，見到果是張儀，迎上去，將昭陽欲爭令尹之事約略講了。

張儀思忖有頃，抬頭問道：「殿下之意如何？」

「殿下看重的是你。此番要你回來，其實也是殿下旨意。不過，張子有所不知，令尹之位不是誰想坐就能坐的，自春秋以降，大體上出自昭、屈、景三門，莫說是外鄉人，縱使其他貴門，也鮮有人僭越！殿下雖有此意，能否成事，主要取決於陛下！」

張儀又思一時，點頭道：「謝靳兄了！」略頓一頓，「還有一事相求，在下此番回來，未奉王命，說輕了，是因私廢公，說重了，是擅離職守。陛下若是問罪，在下……」

「張子放心，」靳尚笑道，「若是此事，倒無大緊。待會兒在下求請殿下，由殿下攬起此事，補一道詔令就是！」

張儀拱手道：「謝靳大人了！此事無論成與不成，靳大人大恩，在下都將銘記！」

「你我兄弟，哪能說這事？」靳尚拱手還禮，「再說，在下也是為主！不瞞張子，近日殿下與屈丐、屈暇等一幫子有為志士商議，大家公推張子，殿下也指望張子能幹一番大事呢！你能回來就好，殿下說了，眼下不宜見你，要你只在府上守著，哪兒也不要去，靜候殿下旨意！」

「請靳大人轉奏殿下，微臣不才，必肝腦塗地，以謝殿下知遇之恩！」

「此話還是你親對殿下說吧，在下告辭！」

* * *

南方春早。近日來氣候變暖，年過六旬的江君夫人經不住天候變化，陡然傷風，時不時地乾嗽。江君夫人是聲聞列國的前朝（宣王）令尹昭奚恤的遺孀，也是昭陽的生母項氏。昭奚恤受封於江，楚人稱他江君，在宣王時把握楚國朝政十數年。後來，昭奚恤過世，景舍繼任令尹，楚國大政由昭氏轉至景氏。此番景舍過世，做為昭氏門中最有威權的昭陽，自然不願放棄奪回朝政的絕佳機會。經過一番謀議，昭陽決定將母親項氏生病一事透露出去。昭氏、項氏、黃氏等一向與昭氏親近的名門望族，尤其是昭奚恤的故舊，得知音訊，紛紛前來探視。一時間，昭陽府前車馬踴躍，昭陽迎來送往，與這些權貴結成勢力。

這日後晌，昭陽正在待客，家宰邢才匆匆走來，在昭陽耳邊私語幾句，昭陽大驚，將邢才拉至一邊，急問：「你說明白些，張儀怎麼了？」

「張儀回來了！」

「幾時回來的？」

「與景翠一道回來，剛至郢都，方才在景府弔唁呢！」

昭陽目瞪口呆，愣怔有頃，方才乾笑一聲，搖頭道：「真是怕處有鬼，癢處有虱了！速召陳軫，就說本公有請！」

邢才答應一聲，轉身急去。不消半個時辰，陳軫使人抬著禮箱，亦來探望。昭陽使長子昭睢招待其他客人，將他請至書房，支開所有僕從，關上廳門，抱拳道：「上卿大人，張儀回來了！」

「在下知道了！在下還知道，是殿下密函請他回來的！」陳軫微微一笑，語氣甚是平淡。

「哦？」昭陽瞠目結舌，「這……這怎麼可能呢？」

陳軫笑道：「柱國大人，在楚國，沒有什麼不可能！」

「上卿此話何解？」

「大人試想，楚國雖大，其實只有四戶，熊、屈、景、昭是也。一戶為君，三戶為臣，這是數百年來破不除的規矩。今日景氏雖然失勢，景氏一門卻在，還有屈氏一門，也不會甘心讓權柄復歸於昭氏。據微臣所知，一年來陛下將朝政交予殿下，而與殿下親近的卻是何人？是景氏門中的景翠，是屈氏門中的屈丐、屈暇，還有一人，就是靳尚，而與靳尚相善之人，就是這個張儀！」

昭陽思忖有頃：「即使如此，屈、景二氏總也不至於將令尹之位拱手讓於外來人吧！」

「哈哈哈哈，」陳軫朗聲笑道，「我說柱國大人，楚國的令尹之位又不是沒讓外來人做過，兩百年前有孫叔敖，四十年前有吳起，您是做大事的，怎能忘記此事呢？」

「這……」昭陽抓耳撓腮，無言以對。

「再說，」陳軫接道，「請問大人，屈氏一門中可有賢人能任令尹？」

昭陽思忖有頃，搖了搖頭。

「景氏一門中，可有能任令尹者？」

昭陽再次搖頭。

「再問大人，」陳軫微微一笑，不急不緩，「如果您是屈、景二氏，就眼下情勢，是拱手將令尹之位讓於昭氏呢，還是交付外來人張儀？」

昭陽低下頭去，思忖有頃，抬頭望向陳軫：「上卿大人，在下愚昧，眼前何去何從，請大人賜教！」

「賜教不敢！」陳軫笑道，「在下倒是有個寶物，大人若有閒暇，可去一觀！」

昭陽猜不透陳軫的葫蘆裡在賣什麼藥，點頭允道：「在下願去一觀！」

「好！」陳軫起身，禮讓道，「柱國大人，請！」

二人來到陳軫宅中。進得門來，昭陽大吃一驚，因為正堂的磚地上，正中鋪一大塊紅色地毯，兩旁各掛一道深紫色的布簾。

陳軫望著昭陽茫然不解的樣子，笑道：「柱國大人，請！」攜其手走至前面，分賓主坐下。

昭陽越發不解，指著兩邊的布簾：「上卿大人，這是……」

陳軫「啪啪」兩聲輕輕擊掌，左邊的布簾拉開，現出一排異域樂手，各執樂器，嚴陣以待。昭陽正自惶惑，陳軫又是「啪」的一聲，眾樂手齊聲演奏，奏的卻是楚調。縱使昭陽出身名門，精通音律，卻也不曾見過這般以異域樂器演奏楚音楚調的，一下子竟被吸引住了。

奏有一時，節奏突然加快。昭陽正自驚愕，右邊幕簾一角依序轉出六位歌妓，踏著節奏舞蹈。昭陽觀過不少舞樂，卻看不透她們舞的什麼，但見倩姿晃動，鼓樂聲聲，如入仙境。

陳軫約他來看寶物，不想卻是一場歌舞，實令昭陽不快。看有一時，昭陽的臉色漸次陰沉，轉頭正欲發問，一陣鼓點傳出，幕角再次掀起，一陣香氣襲出，一身西域裝飾的白人美女伊娜緩緩走出，踏著鼓點，旋入地毯中心。

衣著大膽、肚皮全裸的伊娜金髮碧眼，大眼高鼻，胸大腰細，一身異香，肌膚細膩潔白，無一處瑕疵，一身舞藝更是驚人，時而扭腰翹臀，時而單腿過頭，時而左右擺頭，時而旋轉如風，當真是千種風騷，萬般調情，莫說是楚地女子，縱使趙姬越女，也不及萬一。昭陽完全被她吸引，兩隻大眼瞪得銅鈴也似，嘴巴大張，竟是看得傻了。

一曲舞畢，音樂戛然而止，伊娜彎腰，用笨拙的楚音唱個大喏，旋入幕後。陳軫見昭陽的目光直追幕後，微微笑道：「柱國大人，此寶如何？」

「天生尤物，天生尤物啊！」昭陽回過神來，讚不絕口。

陳軫哈哈大笑起來，笑畢，吩咐眾人撤去簾幕，恢復客堂原貌。昭陽的心思卻在伊娜身上，見眾人皆去，小聲問道：「如此尤物，上卿如何得之？」

「回柱國大人的話，此女是西戎在兩年前獻予秦公的，秦公未及享用，轉賞於在下。在下赴楚，順便帶她來了。」

昭陽頓覺失望：「如此說來，此女是上卿的心肝了！」

「哈哈哈，」陳軫笑道，「什麼心肝不心肝的，一個女人而已！不瞞柱國大人，在下帶她至此，原也不是為了自用！」

「哦？」昭陽急道，「上卿大人既不自用，又作何用？」

「特意留給大人享用！」

「這……」昭陽初時一怔，旋即喜道，「在下謝過上卿了！」略頓一下，似又想起什麼，抬頭望向陳軫，「上卿既是送予在下，為何兩年來將她藏於深宅，蛛絲不露呢？」

「因為時機未到！」

「此話怎解？」

陳軫示意，昭陽湊過頭來，陳軫私語有頃，昭陽聽畢，思忖有頃，長嘆一聲：「唉，不瞞上卿，這些日來，在下輾轉反側，苦思冥想，生出萬千念頭，哪一個也不及上卿大人這條妙計啊！」又頓一時，越想越是佩服，慨然道，「好哇，真是一個連環套，一環接一環，環環相扣，任他張儀鬼精鬼靈，萬難逃過此劫了！」

「不瞞大人，」陳軫笑道，「在下留下此寶，為的就是此人！只要踢開張儀，在這大楚之地，還有何人敢跟大人爭奪令尹之位？」

昭陽微微點頭，有頃，凝神望向陳軫：「若是上天惠顧，大事成就，上卿大恩，可教在下如何報答？」

「此言差矣，」陳軫拱手還禮，「你我之間，談何報答？有朝一日在下狼狽，落荒來投大人，大人倘若念及在下這些苦勞，不離不棄也就是了！」

「這個放心，」昭陽斂神正色道，「只要在下一息尚存，我看哪個敢動上卿一根毫毛！」

*　　*　　*

靳尚陪太子槐走至章華臺前。太子槐別過靳尚，拾階而上，走有幾步，陡然頓住腳步，轉過頭來，對靳尚道：「這樣好了，這陣兒你也沒事，可回郢都，接張子來此候

旨。萬一父王召見他，也可省去一些曲折！」

靳尚應過，轉身離去。太子槐快步登上三休臺頂，使宮人稟報。有了兩年前的那次尷尬，太子槐早學乖了，無論何時上臺，必先稟報。不一會兒，老內臣迎出，將他引入靠近湖邊的一處露臺，威王坐在席前，已在候他。

太子槐趨前叩道：「兒臣叩見父王！」

威王指了指旁邊的席位：「坐吧！」

太子槐謝過，起身坐下。威王將他打量幾眼，點頭道：「槐兒，你來得甚好，寡人這也正要召你呢！」

「兒臣謹聽父王吩咐！」

「景氏一門忠心為國，景愛卿更是有大功於國，今又別在上朝途中，是個好臣子，其心可嘉，其行可彰，喪事一定要大辦，要曉諭全國臣民，讓他們看看，只要忠心為國，有功於社稷，寡人斷不會屈待他們！」

「兒臣遵旨！」

「還有，」威王沉吟有頃，緩緩說道，「景愛卿的缺，寡人也想聽聽你的！寡人老了，要不了多久，江山社稷都是你的，用誰做令尹，就由你來定！」

「父王——」太子槐兩眼一酸，淚水流出，翻身跪在地上，叩道，「父王萬不可出此不吉之語！父王龍體就如銅澆鐵鑄一般，壽如南山之松，兒臣……」

威王呵呵笑道：「槐兒，你起來吧，寡人老與不老，身子骨如何，世上沒有人能比寡人清楚，壽比南山，不過是吉利話，無論是誰說出來，寡人都不相信，寡人也勸你不要相信！」

太子槐點了點頭，起身復坐。

「說吧，依你之見，哪位愛卿可補此缺？」

「張子！」

威王思忖有頃，點了點頭：「嗯，你長大了，能識人了，寡人為你高興。聽說他把越人治理得不錯，可有此事？」

「是的，」太子槐應道，「張子治越僅只數月，越人盡服，即使甬東，也沒有發生變亂！」

「這個倒是不易！」威王讚道，「治越是件難事，寡人讓昭陽在昭關另備大兵五萬，防的就是越民暴亂。張子以柔克剛，智服越人，是個奇才。你想做大事，可用此人。傳旨讓他回來吧！」

「回稟父王，張子已經回來了！」

「哦？」威王微微一怔，「他為何事而回？」

「是兒臣召他的！兒臣以為，越人既治，張子再留越地，亦無大用。碰巧老愛卿仙去，兒臣傳他口諭，准他與景翠一道回來，一來為老愛卿弔唁，二來也想聽他說說越人之事！」

「哦，」威王凝眉思索有頃，點了點頭，「好哇，既然他已回來了，就傳他章華臺覲見吧。越人之事，寡人也想聽聽！」

「兒臣領旨！」

接下來，太子槐將朝中諸事及如何處置等扼要稟報威王，威王閉眼傾聽，時不時地插上一問，太子槐再就所問之事詳細解釋。約有半個時辰，太子槐看到威王打起哈欠，起身告退。威王也不挽留，見太子槐走遠，起身走至觀波亭上，對著澤水施展一陣子拳腳，轉入旁邊一處密室，在榻上盤腿坐下，閉目休息不到半個時辰，內臣趨進，說是上柱國昭陽求見。

威王眉頭微皺，嘟囔道：「他來幹什麼？」

內臣應道：「說是有異域尤物敬獻陛下！」

「異域尤物？」威王驀然睜開眼睛，「可知是何尤物？」

「老奴不知。」

威王略一思忖，抬手道：「宣他覲見！」

內臣領旨走出，威王又坐一時，起身走出密室，在廳中盤腿坐下。不一會兒，殿外傳來腳步聲，昭陽跟著內臣急步趨前，叩道：「微臣叩見陛下！」

威王盯住他呵呵笑道：「聽說愛卿有奇寶，快讓寡人看看！」

「微臣遵旨！」昭陽再拜後起身，朝外啪啪兩擊掌，一行衣服怪異的西域樂手手執西域樂器魚貫而入，拜過威王，在一側盤腿坐下。不一會兒，又有幾人抬著一塊紅地毯，在空場上鋪開，接著是樂聲響起，六女舞蹈，最後上場的是伊娜，將數月來的演練表現得淋漓盡致。這些樂器、舞蹈、服飾皆是來自異域，威王不曾見過，但演奏出來的楚音楚調卻是熟悉，因而威王非但沒有隔閡，反倒增添出別樣情趣。尤其是如雪般潔白的伊娜，更令威王如痴如醉。

一曲舞畢，威王連聲喝采，轉對昭陽，連聲讚道：「愛卿所言不虛，此女果是尤物，寡人收下了！」轉對內臣，「引她們去樂坊！」

眾人謝過恩，內臣引她們款款走出。威王起身，笑對昭陽道：「許久不見愛卿了，走，陪寡人湖邊坐坐！」

二人走至湖邊，在觀波亭中坐下。威王將目光盯在昭陽身上，凝視有頃，開門見山道：「愛卿此來，不單是獻此尤物的吧？」

「陛下聖明！」昭陽跪地叩道，「微臣此來，確有一事求請陛下！」

「求什麼，說吧！」

「微臣不敢說！」

「既不敢說，又來求請，你賣什麼關子？」

「這……微臣欲向陛下求請和氏之璧！」

和氏璧價值連城，更是章華臺的鎮宮之物，歷代楚王無不將其視為奇珍。昭陽出口即求和氏璧，倒讓威王大吃一驚，不解地問：「愛卿為何求請此物？」

「陛下，」昭陽再拜，叩道，「此璧價值連城，微臣不敢求請！微臣此來，是為家母求請！」

「哦，江君夫人？」威王怔道，「她怎麼了？」

「陛下，」昭陽淚水流出，「近日來，家母一病不起，夜夜噩夢，微臣遍請名醫，皆不能治。微臣請來神巫，說是邪魔附身，需和氏璧鎮宅三日。家母不堪噩夢折磨，央求微臣前來向陛下求請，微臣……」頓住話頭，哽咽起來。

「嗯，」威王點了點頭，「此物是可驅魔避邪，寡人用它鎮宮，也是此用。若是他人求請，寡人斷不許他，可對江君夫人，寡人只好另當別論，待會兒寡人讓他們送此物至愛卿府中，許江君夫人鎮魔三日！」

昭陽連連叩頭：「微臣代家母叩謝陛下寵愛！」

「愛卿請起。」威王邊說邊擺手，示意昭陽起身。

昭陽再拜謝過，起身落坐。威王笑道：「好了，這事算是結了。昭愛卿，寡人另有一事，也想聽聽愛卿之意。」

「微臣謹聽！」

「國不可無相！」威王直入主題，「景愛卿仙去，令尹之位空缺。依愛卿之意，何人可襲其位？」

昭陽思忖有頃，拱手道：「微臣以為，張儀可襲此位！」

昭陽竟然舉薦張儀，倒是威王沒有料到的。威王凝視昭陽，似要看破他的真實用心，有頃，緩緩說道：「愛卿不舉薦三氏中人，反而舉薦張儀，卻是為何？」

「回稟陛下，」昭陽應道，「微臣不是舉親，是舉賢！張儀至楚不足兩年，不僅助我滅越，而且上得君心，下得民意，是個大賢之才，可守令尹之位！」

「你且說說，他得何民意了？」

「越人臣服張儀，已勝過臣服越王！」

「哦，有這等事？」

「是的，張子以吳人治吳，以越人治越，自然能夠收到奇效！」

「吳人治吳？越人治越？」威王的眉頭微微皺起，「他是如何治的？」

「據微臣所知，張子禮葬越王，善待且復用越人舊吏，又不知從何處尋出吳王夫差的六世孫，許他立國於姑蘇，與他過往甚密。無疆長子逃至閩南立國，次子逃至南粵立國，張子與他們皆有交往，聽聞他還送去賀禮呢。」

「嗯，」威王眉頭稍懈，點了點頭，「還有什麼？」

「聽聞張子甚得越地民心。據臣所知，越地數千里，越人數百萬，竟在短短數月之內，咸服張子。微臣使人暗訪會稽郡，張子所到之處，百姓皆是扶老攜幼，迎送十數里，更有村鎮為他立廟樹碑。微臣還探得一首民謠，或可表明張子受越人擁戴的盛況！」

「哦，是何民謠？」

「是小兒所唱，歌曰：『天烏烏兮欲雨，開門迎我張子；地黃黃兮雨止，閉戶送我張子！』」

威王的眉頭再皺起來，沉思半晌，起身道：「這首歌謠倒是別緻！昭愛卿，你沒有別的事了吧？」

昭陽聽出話音，謝恩退出。威王閉目冥思有頃，見內臣已經回來，躬身候在一邊，緩緩問道：「方才昭愛卿說，越地有小兒之歌，歌曰：『天烏烏兮欲雨，開門迎我張子；地黃黃兮雨止，閉戶送我張子！』你可聽聞此事？」

內臣應道：「臣不曾聽聞！」

「可有越人為他立廟樹碑？」

「此事倒有，是姑蘇的吳人，不是越人！」

「嗯，」威王點了點頭，「看來，昭愛卿所言，並不全是無稽之談！」思忖有頃，微微一笑，抬頭道，「傳那個白姬，讓她再跳一曲！」

內臣領旨，將出門時，威王又送一句：「嗯，還有，張儀若來，就說寡人正忙，讓他回府候旨！」

* * *

靳尚興沖沖地與張儀一道趕至章華臺，得到的卻是「回府候旨」四字。太子槐大惑不解，使人打探，方知昭陽來過。太子槐親自登臺，尋到內臣。內臣不敢怠慢，悄聲告訴他，方才昭陽來過，獻予陛下西域白姬，陛下正在欣賞歌舞，因而無暇他顧。

太子槐謝過內臣，悶悶地下臺，見到張儀，又不好說出此事，只好苦笑一聲，調侃道：「真是不巧，父王今日遇到異域高人，正在盡興，朝中諸事盡皆推了。張子且請回去候旨，待父王忙過幾日，必會召請！」

張儀回至府中，一頭霧水，正在閉戶思忖，昭陽府差人送來請柬，邀他務於翌日前去作客。張儀厚賞來人，從其口中探知原委，原來是江君夫人中邪，昭陽從章華宮求來和氏璧驅鎮，定於午時舉辦驅邪儀式。來人還告訴張儀，聽府中人說，和氏璧採自山陰，係至陰之物，唯見真陽，方能顯示神威，驅魔避邪，因而神巫要昭陽宴請具有純陽罡氣的貴賓三十六人。據此，昭陽親自列出名單，宴請郢都名門顯貴三十六人。因神巫對賓客人選限定甚嚴，要求少不過弱冠，長不過不惑，且須具備四氣，即頂有罡氣，面有煞氣，身有貴氣，內有正氣。昭陽思來想去，僅只列出三十五人，正在為難，聽聞張子回府，既驚且喜，親自書寫請柬，邀他務必賞光，以湊天罡之數。

送走信使，張儀盤腿坐下，將前後細節思索一遍，未見破綻，也就放下心來。次日晨起，張儀驅車前往鬧市，採買一些參茸之物，置辦一個禮箱，看到時辰已不早了，催馬直驅昭陽府中。

昭陽府前果然是人來人往，車馬成堆。張儀剛一停車，早有門人迎上來，接過張儀禮箱，卸去車馬，引他走向府門，家宰邢才笑容可掬地迎上來，親自陪他前往客廳。

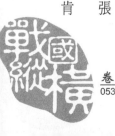

昭陽正與眾賓客說話，遠遠望見張儀，趕忙起身，大步迎出，離有十步遠，頓住步子，拱手行個大禮：「在下恭候張子了！」

張儀亦頓住步子，抱拳回禮：「在下來遲了！」

過完虛禮，昭陽大步上前，攜張儀之手同入客廳，向眾人介紹道：「諸位嘉賓，在下引見一下，這位就是在下剛剛談及的中原名士、會稽令張子！」

這些賓客多是貴家子弟，張儀全不認識，只好朝他們拱手大半圈，揖道：「在下張儀見過諸位！」

張儀雖說在楚聲名顯赫，但這些賓客無一不是出身望族，打娘胎起就是顯貴，哪肯將一個初來乍到的外鄉人放在眼裡，因而並沒有人起身相迎。此時見昭陽如此隆重引薦，眾人也不能不給面子，亂紛紛地站起來，拱手敷衍：「見過張子了！」

看到場面尷尬，昭陽忙對張儀笑道：「張子，來來來，今兒都是自家人，隨便坐！」

張儀本是紈絝子弟，自也不將這幫熊包夾在眼角，看到左邊有個席位，微微哂笑，落落大方地走過去，盤腿坐下。

昭陽看看天色，又看看門外，似在等人。眼見午時將至，昭陽正欲說話，廳外一陣騷亂，邢才進來稟道：「報，秦國上卿陳大人到！」

眾賓客一聽陳大人，皆迎出去。不一會兒，廳外傳來腳步聲，在眾賓客的恭維聲中，春風滿面的陳軫樂呵呵地直走過來，一邊揖禮，一邊與眾人說笑。滿廳之中唯張儀端坐於位，一動不動。陳軫看到，逕走過來，將張儀端詳有頃，不無吃驚地叫道：「咦，這不是張子嗎？在下陳軫有禮了！」拱手揖禮。

張儀只好站起來，還過一揖：「哦，是上卿大人，在下也有禮了！」

陳軫呵呵笑道：「鬼谷一別，竟是幾年，在下萬未想到在此見到張子，真是奇遇！」

張儀亦笑起來：「上卿大人亡魏走秦，又萬里赴楚，真夠忙的。不久前聽聞大人在郢，在下本欲登門求教，卻不知上卿大人穴居何處，在此見面，確是奇遇了！」

昭陽見所有賓客均已到齊，咳嗽一下，朗聲說道：「諸位高朋，家母玉體微恙，陛下聞訊，特別降恩，賜鎮宮之寶和氏璧予寒舍，用以驅邪。神巫擬定午時禮玉，眼下午時將至，在下恭請諸位前去祭壇，恭行驅邪儀式，觀賞寶玉！」

眾人齊站起來，跟著昭陽走到後面的家廟。院中空場上搭起一個祭壇，彩旗飄揚，香煙繚繞，神巫及其弟子諸人早已候在那兒。祭壇下面，整齊地擺放著三十六個几案，每個几案後面皆有名號，案上擺著各色食品，有山珍海味、果蔬佳釀等。眾賓客按序就坐，主人昭陽坐於首位，張儀坐在中間一排的中間一席。

家宰邢才見昭陽及眾賓客完全就坐，扯著嗓子朗聲宣道：「諸位嘉賓，吉時已到，鎮魔賞玉儀式開始！」

鑼鼓響起，一身怪裝的神巫登上祭壇，微微揚手，候於壇後的眾樂手齊奏楚地巫樂，一群巫女應聲而出，在壇上跳起巫舞。

幾曲舞畢，眾巫女抬出一個神案，案上現出一物，眾人不消多問，已知是和氏璧了。神巫再次上壇，在一陣更狂的巫樂聲中圍著神案跳起神舞。舞有一時，神巫突然頓住步子，面對神案紮下馬步，運神發功，口中大喝：「出玉！」

話音更落，令人驚奇的情景出現了，几案正中，片片綵緞紛紛揚揚，如雪片般飄起，輕輕落在案後，案上現出一只金盤，盤上放著一塊如碗大的神奇寶玉。

和氏璧是天下至寶，價值連城，和氏的故事在楚地更是家喻戶曉，婦孺皆知，然而，和氏璧是何模樣，莫說是眾賓客，即使昭陽，也沒有見過，因而，在場諸人無不伸長脖子，兩眼大睜，目不轉睛地望著那玉。神巫圍著几案又跳一時，又叫一聲：「賞玉！」

所謂賞玉，就是由賓客們賞玩此玉。此前，已有巫人告知眾賓客如何賞玉，就是閉目屏息，虔心敬意，先由左手撫摸三次，再由右手撫摸三次，以將體內四氣輸入寶玉，時間以三息為宜。

神巫話音落定，一名白衣巫女款款走上神案，端起金盤，放在端坐首位的昭陽前面，款款退去。昭陽閉目屏息，在三息之間，左右手各摸三次，將金盤傳於次位的陳軫。陳軫依樣摸過，依序傳下。

三息時間過得極快，不消多久，金盤已經傳至張儀。張儀依樣，閉目屏息，先由左手撫摸寶玉。剛過一息，遠處有人大叫：「不好了，失火了！」

緊接著，腳步聲、呼喊聲亂成一團。眾人抬頭望去，果然不遠處冒出股股濃煙。眾人皆吃一驚，卻也不敢離位，將目光齊齊地射向昭陽。

昭陽穩坐不動。正在此時，邢才急衝過來，大叫道：「主公，是老夫人房中起火了！」

聞聽此話，昭陽忽地一聲起身，大叫一聲：「娘——」飛步跑出。

眾賓客一見，各從地上跳起，如潮水般湧出院門，院中空無一人，就連神巫等人也跟著跑了過去。張儀手拿寶玉，走也不是，不走也不是，正自踟躕，一處花牆後面發出一陣沙沙響動，接著轉出一名紫衣女子，款款走至張儀跟前，深揖一禮，脆聲說道：「這位大人，請將盤子予我！」

張儀打眼一看，見那女子面容姣好，舉止文靜，言語謙和，料是巫女。此時他的心思盡在火情上面，不假思索，將那盤子急遞予她，飛身救火去了。

所幸的是，大火剛剛燒起，火勢不算太猛。眾人動手，不消一時，就將火焰撲滅。江君夫人早已被人救出，雖受大驚，卻也安然無恙。大火撲滅之後，眾人正在議論火災因由，邢才急走過來，向昭陽稟報說，原因已經查到，是老夫人的一個侍女守值時失手弄倒香案上的燭火，卻不曾看到，轉身走了。燭火燃及布簾，布簾燃及窗櫺，從而引起大火。待那侍女返回時看到，一切均已遲了。侍女受驚，知道死罪難逃，趁眾人皆在救火時，先一步在林中上吊死了。

昭陽黑沉著臉聽畢，轉身前去江君夫人新的榻處問安。又過一時，昭陽從房中出來，看到眾賓客仍在院中站著，陡然記起賞玉之事，抱拳朝眾賓客道：「諸位嘉賓，對不住了，走走走，回壇繼續賞玉！」言訖，頭前朝家廟走去。

眾賓客誰也無話，悄無聲息地跟在後面，絡繹走進院中，各就各位坐下。神巫復上

祭壇，大聲問道：「諸位嘉賓，方才輪到誰了？」

眾人皆將目光投向張儀。

張儀應道：「該到在下了！」

「好！」神巫抬手，「請這位客人繼續賞玉！」

所有人的目光再射過來，張儀卻在那兒端然不動。神巫提高聲音，重複道：「請這位客人繼續賞玉！」

張儀仍舊端坐不動。坐在下首的那人急了，輕輕碰他：「張子，快，賞玉呀！」

張儀回道：「玉還沒來呢，在下怎麼賞？」

神巫聽得清楚，臉色微變，急問：「那……玉呢？」

張儀緩緩說道：「神女拿走了！」

「神女？」神巫驚道，「哪個神女？」

「就是……」張儀略頓一下，「就是端金盤的那個女子！」

神巫急將端金盤的巫女召來，問道：「妳可曾從這位客人手中拿走寶玉？」

那女子搖了搖頭，大聲說道：「小巫不曾拿！」

神巫一怔，轉對張儀：「先生，可是這位女子？」

張儀定睛一看，微微搖頭：「不是這位，是個紫衣女子！」

所有神巫皆著白衣，張儀卻說是個紫衣女子，眾人皆驚，無數道目光急射過來。昭陽也似覺出問題大了，急站起來，走到張儀跟前，哭喪著臉，揖道：「今日之事，在下……在下已夠煩心，張子，您……您就莫開玩笑了！」

張儀這也意識到問題的嚴重，急站起來，回揖道：「回稟柱國大人，在下沒開玩笑，方才……方才在下真的將那寶玉交予一個紫衣女子，起身救火去了！」

「天哪——」昭陽一個轉身，對邢才大聲叫道，「邢才，可有紫衣女子？」

「回稟主公，」邢才叩地稟道，「今日禮玉，犯紫，因而小人昨日已下通告，全場禁紫色！」

昭陽復將目光轉向神巫，神巫點頭道：「紫氣上沖，與罡氣相撞，是以小巫禁紫，所有巫女皆須衣白，不曾有紫衣女子！」

昭陽陰下臉去，緩緩轉向張儀，再揖道：「張子，求你了！莫說在下，就請張子看在家母薄面上，快點拿出寶玉吧！在下……」

張儀一時懵了，臉色煞白，舌頭也不靈了，語不成聲道：「柱……柱國大人，在下真的是將寶玉交……交予一個紫……紫衣女子了！」

昭陽面對張儀緩緩跪下，淚水流出：「張子，在下求你了！」

在場的所有人都被昭陽的懇求感動了，無不紛紛譴責張儀。此時，張儀縱使渾身是嘴，也是說不清楚，氣結道：「你……你們……在下……在下真的沒拿寶玉……真的沒拿呀！」

昭陽忽地起身，換了副嘴臉，厲聲喝道：「張儀，在下敬你是個飽學之士，服你是個大才，今日特別邀你，也是看得起你！不想你……你卻……以怨報德，生此下作手段迫害在下！」轉對邢才，「來人！將偷玉賊拿下！」

外面立時衝進幾人，不由分說，將張儀牢牢拿住。直到此時，張儀方才恍然明白過來，仰天長笑一聲，衝昭陽叫道：「昭陽，你……你出身名門，身為柱國，在楚也算堂堂丈夫，竟然生此小人之計陷害在下！你……」

昭陽轉身朝諸位賓客連連揖手：「諸位客人，在下一向敬重此人。今日之事，前後經過諸位也都親眼看到了，在下是否陷害此人，懇請諸位做個見證！」

眾客無不抱拳應道：「回稟大人，我等全看到了，願為大人作證！」

張儀知是進了圈套，再說也是枉然，恨恨地垂下頭去。昭陽也不動粗，揮身讓僕從將張儀暫時看押，將前後經過詳細寫畢，眾賓客逐一簽字畫押，擬成一道奏章，驅車載著眾賓客、神巫等證人，直奔章華臺而去。

威王正在觀賞白姬的肚皮舞，忽聞和氏璧有失，驚得呆了，揮退白姬等人，召見昭陽，匆匆閱過奏章，又聽他和淚講過備細，思忖有頃，召在場證人悉數上臺。眾客七嘴八舌，所述與昭陽所奏一般無二，且無不信誓旦旦。威王審視眾人，見他們並不全是昭氏宗親，其中有幾人一向與昭氏有隙，不太可能被昭陽買通，又想昭陽是個孝子，又為生母驅魔鎮邪，涉及鬼神家廟，想必不是誣陷，當即龍顏大怒，下旨削去張儀所有職爵，抄沒全部家財，發刑獄嚴審，務必查出和氏璧下落。

* * *

香女在家，左等右等，直到傍黑，仍然不見張儀回府。香女素知張儀愛酒，猜他許是在昭陽府上喝多了，因而也沒放在心上。

候至深夜二更，仍然不見張儀回來，也無任何音訊，香女開始著急，使一個腿快的家僕前往昭陽府中打探，一個時辰後，家僕返回，報說昭陽府中大門關閉，一切靜寂，想是皆入睡了。

見家僕兩眼犯睏，香女打發他去睡了，自己又在房中呆坐一時，聽到雄雞報曉，知他回不來了，方才嘀咕一句：「這個酒鬼，見酒就沒魂了！」起身走入內室，在榻上和衣睡了。

天色大亮，旭日東出。香女睡得正熟，街道上陡然傳來腳步聲，不一會兒，張儀的府宅前面擁來一隊甲士，一名軍尉一腳踹開大門，眾甲士挺槍衝入，在院中站定。軍尉扯起嗓子大聲喝道：「府中所有人丁，全站出來！」

眾臣僕大是驚愕，紛紛走出來，在院中站定。香女的貼身使女急入內室，對香女道：「夫人，不好了，官兵來了！」

「官兵？」香女打個驚愣，從榻上起來，「官兵來做什麼？」

使女手指外面：「奴婢不知，他們凶……」話音未落，中尉的聲音又傳進來，「府中所有人丁，全站出來聽旨！」

聽到「聽旨」二字，香女又是一怔，略一思忖，將西施劍掛在身上，走至鏡前，理過雲鬢，緩緩走出內室，站在門口，望著眾甲士，輕啟朱脣，冷冷說道：「諸位軍士，你們為何至此？」

看到香女一身英氣，軍尉微微一凜，抱拳道：「在下奉旨，特來查抄罪臣張儀府中一切財產，請夫人寬諒！」

「罪臣張儀？」香女陡吃一驚，「請問軍尉，夫君所犯何罪？」

「在下不知！在下只是奉旨查抄，請夫人讓開！」

香女思忖有頃，冷冷說道：「查抄可以，請軍尉出示御旨！」

「御旨在此！」香女的話音剛落，門外走進一人，是楚國司敗項雷。

司敗是楚國特有官職，等同於中原列國的司寇或司刑，專司揖盜拿賊、作奸犯科諸事。香女在楚地長大，自知此情。今日司敗親自出馬，可見事態甚是嚴重，上前揖道：「請問大人，小女子夫君所犯何罪？」

項雷走前一步，掃視香女一眼，從袖中摸出一道御旨，亦不回禮，冷冷說道：「夫人，你家夫君張儀在上柱國昭陽大人府中作客時，趁府中失火紛亂之機，盜走鎮邪之寶和氏璧，證據確鑿。陛下震怒，特旨削去張儀所有職爵，抄沒一切財產，這是御旨，請

夫人審看！」

在會稽之時，香女不止一次從威王親發的詔書中看到過威王印璽，因而識得真偽。香女細細審看，見確是御旨，真正急了，叩地求道：「小女子求大人轉奏陛下，夫君張儀不是盜賊，必是被人冤枉了，請陛下明察呀！」

項雷嘿嘿冷笑幾聲：「你家夫君是否冤枉，不久即知！在下此來奉旨查抄家產，請夫人讓開！」

香女知道求他無用，略一思忖，緩緩起身，揖道：「大人既是奉旨查抄，小女子自不敢阻！家中所有財產盡在府中，請大人查抄！大人若無別的事，小女子這就走了！」

司敗沒有想到香女要走，急道：「夫人不能走！」

香女將手中御旨遞還司敗：「大人請看，御旨上只說抄沒家財，並沒說抄沒小女子。小女子為何不能走？」

「這……」司寇怔了一下，細看御旨，只好點頭道，「按照御旨，夫人是可以走，但家財須得留下！」

香女緩緩說道：「回稟大人，小女子身上之劍，乃防身之物；小女子身上衣飾，乃遮羞之物，均不屬於家財。」從頭上拔出一根金釵，「家財皆在府中，小女子身上之財，唯此一根金釵，請大人查收！」

一個兵士上前一步，接過金釵。項雷辦案無數，卻未遇到如此難對付之人，一時竟也愣了，既不說准，又不說不准，只拿眼睛盯牢香女。

香女微微抬起雙手：「大人若是不信，可以搜身！」

見香女將話說至此處，項雷再無話說，揖道：「夫人遇亂不驚，真是奇女子，在下佩服！夫人，妳可以走了！」

香女謝過，款款穿越眾甲士讓開的過道，留下一路幽香。看到眾軍士無不在吸鼻子嗅香，項雷怒道：「嗅香屁呀？抄家！」

【第三十七章】

賈舍人搭救逃命人
蘇相國計羞張賢弟

香女走出家門，心兒如同炸裂的栗子，沿大街狂奔一陣，直到一個小湖邊，方才放緩腳步。眼淚是沒有用的，香女沿著湖岸一邊遊走，一邊恢復心序，思忖這場飛來橫禍。

顯然，張儀不可能做賊，更不可能去偷和氏璧。一定是有人栽贓，且栽贓之人就是昭陽，目的也很明確，爭令尹之位。香女知道，張儀回來，為的也是這個。令尹之位對張儀來說也許重要，但對香女來說，更重要的是張儀這個人。公孫蛭、荊生均已遠走，在此世上，眼下的她唯有這一個親人了。若是張儀有個三長兩短，她就沒有理由再活下去。

香女開足腦筋，苦苦思索。昭陽是楚國重臣，和氏璧更是楚國重寶，這且不說，楚王既下御旨，就是欽案，想翻此案幾乎是不可能的！

景翠？景舍亡故，景氏落勢，景翠縱想幫忙，怕也是愛莫能助。再說，景府上下正在舉喪，此時找他，豈不是讓他為難？

香女思來想去，竟是無人可施援手。絕望之中，香女的腦海裡靈光一閃，豁然一亮。對，靳尚！只要找到此人，就可找到殿下。張儀此番回來，奉的本是殿下的旨意，出此大事，殿下想必不會坐視不理。而且，就眼下情勢，唯有殿下，或可搭救！

此前張儀曾對香女提及靳尚的府宅，說是在宮前街。香女不消再想，打個轉身，撒腿就朝那兒奔去。趕到街前，香女卻傻眼了。這條大街住著許多達官顯貴，聲名顯赫的昭陽府也在附近。香女不知哪一個府門是靳尚的，又不敢亂問。正自著急，見前面有個當街晨練的老人，上前詢問。老人指了一個府門，香女尋去問訊，果是靳府。

香女報出名姓，門人讓她稍候，飛身進去通報。不一會兒，靳尚大步迎出，揖道：「嫂夫人，在下知妳要來，哪兒也不曾去，只在寒舍守候！」

聽聞此話，香女斷定靳尚早已知情，回過一揖，也不說話，放任兩行淚水嘩嘩流出。靳尚急道：「嫂夫人莫哭，此處不是說話之處，快進府去！」

香女點了點頭，抹把淚水，跟他走進府中。靳尚引香女七彎八拐，走進一處十分雅致的密室，在廳中坐下，指著客位道：「嫂夫人請坐！」

香女撲通一聲跪下，泣不成聲：「靳大人，小女子求……求你了！」

見香女這樣，靳尚的兩眼現出欲光，如火一樣緊盯著她，許久，起身走過來，輕輕扶起她，輕柔地說：「嫂夫人，來，咱們慢慢說！」

香女起身，在客位坐下，圓睜淚眼望向靳尚，拱手求道：「靳大人，夫君受人陷害，陛下……陛下將他下入大獄了！」

「唉，」靳尚眼珠一轉，輕嘆一聲，「在下查問了，是昭陽幹的！在下剛從宮中回來，聽殿下說，昭陽前日向陛下晉獻一個異域白姬，討求和氏璧為母驅邪。陛下龍顏大喜，將璧予他。不想他討此璧不是用來驅邪，而是用來陷害張子！此人用心甚是險毒，設下圈套，前後環節滴水不漏，張大人不曾設防，成為套中獵物。眼下昭陽人證、物證俱在，張子渾身是嘴，也是說不清楚。和氏璧是天下至寶，更是陛下心肝，一朝不見蹤影，陛下自是震怒，唉，殿下也是……」頓住話頭，兩眼直勾勾地盯住香女。

「靳大人，」香女聽出話音，臉色煞白，「你是說……殿下他……他……」

「不瞞嫂夫人，」靳尚眼珠一轉，點頭道，「事太大了，殿下也是無能為力！」

「天哪！」香女慘叫一聲，眼前一黑，歪倒於地。靳尚既驚且喜，飛身上去將她抱於懷中，捏按人中。香女悠悠醒來，見自己躺在靳尚懷中，臉色緋紅，又羞又急，拚盡全力掙脫出來，復跪於地，連連叩首，淚如雨下：「靳大人，小……小……小女子求你了！」

靳尚見香女烈成這樣，略怔一下，只好悻悻起身，坐回自己位上，輕咳一聲，嘆道：「唉，嫂夫人，說吧，妳要在下如何幫妳？」

香女思忖有頃，擦去淚水，不無堅定地抬頭說道：「小女子欲見殿下，求靳大人幫忙！」

靳尚眼珠又是幾轉，面現難色，復嘆一聲：「唉，不瞞嫂夫人，殿下早已推知嫂夫人會來，特讓在下守在家中，為的就是告訴嫂夫人，殿下眼下……不願見妳！」

「為什麼？」

「因為此事棘手！昭陽鐵證如山，陛下深信不疑，正在震怒之中，殿下……」靳尚再次將話頓住。

香女垂下頭去，又過一時，抬起頭來，目光如箭一般射向靳尚：「靳大人，小女子再求一次，你肯不肯幫忙？」

靳尚一怔，卻不敢抬頭與她對視，許久，輕嘆一聲，點頭道：「唉，在下當然願意幫忙，只是……」

香女攏了一下頭髮，似也看透了他的心思，語態平靜下來：「說吧，你要小女子如何報答？」

香女的直率讓靳尚吃驚，愣怔半晌，方才點頭：「好吧，既然嫂夫人將話說至此處，在下……在下這也豁出面皮了！」

「說吧！」香女收回目光，微微閉眼，聲音越發平靜。

「是這樣，」靳尚尷尬一笑，「自知嫂夫人天生異香，在下心癢難忍，夢中也想察看嫂夫人身上的奇香之源。嫂夫人若肯……」略頓一下，似是在集市上與小商販討價還價，「若肯寬衣解帶，讓在下一償夙願，在下……」

「大人還想什麼？」香女冷冷地截住他的話頭。

「就……就這些吧！」靳尚一怔，不好再說下去。

香女再無二話，將寶劍解下，放在几案上，起身走過來，在靳尚面前站定，緩緩寬

衣，直將身上脫得一絲不掛，語調仍如方才一樣平靜：「小女子寬衣了，請靳大人察香！」

在這樣一個女子面前，靳尚竟是呆了，一動不動地坐在地上。

「靳大人，小女子已經如約寬衣，大人若是不察，小女子也就穿衣了！」

「察察察，」靳尚緩過神來，連說幾聲，半跪半蹲在地上。因前面有話，他也不敢輕易造次，繞她連轉數圈，裝模作樣地將她渾身上下嗅了一遍，就如獵狗一般。香女兩眼緊閉，淚水順頰流下，滴落在清冷的地板上。

靳尚嗅了一陣，香女冷冷問道：「靳大人，你可察過了？」

靳尚早就知曉香女武功高超，本以為她會委屈就範，不想她竟然這樣剛烈，雖然裸身於他，卻又凜然不可侵犯。在此冷豔面前，靳尚妄念頓失，退後一步，緩緩坐於席上。

「靳大人，你可察過了？」香女不依不饒，追問一句。

「察過了！」靳尚完全懾服了。

「靳大人既已察過，小女子就穿衣了！」香女說完，退後一步，將自己的衣飾一件一件地拾起，穿上，復坐於席，一雙大眼目不轉睛地盯向靳尚，「靳大人夙願已償，如何幫忙，小女子拭目以待！」

靳尚微微拱手，點頭嘆道：「嫂夫人真是千古一遇的奇女子，張子得之，實乃張子福分！在下自幼好奇，偏愛女香，今日之事，有所冒犯，也望嫂夫人寬諒。嫂夫人放心，在下既已承諾，必盡全力，這就前去懇求殿下搭救張子！」略頓一下，「不瞞嫂夫人，張子是死是活，眼前怕也只有這條路了！」

香女微微抱拳：「小女子知道！小女子謝大人了！」

* * *

天色昏黑，在宮前街昭陽府斜對面陳軫宅院的密室裡，一個黑衣女子跪在地上，面前放著一個包袱。陳軫伸出手來，慢慢打開包袱，裡面現出一套紫衣，紫衣裡包著金盤和天下至寶——和氏璧。

陳軫壓住激動，兩手捧璧，細細觀賞，反覆撫摸，由衷讚道：「嘖嘖嘖，真是天下至玉啊！」又賞一時，復嘆一聲，「如此瑰寶，卻被楚王深鎖宮中，用以鎮邪，實在可惜了！」

陳軫欣賞半個時辰，見黑衣女子仍舊跪在地上，似也想起她來，衝她點了點頭：「阿嬌，此事還有何人知道？」

「回稟主公，」名叫阿嬌的黑衣女子道，「除奴婢之外，再無他人知道。奴婢依照主公吩咐，拿走此玉後，在一家客棧躲藏一日，見天色黑定，方才悄悄回來向主公覆命！」

「嗯，妳做得很好！」陳軫不無讚賞地衝她微微一笑，拿出兩只酒爵，斟滿酒，遞予她一爵，「來，主公為妳賀喜！」言訖，自己首先端起一爵。

「奴婢謝主公恩寵！」阿嬌端起酒爵，一飲而盡。

見她飲完，陳軫緩緩放下酒爵，目不轉睛地望著她。阿嬌略顯驚訝，輕聲問道：「主公，您怎麼不喝？」

「唉，」陳軫復嘆一聲，「阿嬌啊，妳走之後，不要恨我！」

「走？」阿嬌驚道，「走哪兒？奴婢哪兒也不去，只跟主……」話未說完，陡然手摀胸部，不一會兒，疼得在地上打滾，大叫，「主……主公……」

陳軫不忍看她來回翻滾，背過臉去，送她一句：「唉，阿嬌呀，不是主公心狠，而是這一條路，妳必須得走！」

阿嬌兩手摀住肚子，疼得顧不上說話，在地上翻滾一陣，嘴角流出汙血，竟自不動

了。陳軫扭過頭來，收起寶玉，將阿嬌穿過的紫衣放在火盆裡燒焚，召來兩個男僕，將她用草席捲了，抬至後花園早已挖好的土坑裡，掩土葬過。

陳軫剛剛送走阿嬌，家宰進來稟道：「主公，柱國大人到！」

陳軫拍了拍手：「走，迎接柱國大人！」

家宰趨前一步，小聲稟道：「柱國大人似是有事，不待迎接，自行進府，這陣兒已在客廳候著主公呢！」

陳軫點了點頭，與家宰走出密室，急步來到前廳，見昭陽果然候在那兒，正在廳中焦急地踱步。聽到腳步聲，昭陽迎出來，揖道：「上卿大人，你總算來了！」

陳軫回揖道：「在下正在忙於瑣事，不知大人光臨，迎遲一步，還望大人海量！」

昭陽如同在自己府中一樣，上前攥住他的手，走回客廳，呵呵一笑：「不說這些了。來來來，坐坐坐！」自己坐在主位，倒讓陳軫去坐客位。

陳軫笑道：「柱國大人，您這是反客為主了！」

昭陽一看，趕忙起身，尷尬地笑笑：「嘿，在下心裡一急，竟是弄錯了！」

陳軫亦笑一聲，在主位坐下，拱手道：「大人請坐！」見昭陽亦坐下，再次拱手，「看大人這樣子，似有急事，可否說予在下？」

昭陽看一眼陳軫的家宰，陳軫呶了下嘴，家宰退出。昭陽見無他人，急不可待地問：「上卿大人，那物什呢？」

「敢問大人，是何物什？」

昭陽一怔，壓低聲音：「玉呀！」

陳軫釋然一笑：「哦，是那玩藝兒呀，丟了！」

「丟了？」昭陽一驚，「你……丟哪兒了？」

「雲夢澤裡。」

昭陽臉色灰白，手指陳軫，氣結道：「你……你……你怎敢將它扔進澤裡？」

陳軫拱了拱手，壓低聲音：「柱國大人，依你之見，在下該當如何處置此物？」

昭陽急道：「此為在下之物，當然要交還在下！」

「柱國大人，」陳軫不急不緩，「莫說是令尹之位，難道大人連命也不想要了？」

昭陽一驚，不解地望著陳軫：「此話何解？」

「唉，」陳軫輕嘆一聲，「大人真是財迷心竅，竟然連這個彎也轉不過來。大人試想，大人為得令尹之位，以此物設陷，上欺陛下、宗廟、老夫人，下害友人張子，於忠於孝於友皆是大逆。此事若是為人所知，大人何存於世？敢問大人，此物還敢藏於府中嗎？」

昭陽怔了一下，急急應道：「在下藏之密室，永不為人所知，豈不成了！」

「唉，」陳軫復嘆一聲，「大人真是固執！在這世上，要想人不知，除非己莫為。大人藏寶於室，就等於藏瘤於腹。這麼說吧，大人眼下或可不講，難保日後永遠不講；醒時或可不講，難保夢中永遠不講；酒前可以不講，難保酒後永遠不講。縱使大人什麼也不講，張子一案，也經不住盤查。他日陛下若是醒悟，萬一再問此事，大人心中有鬼，口中難免吞吐。萬一露出馬腳，豈不是前功盡棄？」

陳軫一番話說完，昭陽冷汗直出，拿袖子抹了一把額頭，小聲說道：「既然這樣，如此寶物，被上卿扔進大澤之中，也是可惜！」

「唉，」陳軫吁出一聲富有樂感的長嘆，「在下也是愛財之人，如何不知可惜？在下這麼做，實乃不得已之舉。在下左思右想，唯有這麼做，才是各得其所！」

「何為各得其所？」

「在玉，本為天地之物，復歸於天地，得其所；在大人，因無此物，心中無鬼，假也是真，真也是假，大人只能義無反顧，再無退路，只將此物視為張儀偷了；在張儀，永遠是無頭案，縱使他變為厲鬼，也查無實證；在陛下，此物永不復返，永遠不會認為是他自己失去明斷，錯怪好人；之於在下，自也坦坦蕩蕩，不會為此物受到牽累！」

陳軫講得頭頭是道，句句是理，昭陽由不得不服，亦嘆一聲：「唉，扔也扔了，再說何益？」思忖有頃，「那……拋物之人呢？」

「拋物之人，也即取寶之人，在下方才打發她上路了。大人盡可放心，此事了了，永遠了了。自今日始，天下至寶和氏璧將如那軒轅寶劍一樣，成為史話！」

「好了，」昭陽轉過話頭，「不說這個了。在下此來，還有一事與上卿相商！」

「可是張儀？」

「是的！」昭陽點了點頭，「此人一日活著，在下一日不得安生。在下在想，趁此當口，結果了他，澈底斷絕後患！」

陳軫思索一時，搖了搖頭。

「哦？」昭陽大惑不解，「此又為何？」

「柱國大人，」陳軫緩緩說道，「張儀盜走和氏璧，楚國上下，尤其是殿下，多有疑心。大人若是不明不白地處死張儀，叫作欲蓋彌彰，非但無益，反添疑心，殿下必以為大人是殺人滅口。陛下已近暮年，一旦山陵崩，殿下承繼大統，君臣生疑，柱國大人何以自處？」

「可……張儀活著，一定會反咬在下！」

「和氏璧是傳至張儀手中失蹤的。依張儀為人，必一口咬定自己沒拿，將玉交予一個紫衣女子，而此世上，那個紫衣女子已不復存在。張儀越堅持，眾人越認為他是在說謊，縱使他長了一百張口，也難解釋清楚。和氏璧名滿天下，張儀盜寶一事，也必傳揚列國。一個竊賊，無論走到哪兒，都是過街老鼠，此人活著，也等於死了。再說，柱國大人一旦登上令尹之位，大權在握，難道還懼怕一個流離失所、失魂落魄的過街鼠不成？」

昭陽連連點頭，拱手道：「聽上卿之言，如開茅塞，在下受教了！」緩緩起身，「上卿安歇，在下告辭了！」

送走昭陽，陳軫復回密室，重新拿出和氏璧，越看越愛，撫摸有頃，喃喃說道：「好寶貝，好寶貝，好一個寶貝，此生得你，也算值了！」小心翼翼地捧至脣邊，輕輕親吻。

* * *

楚宮東宮的正殿裡，太子槐滿臉焦躁地來回踱步，靳尚站在一邊，哈腰低頭，兩隻眼珠緊緊盯住太子槐的腳後跟，隨著他踱步的幅度滴溜溜地來回轉動。

太子槐的腳步放緩下來，漸漸頓住，轉向靳尚：「陛下正在氣頭上，你教本宮如何說話？」

靳尚仍舊低垂著頭，嘴脣卻在微微啟動：「殿下，昭陽如此陷害張子，只有兩個解釋，要嘛是他無知，要嘛是他別有用心！」

「哦，他有何用心？」

「明裡是為令尹之位，暗裡是在挑釁殿下！」

「挑釁本宮？」太子槐似吃一驚，走前一步，逼視靳尚。

「是的。」靳尚稍稍抬頭，緩緩說道，「張子是殿下請回來的，昭陽心知肚明，仍要設套，臣以為，這就是目無殿下，公然挑釁！」

「他為何這麼做？」

「為了昭氏家族。雖然昭陽有才，但張子之才是其十倍，這一點不消微臣再說。昭

陽聞知張子回來，奉的又是殿下旨意，自是慌亂，因為殿下一向與屈氏、景氏族人過往甚密，獨與昭氏有所間離。如果此時不得令尹之位，待殿下承繼大統，昭陽更無出頭之日。因而，臣以為，對於昭陽來說，令尹之位志在必得，恰在此時，張子橫插於前，且是由殿下親自舉薦，昭陽驚懼，這才背水一戰，做此亡命之搏！」

「嗯，所言在理，不過……」太子槐點了點頭，又踱幾步，「此人謀算甚深，本宮看過訴訟，根本無懈可擊！」

「依昭陽之才，想不出如此圈套。微臣聽說，此人與秦國上卿陳軫過往甚密，或是此人出的主意！」

「陳軫？」

「是的。此人前年自秦赴郢，就住在昭陽府宅對面。臣還探知，昭陽晉獻陛下的那個白姬，就是陳軫從秦國帶來的。陳軫在府中密養兩年，突然於此時獻美，其心可疑！」

太子槐眉頭凝起，又踱起來，有頃，頓住步子：「陳軫為何要害張子？」

「這……臣也不知！不過，臣以為，張子是個大才，就此死於小人之手，是楚國之悲！再說，有朝一日山陵崩，殿下執掌大柄，若無張子，豈不是個遺憾？」

「依你之見，本宮該當如何行事？」

「懇請陛下，求他看在張子滅越這樁功勞上，赦免張子死罪！只要張子留得一命，後面就有戲文可唱。若是張子死於非命，一切就都沒有了！」

太子槐又踱幾步，眉頭一動：「有了！備車，起駕章華臺！」

「臣遵旨！」

靳尚備好車駕，揚鞭催馬，載太子槐馳向章華臺，叩見威王。威王仍在震怒，但氣頭已過，態度較昨日有明顯緩和。

太子槐趨前叩道：「兒臣叩見父王！」

「你是為張儀求情來的吧！」威王冷冷說道。

「兒臣不敢，」太子槐再拜，「兒臣以為，和氏璧是我鎮宮之寶，張儀竟敢在眾目睽睽下將其竊走，其心可誅，罪在不赦！鑑於此案重大，且又涉及上柱國昭陽及數十位嘉賓，兒臣甚想親審此案，叩請父王恩准！」

威王思索一時，點頭道：「也好！你可代寡人問一問張儀，寡人待他不薄，還打算委他重任，他為何反要恩將仇報，做此苟且之事？」

太子槐領完御旨，匆匆趕至司敗府，聞知項雷正在刑室裡審問張儀。項雷是昭陽生母江君夫人的娘家親姪，也即昭陽表弟。鑑於此案通天，且又涉及昭氏，項雷自是用心，嚴刑拷問，一心欲逼張儀認罪，供出和氏璧下落。項雷施出種種酷刑，張儀卻是生就的倔脾氣，且又委實受屈，死不招認。

張儀昏死數次，又被冷水澆醒，試用新的刑具。太子槐趕到時，張儀又一次昏死在刑臺上。項雷喝令鬆刑，獄卒連潑數遭冷水，張儀仍不醒來。項雷微微一怔，拿手指在張儀的鼻孔前擋了一下，見仍然有氣，急令抬下刑臺。

正在此時，太子槐在斬尚諸人的陪同下，大步走進。項雷見是太子，趕忙跪叩：「微臣項雷叩見殿下！微臣不知殿下光臨，有失遠迎，請殿下降罪！」

太子槐掃一眼躺在地上如死人一般的張儀，陰沉著臉冷冷說道：「將他打死了？」

項雷應道：「回稟殿下，犯人暫時昏過去了。」

太子槐鬆下一口氣：「沒死就好。招認了嗎？」

項雷搖了搖頭：「沒有。此人嘴硬，死不招認！」

太子槐掃一眼張儀：「既不肯招，就抬下去吧。好生照料著，莫要讓他死了。」

「微臣領旨！」項雷應過，急令眾獄卒抬走張儀，傳獄醫急救。

太子槐走到主審臺前，在席上坐下：「拿供詞來！」

項雷趕忙遞上供詞。太子槐審看一時，又要來案卷，細審有頃，轉對項雷：「有副本嗎？」

「有！」

「取副本來！」

項雷拿來副本，靳尚收起來。太子槐緩緩起身：「項愛卿，張儀性硬，不能硬逼！萬一把他打死了，失去活口，查不出寶玉來，陛下怪罪，你可擔當不起！」

項雷叩道：「微臣遵旨！」

太子槐安頓已畢，不及回宮，即與靳尚馳至章華臺，求見威王：「父王，兒臣審查此案，覺得疑雲重重！」

「哦？」威王急問，「是何疑雲？」

太子槐將一大堆案宗副本及張儀的供詞放在几上，緩緩說道：「但凡竊賊，必有預謀。小偷尚須踩點，何況是前往柱國府盜取天下至寶。反觀張儀，首日回府，次日即受邀前往昭陽府赴宴，且此前並不知賞玉之事，根本無法預謀。此其一也。」手指案卷，「據案宗所述，張儀是孤身一人前去赴宴，並無幫手。又據張儀府中僕從所述，張儀回郢之後，一直待在府中，並無外出，也即張儀並無機會尋覓幫手。此其二也。據兒臣所知，張儀並不是愛財之人。再說，張儀受恩於陛下，貴為會稽令，在楚前途無限，如何肯為一塊寶玉失去錦繡前程？此其三也。張儀所受酷刑，非一般人所能承受，但他昏死數次，死不肯招，若非受屈之人，一般竊賊斷不肯為。此其四也。張儀一口咬定將寶玉交予一個紫衣女人，兒臣以為，或非無稽之談。賞玉賞至張儀手中，府中失火，眾客皆去相救，此時有人討要寶玉，張儀在此情勢下，自會失去分辯，誤以為是巫女前來取玉。據兒臣所查，有在場的賓客議及此事，說張儀當時的表情，也不似裝出來的。此其五也。有此五點，兒臣是以……」

威王眉頭緊凝，擺手止住他，沉聲說道：「依你說來，是昭陽陷害於他？」

太子槐搖了搖頭：「兒臣以為，昭陽斷不會故意陷害張儀！」

「他為何不會？」

「也有幾個原因，」太子槐侃侃而談，「一是此事涉及宗廟，身為昭氏後人，昭陽斷不會在宗廟裡欺天害人，為昭門抹黑；二是昭陽事母至孝，此璧既然是為母驅邪祈福，昭陽自也不會不誠，何況又是江氏夫人內寢失火，昭陽縱有此心，也不能不顧母親安危；三是在場諸賓客中，並不全是昭氏一族，黃氏、項氏、屈氏、景氏等多家族門皆有人在場，兒臣審看他們的證詞，與昭陽、張儀所述一絲無差……」

「寡人問你，」威王再次打斷他，「張儀既沒偷玉，昭陽也沒陷害，此玉哪兒去了？難道它會插翅飛走不成？」

太子槐思忖有頃，小聲應道：「方才回來，兒臣一路上都在思忖此事。兒臣在想，此玉既非凡品，會不會……」

威王心頭微懍，傾身道：「你是說……」

「兒臣在想，昭門祭玉，舉門禁紫，如何又來紫衣之人？還有那場大火，生得甚是奇妙，婢女整日伺候燭火，蠟燭從未倒過，偏巧那日倒了。兒臣依據案宗所述，將前後過程串聯起來，父王請看：江君夫人生病，昭陽求玉，父王恩准，神巫祭玉，三十六陽剛男子，張儀返郢，昭陽盛請，家廟賞玉，江君夫人臥寢失火，張儀守玉，紫衣女子從天而降……這一切就像是上天刻意安排了的，環環相扣，甚是緊湊！」

威王身體後仰，倒吸一口涼氣，閉目冥思，睜眼問道：「槐兒，聽你這麼說，難道是上天收走了此玉？」

太子槐點了點頭：「兒臣以為，此玉自入章華臺，百多年來，從未出過宮門一步，此番失竊，或是天意！」

威王思考有頃，緩緩點頭：「嗯，你說的也是，寡人不該放玉出宮。那日也是中邪了，昭陽一求，竟然予他了！」略略一頓，「依你之見，寡人又當如何處置張儀？」

「兒臣以為，司敗那兒證據確鑿，張儀這裡也解釋不清，事已經鬧大，不能不罰。然而，陛下一向賞罰分明。莫說張儀可能蒙冤，縱使他真的盜走此玉，也不可忽略他為大楚建下的蓋世功業。此玉縱使價值連城，也難與數千里越地相比。張儀身為客卿，奔波不止萬里，助我一舉滅越，解我腹內巨患，父王何不將功補過，赦免他的死罪，同時詔告天下，顯示父王賞罰分明的公心！」

威王又是一番冥思，點了點頭：「嗯，就這麼辦吧！你要告訴張儀，他愛去哪兒就去哪兒，寡人與他一來一往，兩不相欠了！」

「這……」太子槐心頭一寒，「兒臣領旨！」

* * *

一輛軺車在刑獄門前戛然而止。靳尚望一眼香女，小聲道：「嫂夫人，就是這兒！」

香女飛身下車，就要走入刑獄大門，被幾個持戟甲士攔住。靳尚急走上來，遞過楚王的特赦金牌及諭旨，門尉接過，讓他們在此稍候，自己快步進去。約過半個時辰，幾名獄卒架著張儀走出來，將他放在地上。

看到張儀遍體鱗傷，臉色猶如死人一般，香女哭叫一聲：「夫君——」飛身撲上去，將張儀緊緊抱在懷裡。張儀吃力地睜開眼睛，朝她微微一笑，復又闔上眼皮。

刑獄門外停著幾輛馬車，是附近百姓專在此處候生意的。靳尚揚手召來一輛，吆喝獄卒將張儀放進車中，轉對香女，揖道：「嫂夫人，在下答應的，已經兌現了！」從袖中摸出一只錢袋，雙手遞上，「袋中有十金，權為在下心意，望嫂夫人不棄！」

香女本是烈性，且又發生前日之事，自是不肯接受靳尚的施捨，當下回過一揖：「大人厚意，小女子心領，大人十金，還請收回！」

靳尚微微一笑，硬遞過來：「在下心意，嫂夫人可以不領，這點小錢嫂夫人卻得收下。眼下嫂夫人身無分文，別的不說，單是張子這樣，也該有個棲身之處！」

見靳尚將話說至此處，香女也就不好推托，接過錢袋，再次揖道：「既如此說，就算小女子暫借大人的！」

靳尚也不應話，跳上軺車，抱拳道：「在下先走一步，嫂夫人保重！」

香女回過禮，跳上車子，盤腿坐下，小心翼翼地將張儀抱在懷裡，免得旅途顛簸，弄疼了他。車夫見她坐好了，扭頭問道：「夫人，去哪兒?」

香女正欲回話，靳尚忽又跳下車子，近前說道：「差點忘記一件大事，請嫂夫人轉告張子，陛下口諭：『告訴張儀，他愛去哪兒就去哪兒，寡人與他一來一往，兩不相欠了！』」

聽到如此絕情之語，香女淚水流出，點了點頭，轉對車夫：「麗水岸邊，棲鳳樓！」

車夫朗聲應道：「好咧！」揚鞭催馬，疾馳而去。

馬車轔轔而至棲鳳樓，掌櫃迎出來，一見張儀這樣，大吃一驚，吆喝幾個僕從，將他抬至二樓他們原先住過的房舍。香女返身下樓，欲付車資，車夫道：「叫車的大人已付過了！」

香女微微一怔，謝過車夫，急步上樓去了。

張儀一走，項雷就使人急報昭陽。昭陽聽聞太子親自出面營救張儀，驚愕之餘，暗自慶幸聽信陳軫所言，預留一手，未將張儀整死。細想前後過程，昭陽越發佩服陳軫，使邢才將他召來，謀議下一步如何去邁。

*　　*　　*

陳軫快步走向客廳，未進廳門，看到昭陽迎出，遠遠拱手道賀：「大人大喜了！」

昭陽一怔：「哦，喜從何來？」

「大人就要穩登令尹之位，難道不是大喜？」陳軫樂呵呵地再次拱手。

昭陽越發惶惑：「請上卿明言！」

陳軫指了指門檻，呵呵笑道：「令尹大人，縱使明言，也不能在門檻之外呀！」

昭陽亦笑出來，拱手揖過，伸手讓道：「上卿大人，請！」

二人步入廳中，分賓主坐下。昭陽拱手，語氣探詢：「果如上卿所言，殿下親自出面將張儀救出。在下琢磨此事，越琢磨越是焦心，特請上卿來，本欲求個應策，上卿卻……」身子微微前傾，聲音壓低，「敢問這……令尹之位，由何而來？」

「請問大人，楚若一年不設令尹，行嗎？」

「不行！令尹乃楚之要樞，若無令尹，政令不通，六府不調，三軍不治，久必生變！」

「三個月呢？」

「也似不妥！按照慣例，令尹若是去職，一月之內，當立新令尹！」

「這就是了！」陳軫笑道，「再問大人，在楚天楚地，除張儀之外，可否有人能與大人爭奪此位？」

昭陽搖了搖頭。

「張儀已是廢人，景舍去職亦近一月，眼見大人榮登寶位，在下是以賀喜！」

「上卿言早了，」昭陽急道，「在下急的也是這事！殿下既將張儀救出，亦必會在陛下面前再次力薦。陛下年邁，大楚天下不久將是殿下的，陛下對此心知肚明，倘若殿下堅持，或會……」似是不敢再說下去，輕嘆一聲，轉過話鋒，「再說，和氏璧失蹤一事，亦不經查！依殿下天資，或已生疑。陛下亦不是迂腐之人，若是醒悟過來，嚴加追查……」再次頓住話頭。

陳軫微微一笑：「大人放心，無論是殿下，還是陛下，都不會追查此事了！即使追查，也是查無對證。該閉口的都閉口了，只要大人不說出去，有誰知道？至於張儀，不知大人聽說沒，在下聽聞，在刑獄門口，靳尚曾對張儀娘子說，陛下口諭：『告訴張儀，他愛去哪兒就去哪兒，寡人與他一來一往，兩不相欠了！』柱國大人，陛下此話，可是大有講究啊！」

「連這話你也聽到了？」昭陽震驚，不可置信地望著陳軫。

「呵呵呵，」陳軫大笑數聲，「為了大人，在下敢不上心嗎？」

昭陽點了點頭：「陛下是有此話，只是……做何理解，在下還要請教上卿！」

「此話是說，楚國不比中原，朝廷真正信任的，只有景、屈、昭三氏之人。先朝所用外客，沒有一個有好結局的，遠的不說，四十年前的吳起，就是一例。張儀滅越立下大功，可他治越，卻讓陛下放心不下，防之又防啊！」

昭陽不無尷尬地苦笑一聲：「其實，那些都是在下的一面之詞！」

「關鍵就在這裡，」陳軫斂住笑容，不無肯定地說，「只有大人這一面之詞，陛下才愛聽！」

昭陽思忖有頃，嘆服地點了點頭，拱手道：「與上卿說話，真是開堵。既然提到令

尹之位，敢問上卿，在下……」頓住話頭，目視陳軫。

陳軫一字一頓，似是將軍在向部屬發布軍令：「去做兩件事：一，策動元老，舉薦大人；二，逼迫張儀，逐出國門！」

* * *

這一次，張儀真被折騰慘了。打發走車夫，香女回至房間，細細審看，見他渾身上下無一處好皮，心疼得眼淚直流，抱住他泣道：「夫君——」

張儀兩眼緊閉，面色慘白，竟如死人一樣。想到夫君在刑獄門前尚能微笑，此時卻是反應俱無，香女陡然一驚，顧不上再哭，趕忙搭脈，見脈搏尚在，急用袖子抹去淚水，轉身走出，下樓對掌櫃揖道：「請問掌櫃，附近可有疾醫？」

掌櫃回過一揖：「夫人莫急，附近就有一個專治跌打損傷的，在下看到張大人那樣，已差小二請他去了。夫人稍候片刻，這陣兒想必就到！」

話音落處，外面傳來小跑步的聲音，果是小二，後面急步跟著一個提箱子的中年人。掌櫃與他見過禮，指著香女道：「這位夫人的夫君被人打傷了，煩請先生診治一下！」

「謝掌櫃了！」香女朝掌櫃深深一揖，轉對疾醫拱手，「小女子有勞先生了！」指著樓梯，「先生有請！」

疾醫回過禮，與香女上樓，推開房門，察看張儀的傷情。看有一時，疾醫小心翼翼地分別搬動張儀的四肢，又按又摸，然後搭脈，有頃，心頭微懍，轉對香女：「快，拿熱水來！」

香女下樓，端來熱水，回到房中，見疾醫正在小心翼翼地拿剪刀一點點地剪去張儀的衣服，許多地方，衣服已與血水凝成一團，揭不下來，疾醫只好拿棉球沾上熱水，泡軟血水，慢慢剝離。

疾醫總算將張儀的血衣盡行除去，一點點地清洗傷口，香女看得心驚肉跳，淚水直流。張儀身上的傷口之多，傷情之重，莫說是香女，即使疾醫，也是震驚，一邊清洗，一邊搖頭嘆道：「唉，這幫天殺的，將人淨往死裡整！」

香女抹了一把淚水，忐忑不安地哽咽道：「先生，夫君他……不會有事吧？」

疾醫思忖有頃，點了點頭：「不會有大事！」略頓一下，復嘆一聲，「唉，傷成這樣，若是一般人，有幾個也早死了。妳的夫君能挺下來，真是奇蹟！」

聽到這話，香女長舒一口氣，輕聲謝道：「小女子謝先生了！」

疾醫足足忙活大半個時辰，才將所有傷口洗好，分別敷上藥膏。香女使小二買來一疋白絹，撕成布條，細細纏過。遠看上去，張儀就似穿了一套白色的新衣。

忙完這些，疾醫伏案寫就一個藥方，遞給香女：「夫人，妳家夫君之傷，在內而不在外。外傷只是皮毛，月內可癒，內傷卻是緊要，不可閃失。此方是治內傷的，先服三日。」

香女接過處方，拿出靳尚贈送的錢袋，從中摸出三金，雙手遞上：「謝先生了！這點診費，也請先生收下！」

疾醫見是三金，伸手推托：「夫人禮重了！一金足矣！」

「先生不必客氣，」香女將三金硬塞過來，「活命之恩，莫說三金，縱使三十金，也不足報！」

疾醫接過，拱手謝道：「在下謝過夫人了！三日之後，在下自來，一來為大人換藥，二來視情更方！」

香女送走疾醫，拿出一金，叫小二到藥店依方抓藥。天色傍黑，小二將藥抓回，香女親自煎熬，端至榻前，張儀仍在昏睡。

藥涼了又溫，溫了又涼。香女兩眼含淚，緊握張儀的手，在榻前整整跪了一宵。及至天亮，香女又疲又累，實在頂不住了，終於伏在榻前，迷糊過去。朦朧中，香女覺得臉上癢癢的，打個驚愣，睜眼一看，竟是張儀。原來，張儀早已醒來，兩眼直盯著她，見她眼中滾出淚花，就用那隻未纏繃帶的手，為她輕輕拭去。

香女抬起頭，不無驚喜地說：「夫君，你……你醒了！」

張儀的眼睛眨巴兩下，臉上現出一笑：「香女，妳做噩夢了，在哭呢！」言語緩慢，幾乎是一字一字擠出來的。

看他吃力的樣子，香女的淚水再湧出來，連連點頭：「嗯！嗯！」

「妳哭的樣子，不好看！」

「嗯！嗯！」香女點頭，淚水更多地流出。

「來，笑一下！」

香女拭去淚，勉強擠出一笑。

「笑得不好，要這樣！」張儀說著，咧開嘴，燦爛一笑。

受他感染，香女甜甜地笑了。許是累了，張儀慢慢地閉上眼去。香女急忙點火，將藥溫熱，品嘗一下，端至榻前，舀出一匙，小聲叫道：「夫君，來，喝吧，喝下去，傷就好了！」

張儀「嗯」出一聲，睜開眼睛，嘗試坐起來，稍一用力，全身一陣劇疼，情不自禁地「哎喲」一聲。香女趕忙放下藥碗，急問：「夫君，疼……疼嗎？」

張儀苦笑一聲，點了點頭。

香女的目光落在張儀的一身繃帶上，聲音有些哽咽：「夫君，你全身上下無一處不傷，奴家……奴家……昭陽他也……也太狠了！」再次哽咽，拿袖子抹淚。

張儀微微一笑：「妳好好看看，那物什在否？」言訖，張大嘴巴，讓香女審看。

香女不知何意，睜大眼睛看他的大嘴：「夫君，何物在否？」

張儀沒有作答，只將一條舌頭上下左右攪動。

「夫君是指……舌頭？」

張儀點了點頭，做個鬼臉，那隻舌頭依舊攪個不停。

香女被他逗樂了，撲哧一笑：「它要不在，夫君何能說話？」

張儀合上嘴巴，呵呵笑出數聲，朗聲道：「舌在，足矣！」略頓一下，斂起笑，目光裡現出冷蔑，鼻孔裡哼出一聲，「哼，昭陽豎子太蠢，他若真想害我，根本不用上刑，只須割去此物就是！」

「夫君——」香女淚水復出，端起藥碗，不無嗔怪地說，「都成這個樣子了，還說這些！來，喝藥！」

接後三日，張儀時昏時醒，總體上卻在好轉。及至第三日，煎藥已經服完，外傷已有部分包紮處滲出血汙，急需更換膏藥。香女候至天黑，仍然不見疾醫上門，真正急了，下樓詢問小二，小二亦在著急，一路小跑著登門去請，回報說家門落鎖，疾醫不知去向。

香女思忖有頃，覺得那個疾醫看樣子是厚實人，不會不守信用，這陣兒沒來，想是遇到急事了。

候至翌日晨起，疾醫依舊是蹤影皆無。香女使小二再去問詢，疾醫家門上依舊落鎖。香女無奈，只好向掌櫃求問其他疾醫，使小二登門相請，結果令人震驚。一聽說棲鳳樓三字，遠近醫家皆是搖頭，小二詢問因由，或說不在家，或說不得閒，或說醫術淺，總而言之，沒有一家願意來的。醫家開店，無非是坐等生意，有生意上門，醫家卻又放著不做，讓小二著實納悶。

小二從前晌一直走到後晌，走得兩腿發硬，仍然請不到一個醫家。正走之間，小二猛然感覺天色昏黑，抬頭一看，見烏雲密布，急忙拔腿返回店中，遠遠望見掌櫃站在店外幾十步遠的麗水河邊，正與兩個陌生人說話，模樣甚恭。

小二本想稟報掌櫃，見此情勢，也就踅進店中，直上二樓。香女聽得聲響，迎出來問道：「小二，可曾請到醫家？」

小二輕輕搖頭，將遭遇大體上講了。香女緊咬嘴唇，發了一會兒呆，陡然問道：「掌櫃可在？」

小二用手指了指外面：「在河邊與人說話呢。」

香女緩步下樓，見掌櫃已經返回，剛好走至門口，見她下來，也頓住腳步，兩眼怪怪地望著她。香女上前幾步，揖道：「掌櫃的，小女子又要麻煩您了！」

掌櫃也不說話，只拿眼睛奇怪地望著她。香女打個驚愣，輕聲問道：「掌櫃的，您……您怎麼了？」

掌櫃似也反應過來，收回目光，回揖道：「哦，沒什麼。夫人，您說什麼來著？」

「小女子想……想再麻煩掌櫃一下！」

「說吧！」

「小女子想外出一趟，將夫君臨時託付掌櫃，煩請好生照看！」

「夫人欲去何處？」

「景將軍家！」

掌櫃思忖一時，嘆道：「唉，在下這……這也告訴夫人，還是……不要去吧！」

「為什麼？」香女驚道。

「還有，在下的小店，恐怕夫人……住不成了！」

「這……此話從何說起？小女子不會少付一文店錢！」

「夫人，」掌櫃復嘆一聲，輕輕搖頭，「不關店錢之事。方才有人警告在下，此店若要開下去，在下若要活命，夫人及張大人，就得搬走！」

香女臉色煞白，驚得呆了。好一陣，她才反應過來，咬緊嘴唇，輕聲問道：「眼下已過申時，天色也不好，小女子可否再住一晚，明晨搬走？」

掌櫃將頭搖了搖，低垂下去，喃喃說道：「夫人，在下求妳了，這就走吧，走得越遠越好！」略頓一頓，「還有，在下還想說一句，在這郢都，除去王宮，沒有哪家有膽容留夫人！」

香女不再說話，轉身上樓，不一會兒，提著錢袋下來：「掌櫃，請算店錢！」

掌櫃深深一揖，推讓道：「夫人，店錢在下不收了！」

香女摸出三金，遞過來：「掌櫃的，一事歸一事，小女子住店，當付店錢，掌櫃的既不願算，小女子權作三金了！」

掌櫃再次作揖，拒道：「夫人，不是在下不收，是在下不能收！」

「此又為何？」

「店家也有店家的規矩。在下開店，承諾夫人住店。夫人若是退店，當付店錢。夫人未退，是在下強趕夫人，失規矩在先，理當賠償夫人才是，何能再收店錢？夫人硬要付錢，就是強逼在下了！」

見店家言語仗義，香女深深一揖：「既有此說，小女子謝過了！小女子再求一事，請掌櫃幫忙！」

「在下願為夫人效勞！」

「夫君傷成這樣，小女子力弱不逮，背負不起，請掌櫃的雇一輛馬車，最好是有棚

的。看這天色，像要落雨了。黑夜漆漆，萬一落雨，沒個雨棚，夫君他……怕是經受不起了！」香女說到這裡，心裡難受，聲音哽咽。

掌櫃、小二亦是難心，各拿袖子抹淚。有頃，掌櫃揚起頭來，轉對小二：「小二，去，把車馬套上，換上新雨棚，送張大人、夫人出城！」

「小人送至何處？」

「送出郢都，直到夫人尋到一個合意住處，你再回來！」

香女再揖謝過，返身上樓，見張儀仍在昏睡。香女不想打擾他，習慣性地站起來，打算收拾一個簡單的包裹。然而，香女遍看屋中，除去那柄西施劍和靳尚贈送的錢袋之外，竟無一物屬於他們。香女越想越難過，伏在張儀身上，嗚嗚咽咽地哭泣起來。

窗外，天色越來越暗，房間裡幾乎看不清東西了。陡然，一道閃光劃破暗空，接著是一聲春雷，悶悶的，像是從遙遠的天邊一路滾過來。

*　*　*

雨淅淅瀝瀝，越下越大。

春雨貴如油。這是楚國開春來的首場大雨，孩子們不無興奮地奔跑在雨地裡，楚國朝野一片歡騰。

章華宮裡，楚威王雙目微閉，表情喜悅，側出一隻耳朵專注地聆聽窗外的雨打芭蕉聲。聽了一會兒，威王微微睜眼，望向坐在斜對面的太子槐，樂呵呵地說：「槐兒，聽這雨聲，真紮實！」

太子槐靜靜地坐在席上，雙目微閉，表情陰鬱，似乎它不是一場久盼的喜雨。

威王略略一怔，沒有再說什麼，收回目光，緩緩射向面前的几案。几案右端擺著一堆奏章，是太子槐剛剛呈上的。楚威王翻開一道，掃一眼，放在左邊，再次翻開一道，又掃一眼，擺在前一道的上面。威王一道接一道地翻看，一大摞奏章無一例外地被他從右端挪至左端，再次擺成一摞。

威王摞完，抬頭望向太子槐：「就這些了？」

太子槐也睜開眼睛，點了點頭：「回稟父王，就這些了！」

威王略頓一下：「除昭陽之外，可有舉薦他人的？」

太子槐搖了搖頭。

一陣沉默之後，威王似是想起什麼，緩緩抬頭：「張儀他……哪兒去了？」

「兒臣不知！」言訖，太子槐似覺不妥，略頓一下，補了一句，「不過，兒臣聽說他出郢去了，這陣兒或在途中呢！」

「出郢去了？」威王似是一怔，思忖有頃，「去往何處？」

「兒臣不知！」

楚威王不再作聲，有頃，目光重又回至面前的奏章上：「這些奏章，你意下如何？」

「兒臣唯聽父王旨意！」太子槐神情木然。

「寡人是在問你！」楚威王提高聲音，語氣似在責怪。

太子槐打了個驚愣，抖起精神：「回稟父王，兒臣以為，張儀一走，楚國朝野，怕也只有昭陽合適了！」

威王閉目，再陷冥思。一陣更長的沉默。

「嗯，你說的是！」威王終於睜開眼睛，點頭道，「這事拖不得了。晉封左司馬昭陽為令尹，轄制六府！晉封右司馬屈武為左司馬，上柱國景翠為右司馬，轄制三軍！」頓了一下，兩眼再次閉上，「頒旨去吧！」

太子槐起身叩道：「兒臣領旨！」

＊　　　＊　　　＊

黃昏時分，在郢都通往古城襄陽的官府驛道上，一輛馬車艱難地行進著。時大時小的雨點敲打在嶄新的雨篷上，發出彭彭的悶響。

馬車越走越慢，陡然一震，頓住不前了。小二急跳下車，見左邊車輪陷入一個泥坑裡。小二急了，又是打馬，又是推車，車輪晃了幾晃，越陷越深。

香女探出頭來：「小二，又打住了？」

小二點了點頭：「是的，夫人，又陷泥坑裡了。」

香女跳下來，察看一番，幫忙連推幾下，車輪陷得更深，動也不動了。香女急了，看看天色，已近昏黑，放眼望去，附近並無人家，只有道道雨絲從天而降，形成一塊雨幕。田野的低窪處早已積水，遠遠望去，一片接一片，明晃晃的。

香女問道：「請問小二，這是哪兒？」

小二指著前面一個土丘：「回夫人的話，翻過前面土丘，就是紀城。若是天好，中午就該到的。」

「這可怎麼辦？」香女眉頭緊皺，不無憂慮地望著泥坑。

小二拍了拍馬背，輕輕搖頭：「夫人，沒辦法了。連走一日一夜，馬沒力道了！看這樣子，咱們只好在這泥坑裡挨過一夜，待明日天亮，再想辦法！」

「天哪！」香女急得落淚，「夫君他……傷勢本來就重，又顛簸一路，若是再無救治，怕是捱不過去了！」

小二蹲下來，抱頭冥思，有頃，再次搖頭：「夫人，小人走過這條路，這兒上不靠村，下不落店，離紀城尚有二十多里，再說，這馬……小人實在沒……」陡然頓住，打個驚愣，忽地起身，驚喜交集，「夫人，聽，有人來了！」

香女側耳細聽，後面果然傳來車馬聲。不一會兒，一輛馬車趕上來，御者跳下車子，朝他們走來。香女抬頭望去，見那人頭戴斗笠，一身衣褐，走前一步，揖道：「小女子見過先生！」

斗笠人回過一禮：「在下見過姑娘！」手指車馬，「姑娘這是……」

香女急道：「陷坑裡了，小女子無奈，特求先生幫忙！」

斗笠人也不說話，走到路邊尋到十幾塊石頭，交予香女，自己站在左輪邊，說道：「姑娘，車輪一動，妳就往車轍裡墊石頭，動一下，墊一塊，待墊平了，輪子就出來了！」轉對小二，「趕車吧！」

小二吆馬，斗笠人猛力推車，車輪晃動，香女趁機墊上石頭，不一會兒，果如斗笠人所言，左輪滾出泥坑。斗笠人走至旁邊，在水溝裡洗過手，抬頭望著香女：「姑娘是……」

香女拱手謝道：「在下公孫燕謝過先生！請問先生大名！」

斗笠人拿掉斗笠，拱手笑道：「些微小事，不必客氣！在下賈舍人，幸會了！」望一眼車篷，「大雨天裡，姑娘欲去何處？」

香女低下頭去，有頃，抬頭道：「小女子欲去紀城！」

「前面就是了！」斗笠人言訖，走到小二的馬前，審看有頃，對香女道，「不過，此馬看來走不動了，姑娘若是願意，可坐在下的車乘！」

香女細細審他，不似貌惡之人，回頭再看，是一輛駟馬大車，點頭道：「小女子謝過了！只是……小女子還有一請，夫君重傷在身，就在這輛車裡，也望先生不棄！」

「這個自然！」賈舍人說完，走到車上，一看見張儀，驚道，「妳的夫君傷得不輕！快，抬到車上！」

三人合力將張儀移至賈舍人的車上，小二轉對香女：「夫人，您有車了，小人……小人可否回去，掌櫃還在候著呢！」

香女點了點頭，拿出兩枚金幣：「謝小二了。這個請你拿上！」

小二再三推讓，見香女不依，只得收下，將空車馬趕至一旁，讓過賈舍人，調轉車頭，再三揖過，緩緩而去。

賈舍人吆馬揮鞭，朝紀城急馳。

至紀城時已過三更，賈舍人尋到一家客棧，讓店家燒來熱水，顧不上吃飯，將張儀全身傷口洗過，去除膿水。令香女目瞪口呆的是，賈舍人似已知曉張儀的病情，拿出藥箱，像一個老練的疾醫，動作熟練地為他換上新藥，同時將幾包草藥交付香女，要他速去煎熬。

忙完張儀，店家也端飯菜上來。香女餵給張儀半碗稀粥，見他再度睡去，才與舍人一道用餐。吃有幾口，香女慢慢放下筷子，望著舍人：「賈先生，您到底是何人？」

賈舍人笑了笑：「在下忘記介紹了。在下是生意人，打邯鄲來。原想來郢都進一批貨，不料行情變了，白走一趟！」

「哦，」香女微微點頭，目光仍是將信將疑，「小女子還以為先生是個醫家呢！」

賈舍人又出一笑：「生意人東跑西顛，難免有個頭痛腦熱，是以在下學了點醫術。至於那個藥箱，本是在下常備之物，一來自用，二來萬一遇到急難，也好應急。今日不就派上用場了嗎？」呵呵笑幾聲，歪頭看著香女，「姑娘緣何問起這個？」

「沒什麼！」香女吁出一口長氣，「小女子只是好奇而已！」

「若是這樣，」賈舍人撲哧笑道，「在下也問一句，妳的夫君為何傷成這樣？」

香女估摸對方不像是昭陽派來的，就將張儀受害之事細說一遍。賈舍人聽完，故作一驚：「張大人之名，在下在邯鄲時就有耳聞。此番至郢，滿城風傳張大人盜走和氏璧之事，在下初時不信，後來……後來也就信了，不想竟有這多曲折，」長嘆一聲，「唉，這個世道……」

香女流出淚水，低下頭去。

頓有一時，賈舍人問道：「敢問姑娘，你們打算去哪兒？」

香女輕輕搖頭，淚水再出：「走到這步田地，小女子已是無家可歸了。要去哪兒，待夫君傷好之後，由他決定！請問先生，夫君他……不會有事吧？」

「姑娘放心，」賈舍人笑道，「張大人此病，包在舍人身上！」

香女揖道：「小女子多謝了！」

第二日，賈舍人要店家換了一處僻靜的院子，買來藥品，深居簡出，讓張儀靜心養傷。因有賈舍人的診治與香女的呵護，張儀的傷情迅速好轉，不足半月，已能下榻走路。張儀與賈舍人自也成為好友，日日談天說地，道古論今。

又過數日，楚宮頒布詔令，昭陽出任新令尹。舍人見到告示，說予香女。香女問道：「賈先生，夫君能上路否？」

舍人點了點頭：「若是走慢一些，當無大礙！」

香女急道：「賈先生，這兒住不成了。昭陽當政，是不會放過夫君的！」

賈舍人點了點頭，與她進屋與張儀商議。張儀聽完，對二人呵呵笑道：「這是個好信兒，你們慌個什麼？」

「好信兒？」舍人、香女皆是一怔。

「在下與昭陽本無冤仇，他陷害在下，無非是為令尹職位。今日此願於他已償，在下反無憂矣。再說，此人真要實心整死在下，也不在此時。獄中那陣兒，在下縱有十命，也早沒了！」

聽他這麼一說，舍人、香女均是點頭，各自放下心來。

「不過，」張儀轉向舍人，「此處的確不宜久居，我們是該走了。再說，賈兄是生意人，也不能為在下耽誤買賣！」

賈舍人應道：「生意是小事，張子欲去何處，可否說予在下？」

張儀思忖有頃，長嘆一聲：「唉，說起這事，在下真也汗顏。近幾日來，在下反覆思慮，可思來想去，竟是真還沒個去處！」

「夫君，」香女接上一句，「我們若是不懼昭陽，可到碴岈山去，那兒是奴家根基，可保無虞！」

張儀苦笑一聲：「若保無虞，在下哪兒皆可去，何須去那山寨？」

香女知他心大，臉色微紅，咬緊嘴唇不再作聲。

「依在下之見，」賈舍人輕輕咳嗽一聲，抱拳道，「張子可去韓國。去年在下去過鄭城，略知韓情。自申不害故後，韓侯一心物色替代之人，至今未遇。依張子之才，必得大用！」

「蕞爾小邦，安逞吾志？」話一出口，張儀似覺不妥，趕忙抱拳補充一句，「謝賈兄了！」

賈舍人卻似沒有聽到，呵呵一笑：「魏國如何？魏王內有惠子，外有龐涓，勢力復強，或可逞張子之志！再說，張子是魏人，不妨在家鄉幹一番功業！」

「七年前之魏，外強中乾，今日之魏，內外俱乾，不過是他人脣邊美味而已！」張儀又是搖頭，淡淡說道，「還有，在下與龐涓那廝有些過節，不願與他同朝！」

「那……」賈舍人思忖有頃，「齊國如何？」

張儀搖頭嘆道：「唉，賈兄有所不知，齊雖是大國，卻是難成吾志！」

「張子何說此話？」賈舍人驚道，「齊方圓千里，庶民殷富，人口眾多，君賢臣明，習俗開化，春秋時稱霸天下，眼下也算大國……」

「賈兄是只知其一了！」張儀緩緩說道，「成大事者，必占天時、地利、人和。齊東臨大海，西接三晉，南、北、西三面俱無險可守，利攻不利守，萬一有事，唯負海一戰！三者之中，拋開天時不說，齊國雖占人和，卻不占地利！」

「若是此說，張子當去秦國！」

聽到秦國二字，張儀神色大變，眼中冒火，冷冷說道：「請賈兄莫提秦國！」

「哦？」賈舍人這也想起蘇秦臨別之語，興趣陡增，故作驚訝地說，「秦國四塞皆險，國富民強，秦公年富力強，甚是賢明，天時、地利、人和三者皆占，當是張子用武之地，張子為何……」

張儀將拳頭握得咯咯直響，從牙縫裡擠道：「秦人殺死先父，逼死先母，霸我祖產，在下此生，不滅秦人誓不罷休！」

「哦，」賈舍人豁然明白，抱拳揖道，「在下不知張子家仇，妄言冒犯，請張子寬諒！」

張儀似也覺得過了，回過一揖，語氣略略緩和：「是在下器量小，見笑於賈兄了！子曰：『殺父之仇，不共戴天！』在下一家毀於秦人之手，此來楚地，一則逞吾壯志，二則也欲借楚人之手，雪我家仇。楚國地大物博，在下原以為是只猛虎，可有一番作為，不想卻是一隻假虎，唬人而已！」

賈舍人點了點頭，垂首思忖有頃，抬頭問道：「張子真欲報仇？」

「這還有假！」

「若是此說，在下倒有一說，張子姑妄聽之！」

「在下恭聽！」

「在下剛從邯鄲來，臨行之時，聽聞蘇子在趙大用，被趙侯拜為相國，聽說要合縱三晉。一個魏國已是了得，三晉若合，天下無敵矣！蘇子若成此志，必以秦人為敵。張子既無去處，在下就想……」賈舍人看了一眼張儀，頓住話頭。

張儀復又板起面孔，勾下頭去，兩隻手死力地摳在一起，似是要將對方撕裂。

「在下就想，」賈舍人假作不見，顧自說道，「張子不妨前去邯鄲。張子既與蘇子同窗，蘇子定然薦你。常言道，一個好漢三個幫，張子是大才，蘇子也是大才，你們二人若是合成一股力，天下何業不成？三晉合成縱親，再有你們二人之謀，向東，可制齊，向南，可制楚，向西，秦國縱是一塊頑石，也會被這股大力碾成粉末！」

一陣長長的沉默過後，張儀終於抬起頭來，苦笑一聲，搖頭嘆道：「唉，命運真是捉弄人！出鬼谷之時，在下自以為聰明過人，能先一步成事，因而口出大言，不想這……兩年下來，在下是吹嗚笛的掉井裡，一路響著下去了。反觀蘇秦，不聲不響，卻是事業大成，名噪天下！」

「張子且莫這麼說，」賈舍人呵呵笑道，「張子舌戰越王無疆、助楚一舉滅越的壯舉，天下無人不曉。人生在世，有此一功，也不枉活了！張子，依在下之見，不要猶豫了，這就動身，到邯鄲去！」

又一陣沉默過後，張儀再次抬頭，望著門外，長嘆一聲：「唉，想我張儀，堂堂偉丈夫，混至今日，真還是水牛掉井裡，全無用武之地！」又過一時，苦笑一聲，「世間的事，真是滑稽！兜了一圈，卻又投去求他，」輕輕搖頭，「這個邯鄲，真還不能去！」

「張子越說越遠了，」賈舍人又是一笑，「人生成敗，不能以眼前論之。聽說蘇子說秦不成，落難歸家之時，狼狽之狀，遠甚於張子此時呢。再說，張子此去，是與他合作的，又不是去求他！生意上講究謀大不謀小，張子欲成大業，何又拉不下這點小面子呢？」言訖，目示香女。

「夫君，」香女接過話頭，「賈先生所言甚是，夫君既與蘇兄結義，想他不會嫌棄！」

「嫌棄？」張儀白她一眼，「在下去投他，是給他面子，他要敢嫌棄，看我……」

聽聞此話，賈舍人已知張儀允准了，呵呵笑著起身道：「時不宜遲，在下這就備車去！」

「這……」張儀顯得過意不去，「賈兄的生意，豈不誤了？」

賈舍人呵呵笑道：「能交上張子這個朋友，是在下最大的生意！再說，在下打邯鄲來，自得回去。旅途漫漫，有張子、夫人偕行，何其樂哉！」

張儀拱手揖道：「既有此說，謝賈兄了！」

*　　　*　　　*

公子華從大梁返回秦宮，正在稟報魏國情勢，內臣進來，呈給陳軫從郢都發來的急函。惠文公順手拆開，剛掃一眼，就忽地站起，不無興奮地在地毯上來回踱步，目光不離密函，嘴巴合不攏似地呵呵笑著。

「君上，有好事了？」公子華的兩隻眼珠子跟著他來回轉著，輕聲詢問。

「好事，好事，大好事！」惠文公呵呵又笑幾聲，連連說道。

「敢問君上，是何好事？」見惠文公如此流露於表，公子華判定不是絕密，順口又問。

惠文公將信收入袖中，呵呵又樂一陣，復坐下來，笑道：「真是好事成雙啊！你這兒

報說孫臏獲准離開龐涓府宅，暫脫虎口，陳愛卿那兒又有喜訊來了。你猜是何喜訊？」

公子華眼珠連轉幾轉：「楚國有災了？」

惠文公搖頭道：「災是哀事，不可稱喜訊！」

「楚王病了？或他……駕崩了？」

「你呀，」惠文公指著他笑道，「淨往刻薄處想。駕崩是喪事，如何能稱喜訊？」

「那……」公子華搖頭道，「臣弟猜不出了！」

「料你猜不出！」惠文公將信從袖子裡摸出來，又看一遍，樂得合不攏口，「上柱國昭陽與張儀爭令尹之位，昭陽爭不過，求助於陳愛卿。陳愛卿教昭陽巧設妙計，布設陷阱，誣陷張儀盜走楚王鎮宮之寶和氏璧，將他打入獄中，揍了個皮開肉綻。後有太子槐出面營救，才算活他一命。呵呵呵，一代英才，這陣兒成了天下大盜嘍，呵呵呵！」

「果是好事，」公子華亦樂起來，「臣弟這就前去，接那個小偷來秦！」

「不不不，」惠文公連連搖頭，「好事不在忙中起。聽說此人心高氣傲，得讓他吃點苦頭！」

「君上，」公子華急道，「張子既是大才，萬一被別人搶走……」

「除去寡人，哪位君主願用一個盜賊？」惠文公越發樂乎，「再說，聽陳愛卿說，此人心志不亞於蘇秦，他不赴秦，倒是怪事！」

公子華思忖有頃，拱手道：「君上聖明！」

「小華呀，」惠文公抬頭望著他，「眼下大爭，不在一城一池，而在天下英才。孫子是大才，要把他弄過來，可也不宜操之過急，否則，龐涓會生疑心。你此番回來，好好歇幾日，暫不去大梁了！」

「君上要臣弟做什麼？」

「去一趟邯鄲！」

「去邯鄲？」

「對，去接張子！」

「張儀？」公子華圓睜兩眼，不無驚訝地望著他。

「嗯，」惠文公點了點頭，斂起笑容，「上大夫前幾日捎信，說是欲在邯鄲等候張子，遲幾日回來。寡人當時還在納悶，這陣兒明白了。你方才說的也是，不防一萬，只防萬一。你走一趟邯鄲，配合上大夫，務必活擒張儀回來！」

「臣弟領旨！」

* * *

賈舍人載著張儀夫婦曉行夜宿，跋涉四十餘日，於一日午後趕至邯鄲。

剛進南門，有人伸手攔車，遞予舍人一封書函。舍人看過，納入袖中，吩咐那人道：「你可告訴你家主子，在下送過客人，馬上就到！」

見那人走開，賈舍人轉對張儀，輕嘆一聲：「唉，生意上的事，真是煩人，尚未到家，就有人守在這兒，就似算準了的！」

張儀亦笑一聲，表示理解。舍人揚鞭催馬，不消一時，趕至豐雲客棧。店家見是舍人，趕忙迎出。舍人指著張儀兩口子介紹道：「這是張子，蘇相國的朋友，這是張子夫人，從楚國來，暫在貴店安身，勞煩店家了！」

店家笑容可掬，拱手道：「賈先生放心，張子是貴客，在下一定小心伺候！」轉對張儀、香女，躬身深深一揖，「小店簡陋，張子、夫人若不嫌棄，就請選套房舍！」

張儀、香女回過禮，跟店家、舍人一道走進店去。店家引他們走過大廳，來到後院，在一扇門前停下，推門揖道：「張子，夫人，請看這進院子，可稱意否？」

兒了！」

張儀一看，好傢伙，真是貴賓套房，寬敞明朗，足有六個房間，裝飾奢華，家具一應俱全。香女急道：「店家，這進院子大了些，能否換套小的？」

店家遲疑一下，目視賈舍人，舍人未及答話，張儀呵呵笑道：「不大，不大，就這兒了！」

店家轉對小二，大聲叫道：「小二，客人住甲院，拿行李來！」

一路下來，香女已是添置不少日用，整出兩個包囊。小二遠遠答應一聲，從車上卸下，一手提一只，直走過來。

安置已畢，賈舍人轉對張儀、香女拱手道：「張子、嫂夫人，下面有蘇相國在，在下也算放心了。在下有點生意急欲處置，不多陪了！」

張儀、香女一齊還禮：「謝賈兒了！」

張儀、香女送賈舍人出店，與他依依惜別，返回店中。一進院子，香女就砰的一聲關上房門，對張儀說道：「夫君，已經沒錢了，如何能住這進院子？」

「袋裡不是有嗎？」

香女拿出錢袋，攤開來一看，裡面只有幾枚銅板，一枚金幣也沒有了。香女屈指算道：「靳大人共贈十金，付醫家謝禮三金，讓小二買藥一金，小二返回時，送他謝禮二金，餘下幾金，路上用了！」

張儀微微皺眉：「妳再尋一尋，看有否漏掉的？」

香女苦笑一下，半是抱怨地說：「一路上，賈先生那麼有錢，也還知道節儉，咱身上沒錢，花起來卻是手大，能餘這點，已不容易了！」

張儀沉思有頃，撲哧一笑：「夫人放心，店家眼下還不知道咱是窮光蛋，在這兒暫捱幾日，待見過蘇秦那廝，莫說這點小錢，縱使百金，也不算什麼！」

「嗯嗯。」想到蘇秦，香女點了點頭，溫順地依靠過來。

＊　　＊　　＊

翌日晨起，香女早早起床，洗梳已畢，拿出舍人在韓國鄭都為張儀置買的新衣冠，讓張儀穿上。張儀對鏡觀賞有頃，轉對香女，笑道：「合身不？」

「嗯。」香女伸手拉了一下肩胛處，點了點頭。

「雖說咱混得一身泥，架子卻不能倒，呵呵呵……」張儀笑出幾聲，聳一聳肩，將昨夜已經寫好的名帖揣入袖中，衝香女揚手，「走嘍！」

香女倚在門上，脈脈含情地望著他走向過廳。香女正欲回身，忽見張儀又拐回來，迎上去道：「夫君，忘掉什麼了？」

「沒忘什麼！」張儀撓了撓頭皮，多少有些尷尬，「在下忽然想起一事，在下與蘇秦那廝同窗數載，玩笑開得多了。待會兒見到他，他必請在下吃酒，也一定隨在下前來客棧，或與在下同榻而眠。若是見到妳，知妳是……是內人，那廝定要取笑在下！」

香女一怔：「夫君之意是……」

「在下是說，」張儀略頓一下，「待他來時，在下就說妳是吳國的香公主，此番赴趙，碰巧與在下同行……」

不待他說完，香女撲哧一笑：「夫君，莫說這些了。這樣子拐來繞去，聽起來也夠煩的。待蘇兄來時，夫君就說，奴家是奴婢兼護衛，隨身侍奉夫君的，不就得了！」

「這……這如何使得？」

「有何使不得？」香女咯咯笑道，「實際就是嘛！」

張儀呵呵笑笑，一身輕鬆地走出客棧。他早探知這日並不上朝，因而也不著急，悠哉哉地晃到相國府，也就是此前的奉陽君府。許是張儀起得過早，相國府的紅漆大門依然關閉。張儀走至門外的石獅子邊，將一隻腳踩在雄獅的石屁股上，紮下架子一邊等候，一邊盤算待會兒見到蘇秦時，該如何說話。總而言之，不能讓他瞧扁了。

不消多久，大門吱呀一聲洞開，一人拿著掃把出門，正欲掃地，猛見張儀將腳踩在石獅子上，大喝一聲：「你是何人，敢踩我家獅子？」

就要見到蘇秦了，張儀的氣色原本不錯，吃此一喝，倒來氣了，斜他一眼，素性將腳在獅子屁股上連踹幾下，嘻嘻笑道：「踩了，你要怎樣？」

那人也不答話，飛跑回去，不一會兒，湧出幾個門人，齊朝張儀圍攏過來。張儀眼珠一轉，忖道，若是與下人動粗，待會兒見到蘇秦，倒也不雅，於是放下腿腳，微微抱拳，嘻嘻又笑幾聲：「你們幾人，是來迎客呀！去去去，迎客也輪不上你們，叫你們大主子出來！」

聽他言語托大，幾人反而住腳，其中一個年歲大的門人抱拳問道：「你是何人？」

「姓張名儀，找你家主子來的，叫他出來！」

門人打個驚愣，掃一眼眾人，又將張儀一番打量，拱手道：「先生可知我家主公是誰？」

張儀大笑幾聲，朗聲說道：「不就是蘇秦嗎？」

「先生可有名帖？」

「有有有。」張儀從袖中摸出一帖，遞了過去。門人看過，抱拳道，「請先生稍候，待在下稟報主公，再來相迎！」

門人進去，不一會兒，復走出來，對張儀打一揖，將名帖遞還：「這位先生，實在對不起，主公昨夜進宮，一宵未歸，請先生改日再來！」

「哦，他進宮去了？」張儀愣怔半晌，方才喃出一聲，接過名帖，緩緩沿來路走回。

第二日，張儀再去相府，遞上拜帖，門人進去後復出，遞還拜帖，揖道：「相國昨日未回，請先生過幾日再來！」

「他哪兒去了？」張儀問道。

「不瞞先生，」門人走近一步，悄聲說道，「聽說是陪君上前往鹿苑行獵去了！」

「那……他幾時回來？」張儀顯得急了。

門人搖了搖頭：「這可說不準了。陪君上行獵，少說也得三日五日！」

蘇秦不在府中，再急也是白搭。張儀在原地愣了一時，連嘆數聲，悻悻地踏上歸路。

如是又過七日，張儀如坐針氈，天天打探，終於從店家口中得知，相國大人回府了，急忙趕去拜謁。門人揖道：「相國是回來了，先生稍候，小人這去稟報！」接過張儀拜帖，轉身進去。

張儀在門外候有足足一個時辰，門人方才小跑著出來，喘氣揖道：「讓先……先生久……久等了，實在對……對不住！」

張儀急道：「你家主公呢？」

「主……主公正……正在會客，聽說是韓……韓國使臣，正在商……商議大……大事！在下稟……稟過，主公收下拜……拜帖，約先生明……明日辰時再……再來！」

張儀怒從心起，喝道：「什麼大事？你速報蘇秦，就說是我張儀到訪，讓他出門迎接！」

門人急急揖道：「小……小人不……不敢！小人懇求先生回……回去，明日復……復來！」雙手呈上一個牌子，「這是報……報牌，明日辰時，先生若帶此牌，就毋須稟……稟報了！」

張儀連跺幾腳，卻也徒喚奈何，接過報牌，恨恨地回轉身去。

閣裡，聽賈舍人講述楚國政治及張儀在楚的故事，這陣兒正講至昭陽如何設計陷害張儀，聽得蘇秦兩眼發直。

＊　　＊　　＊

其實，這些日來，蘇秦既未接待韓使，也未陪趙侯去鹿苑行獵，而是天天坐在聽雨

賈舍人講完這一段，端茶潤口。蘇秦將和氏璧一事的細節從頭至尾回想一遍，閉目思慮有頃，凝眉問道：「縱觀此陷，大處雖有疏漏，細節上卻是一氣呵成，並無一絲破綻。聽聞昭陽是個粗人，何能想得如此細微？」

「是陳軫設計的。」舍人小啜一口，咂下嘴巴，緩緩說道，「陳軫受秦公委派，已在楚地蹲守兩年有餘。逐走張儀，是他的諸多功勞之一！」

蘇秦輕嘆一聲：「唉，列國君主，唯有秦公是個大才。有雄圖遠略不說，還能知人善任，謀事有條不紊。此人若進鬼谷，願受先生一番指引，天下昌平，也或指日可待！」

舍人抱拳道：「蘇子動輒想到天下昌平，實令在下敬佩！」

「賈兄這是不瞭解在下，」蘇秦苦笑一聲，「在從咸陽回竄的路上，在下可不這麼想。在軒里的破草棚裡拿錐子刺股之時，在下也不是這麼想的！」

「哦，那時蘇子所想何事？」

「那時在下只想自己。想的是，在下說秦為何挫敗，在下又如何方能逆勢突起，成就此生輝煌！」

賈舍人點了點頭：「蘇子又是何時以天下為念的？」

蘇秦想起琴師，想起他的絕唱，不禁黯然神傷，垂頭默哀一陣，幾乎是由喉嚨裡擠出一句：「是聽了一個人的琴聲！」頓了許久，又蹦出一句：「他奏的真好！」

賈舍人正欲傾聽下文，蘇秦卻是苦笑一聲，轉過話頭，抱拳道：「不說這個了。聽

聞與張儀一道的還有一位姑娘，她是何人？」

「是他夫人。」舍人應道，「此女是吳國前大夫公孫雄後人，其父公孫蛭為雪先祖之仇，與越王無疆對決，同歸於盡了！」

「哦？」蘇秦大感興趣，「她叫什麼名字？」

「公孫燕，天生奇香，小名香女。香女聰明伶俐，一身武功，且心地良善，不但是個好姑娘，更是一個奇女子！」

「好啊！好啊！」蘇秦連讚數聲，「賢弟有此豔福，喜得佳偶，在下這也寬心了！」

賈舍人怔道：「哦，蘇子緣何獨喜此事？」

「因為在下欠他一個女人！」

賈舍人正欲刨根問柢，家宰袁豹進來，稟道：「主公，在下收下張子的拜帖，約他明日復來。張子暴跳如雷，跺著腳走了！」

賈舍人笑道：「蘇子如此待他，莫說是張子，縱使在下，肺也要讓你氣爆了！」

蘇秦亦笑一聲：「賈兄，真正的好戲，尚未開場呢！」轉對袁豹，「明日諸事，可否齊備？」

「回稟主公，」袁豹稟道，「都齊備了。自辰時到午時，在下排得滿滿的！」

「跳踢踏的，來了嗎？」

「來了。鄒兒引他們測試舞臺音效，這陣兒正忙活呢！」

「好！」蘇秦思忖有頃，復抬頭道，「秦人那兒如何？」

「一切照舊，不過，前日又來一個公子哥，樗里子對他甚是恭敬！」

蘇秦轉對賈舍人笑道：「是公子華來了。聽說此人一直守在大梁，兩眼盯在孫臏身上，此番秦公卻派他來，看來已知張子到此，這是志在必得了！」

賈舍人驚道：「蘇子，你……你好像什麼都知道？」

「呵呵呵，」蘇秦笑過幾聲，「這是本性，幹一行，務一行嘛。」轉對袁豹，「知會樗里子，邀他明日午時到訪，就說本相請他看一齣好戲！」

* * *

張儀一口氣回到店中，在廳中盤腿坐下，黑青了臉，呼呼直喘粗氣。香女料他又吃閉門羹了，本想勸慰幾句，卻也不知從何勸起，欲待不勸，看他那副樣子，實在難心，只好陪他悶坐一會兒，小聲問道：「蘇兄還沒回來？」

張儀猛然跳起，歇斯底里地一把抓過旁邊一盞銅鏡，狠狠扔到門外。銅鏡碰到廊柱，掉在地上，發出「匡噹」一響。張儀朝地上猛跺一腳，發作道：「從今往後，妳不許再叫他蘇兄！這種寡情少義之人，他……他不配！」

銅鏡的響聲招來店家。一陣腳步過後，店家已到門口，拾起銅鏡，輕手輕腳地走過來，對張儀小聲說道：「張子……」

張儀臉色發白，顧自在那兒喘氣。店家將銅鏡復置原位，哈腰候了一時，試探著說道：「請問張子，相國大人他……沒有回來？」

「什麼沒有回來？」張儀開口就如連弩發射一般，「他是不想見我！店家，你且說說，未進鬼谷之前，我們同榻共寢，八拜結義，入鬼谷之後，更是同門五載，是塊石頭，也暖熱了。可……可此人……」越說越氣，話不成句。

「張子且請消氣，」店家勸道，「細細說來，難道是相國大人不肯相認？」

張儀又喘一會兒，將這日遭遇細細講了。店家聽完，非但不怪，反倒呵呵樂道：「這是好事，張子氣從何來？」

「此等慢待，還是好事？」張儀猶自氣鼓鼓的。

店家依舊嘻嘻笑道：「張子有所不知，相國大人是這邯鄲城裡最忙之人，可說是百事纏身，日理萬機。在下聽說，相國大人連吃飯也不得安閒，一餐三吐哺呢！張子屢去不見，並不是新鮮事。再說，相國大人既已接下張子名帖，又約張子相見時辰，已是破例了的，別人求都求不上，張子卻在這裡生大氣，為的哪般？」

張儀細細一想，店家說的也還在理，輕嘆一聲，搖頭道：「唉，店家有所不知，若是換個位置，是此人來投在下，莫說是韓國使臣，縱使君上召見，在下也要拖他半日！」復嘆一聲，「唉，也罷，不說這個了！且待明日會他，看他如何說話？」

* * *

翌日晨時，張儀早早起床，洗梳已畢，在廳中悶坐一會兒，靈機一動，尋到店家，要他弄一套破衣爛衫來。

店家納悶，抱拳問道：「請問張子，破爛到什麼程度方為合宜？」

張儀略想一下：「街頭乞丐的穿著即可！」

店家不知何意，使小二去尋。小二出門，剛巧遇到一個乞丐，不由分說，扭他過來，將他身上的衣衫強行脫了，扔給他一套新衣。不料乞丐死活不依，脫下新裝，光著膀子，又哭又鬧地討要爛衣。張儀走出來，接過爛衣一看，樂了，笑對乞丐道：「我說丐頭兒，你不要鬧騰。這身行頭，在下只是借用。及至天黑，就還你了。至於今日三餐，爺管你吃飽！」言訖，叫小二拿過幾顆饅頭，丟予乞丐。

乞丐聽說只是借用，也就寬下心來，甚不情願地穿上新衣，蹲在牆角啃那饅頭。

張儀拿上破衣回到房舍，脫下新裝，將爛衣三兩下套上，對準銅鏡左右扭動，上下察看一番，正自陶醉，香女從內室走出，見狀大驚：「夫君，你……這是幹啥？」

「妳來得正好！」張儀呵呵笑道，「看看大小，合身不？」

香女急道：「夫君，你不要鬧騰了。今日去見蘇相國，怎能穿得像……像個乞丐？」

張儀從鼻孔裡哼出一聲：「在下此去，就是要臭他一臭！」對鏡又審一時，忽覺少頂帽子，尋思有頃，從衣架上拿過新冠，用力揉搊，走到外面泥地上摔打幾下，再揉一陣，方才戴在頭上，對鏡自視，樂道，「嗯，這下齊了！」

香女苦勸不住，只好由他袖了報牌，走出院門。店家瞧見，亦是驚慌，又是一番苦勸，張儀死活不聽，顧自去了。

經過這番折騰，張儀趕至相府時，辰時已過，府前車水馬龍，甚是喧囂。趙國的達官顯貴，一個接一個，皆在門前候見。

張儀抖起精神，昂首走至門前。門人見是乞丐，立即將他喝住。張儀從袖中摸出報牌，「啪」的一聲甩在地上。門人撿起，細細一看，方才認出是昨日約定之人。因有報牌，眾門人也不好趕他，商議一番，打開一扇小門，揖道：「先生，請！」

張儀狠狠地瞪了他們一眼，本待罵他們幾句，見門前已聚一堆人，皆裘衣錦裳，掛金戴玉，睜著好奇的眼睛望著他，如看猴戲。張儀嘴巴張了幾張，強自忍住，從鼻孔裡哼出一聲，瞧也不瞧眾人一眼，走向正門，昂首挺胸，大步跨入。

眾人震驚，無不目瞪口呆。眾門人一時怔了，待緩過神時，張儀已是大步走進院中。眾門人慌了，互望一眼，即有兩人飛身上去，攔住張儀，同時飛報家宰。不一會兒，袁豹急趕過來，見到張儀，微微一揖：「在下袁豹見過先生！」

張儀視他衣著，知是家宰，亦回一揖：「在下張儀見過家宰！」略頓一下，「你家主公何在？」

袁豹斜他一眼，冷冷說道：「主公正在忙於國事，先生有何貴幹？」

「何幹？」張儀冷笑一聲，「在下是他故交，特來尋他，你去稟報一聲，讓他出來迎接！」

袁豹瞥他一眼，轉對門人沉聲喝問：「這位先生可有報牌？」

「有有有。」門人急忙遞過張儀甩在地上的報牌，雙手呈上。袁豹看過，轉對張儀，揖道：「先生，看這報牌，確是主公所約，可主公約的是辰時，現已卯時了，先生緣何來遲？」

「這……」張儀倒是無話可說。

「先生，」袁豹再次揖道，「主公剛從鹿苑回來，諸多國事亟待處置，張子若不介意，可隨在下暫至偏廳，稍歇一時，待主公忙過眼前這一陣，再會先生！」

張儀咂巴幾下嘴唇，卻也無奈，只好抱拳道：「就依家宰！」

袁豹引領張儀沿著長長的走廊，逕直走向一個院落。張儀的穿著一路上都是看點，眾人七嘴八舌，即使在園中打掃衛生的下等僕從，也在指點著他交頭接耳，嘻嘻哈哈，評頭論足。直到此時，張儀方才追悔意氣失策，沉下面孔顧自走路。

不一會兒，二人走進院門，袁豹引他在偏廳裡坐下。這兒有兩排長席，席前放著几案，上面擺著茶水。幾個客人端坐於席，顯然是在等候相國召見。

袁豹頓住腳步，揖道：「先生，您先在這兒候著，今日客人多，在下就不陪了！」

張儀回過禮，在席上尋出空位坐下。幾位客人不識張儀，真還以為是個乞丐，本不想與他共席，卻因家宰親自陪他過來，吃不透底細，不敢出言，只是以袖掩鼻，向旁邊挪了挪。張儀自也不拿正眼打理他們，沉了臉，閉目端坐。

此地離主廳不遠，蘇秦正在廳裡會見客人。雖不見蘇秦，但張儀耳朵尖，更在鬼谷裡練過靜功，廳中的談話聲一絲不落，被他悉數收入耳中。蘇秦果然是在處理國事，一樁接一樁，甚是幹練果斷。有人拜辭出來，袁豹就會站到門口，傳喚下一個。在張儀身邊候見的人，聽到傳喚，應一聲喏，起身進去。這邊有人剛走，後面又有新來的，如此進進出出，不斷地更換。

張儀候有兩個時辰，午時已至，睜眼一看，偏廳裡已是無人，外面也未見新來的。傾耳細聽，蘇秦仍在與人說話，顯然是最後一個了。不一會兒，那人起身告退，張儀長吁一口氣，暗忖道：「唉，看來是在下誤解他了。時過境遷，不能以鬼谷時斷事。觀這半日，他也不易！」

這樣想著，張儀略覺好些。又候一時，仍然不見蘇秦召見，張儀心裡有點著急，卻又忖思蘇秦許是累了，或要小歇一時，因而閉目再等。

剛候一時，外面又來聲音，報說秦國上大夫到訪。蘇秦立即傳召，不一會兒，袁豹引著樗里疾急步走來。因主廳無客，樗里疾未入偏廳，直進主廳，張儀覺出蘇秦起身迎他。相見禮畢，二人坐下敘話。

張儀靜心傾聽，二人談的並不是國事，而是東拉西扯，談天說地。不一會兒，張儀隱約聽到樗里疾提及觀戲一事，蘇秦哈哈大笑，說是午膳時辰已至，不妨前去後庭，一邊觀戲，一邊用膳。樗里疾欣然同意，二人攜手步出廳門。張儀從眼角裡瞄見蘇秦走出，立即正襟端坐，兩眼閉闔，輕輕咳嗽一聲。蘇秦根本沒有斜眼看他，也似沒有聽到他的咳嗽聲，有說有笑地與樗里疾一道，從離他十幾步遠的主甬道上走過，逕出院門去了。袁豹諸人也都悄無聲息地跟在後面，沒有誰理會坐於偏廳的張儀，似是他根本就不存在。

這下可把張儀惹火了。眼見眾人越走越遠，連腳步聲也聽不到了，張儀氣得臉色烏青，面目猙獰，拳頭捏起，睜眼四望，見院中再無一人，忽地站起，搬起面前一個几案，高高舉起，猛地砸在另一只几案上，扯著嗓門吼道：「來人哪！」

几案碰撞所發出的巨大聲響及張儀聲嘶力竭的怒吼果然招來幾個下人。他們衝過來，見張儀怒成這樣，皆是不知所措。

張儀吼道：「快叫你們主子過來！」

一人轉身飛跑而去，不一會兒，袁豹急至，見到這個樣子，朝張儀忙打一揖，賠笑道：「對不起，方才忙得暈頭，慢待先生了！」

張儀禮也不回，怒道：「去叫蘇秦那廝過來！」

「這……」袁豹遲疑一下，再次揖道，「先生稍候，在下馬上稟報！」

不一會兒，袁豹返回來，揖道：「先生，主公有請！」

聽到「有請」二字，張儀也算消下氣來，仍不還禮，但卻「嗯」了一聲，沉臉跟在袁豹後面，走向後庭。

拐過幾個彎，二人來到另一進院子，遠遠聽見裡面歡聲笑語，「鼕鼕鼕鼕」響聲不絕，就如音樂似的。張儀憋著怒氣，倨傲至階，在階前停住腳步。

袁豹伸手道：「先生，請進！」

張儀此舉原是等候蘇秦迎他，見袁豹這麼說，也就不好硬撐，含怒抬腿，邁上臺階。進門一看，張儀火氣更熾，因為院子中心搭著一個巨大的木臺，兩男兩女正在臺上跳舞，「鼕鼕」的響聲，正是從他們的腳底下發出的。再後面，對著院門的地方，主廳廊下，蘇秦端坐中央主位，樗里疾、公子華兩側作陪，一邊吃菜喝酒，一邊觀看舞蹈，不時發出笑聲。他們面前各擺一只几案，案上擺滿酒肴，山珍海味俱全。

看到酒肉，張儀頓也覺出肚子餓了。昨晚嘔氣，幾乎沒吃什麼，早晨忙活衣服的事，也沒顧上用餐，方才又坐半日，一肚皮悶氣，几案上擺放的茶水硬是未嘗一口。此時此刻，張儀雖無用餐之心，肚皮卻不爭氣，原就咕咕直響，這下見了酒肉，越發響得歡實。

張儀強自忍住，掃一眼蘇秦，見他兩眼只在舞臺上，根本沒有看他。張儀正欲說話，袁豹已拐向右側，伸手邀他。張儀硬著頭皮，跟在袁豹身後，走至右側廊下。這裡也擺著一個几案，案後是一席位。

袁豹指著席位，揖道：「先生請坐！」

張儀咂巴一下嘴脣，怒瞪蘇秦一眼，氣呼呼地盤腿坐下。蘇秦仍舊沒有看他一眼，只在那兒與樗里疾一道，專注地望著舞臺。舞臺上，幾個男女跳得更歡，看得二人連酒肴也忘卻了，傻著臉盯住臺面。

袁豹揖道：「這陣兒剛好用膳，先生若不嫌棄，可在此處吃頓便餐！」

張儀本欲不吃，無奈肚中難受。轉念一想，自己向來屈人不屈己，即使嘔氣，也得填飽肚皮。想到此處，張儀輕輕「嗯」出一聲，算是應允。

袁豹拍手，不一會兒，一個下人端著一只托盤走了過來，將食物一一拿出來，擺在几案上。張儀一看，怒火再起，因為上面擺放的，竟是一葷一素兩盞小菜，一杯粗茶，一碗粳米飯。袁豹見飯菜擺放停當，拱手揖道：「先生用餐，在下告退！」不待張儀回話，轉身自去。

張儀咬牙切齒，幾番衝動，想要掀翻几案，衝到蘇秦跟前，指著他的鼻子臭罵一頓，鬧他個天翻地覆，又強行忍住。無論如何，眼下是在人家屋簷下，自己這又衣著破爛，實在像個乞丐，能賞一頓飯菜，也算不錯。再說，到眼下為止，從面子上講，蘇秦迄今沒有瞧見自己，這些下人如此待他，也是人之常情，狗眼看人低嘛。也好，這些都是話柄子，待會兒與他會面，看不羞死他，噎死他！

這樣想著，張儀就又隱忍不發，慢慢地端碗拿筷，嚥氣吞聲，喝茶吃飯。

臺上舞蹈進入高潮，兩男兩女無不搖頭擺臀，八隻腳尖不停地在木臺子上又踢又踏，有輕有重，竟也抑揚頓挫，甚有節奏。更有情趣的是，一人擅長口技，一邊踢踏，一邊發出各種聲音，就似音樂一樣，且與腳底的踢踏聲渾然一體，相輔相成，交互成韻。舞臺也是奇特，是個圓形，漆成紅色，裡面中空，像是一面大鼓，幾人腳穿木屐，屐尖著地，敲打臺面，就如鼓槌似的，發出「鼕鼕」響聲。

蘇秦三人看得忘我，俱用腳尖踏地，兩手擊掌，情不自禁地和著臺上節奏發出各種聲音。然而，這等熱鬧於張儀來說，每一個聲音都如利刃剜心。正自難忍，臺上一曲舞畢，蘇秦擺手，眾舞者退下。

公子華拱手問道：「請問相國，這是何等舞蹈，甚是有趣，在下今日開眼界了！」

蘇秦應道：「公子喜歡就成！這叫躧利屐，是邯鄲舞蹈，別處見不到的！」

「躧利屐？」公子華急問，「此名何解？」

「公子聽說過邯鄲學步否？」

「聽說過，說是有中山人來邯鄲學步，結果，邯鄲之步沒有學成，自己竟然連原來的走法也不會了。在下覺得奇怪，縱使再笨，也不能笨到不會走路了吧！」

蘇秦呵呵笑幾聲，指著臺子緩緩說道：「那個中山人學的就是這種舞步，公子若是不服，那裡有雙利屐，可以上臺一試！」

公子華果然走上臺面，取過一雙利屐，慢慢穿上，學那舞者樣子，踮起腳尖，不料剛走一步，就「哎喲」一聲，栽倒於地，惹得幾人好一陣大笑。公子華顯是跌痛腳脖子了，一拐一拐地走下臺面，邊走邊做鬼臉，引得他們又一陣大笑。

他們的每一聲笑，都如刀子一般扎來。聽到後來，張儀實在忍無可忍，大喝一聲：「夠了！」話音落處，跟前几案已被他掀翻，粗茶淡飯散落一地。

幾人皆吃一驚，齊齊扭頭看來。蘇秦臉色微變，扭頭問道：「何人在此喧譁？」

袁豹急走過去，跪地叩道：「主公息怒，是一個客人！」

「什麼客人？」蘇秦掃張儀一眼，怒不可遏，「叫花子也敢放肆！轟他出去！」

袁豹急道：「主公息怒，他說他叫張儀，是主公故知！」

聽到張儀的名字，樗里疾、公子華皆吃一驚，面面相覷，而後又將目光移向張儀，再移向蘇秦，不知他唱的是哪一齣戲。

「哦？」蘇秦似也怔了一下，「是張儀，張賢弟！」思忖有頃，裝模作樣地又將張儀打量一眼，搖了搖頭，「不可能，張賢弟何等灑脫，怎會是這副模樣？喚他過來！」

袁豹應過，起身走至張儀跟前，揖道：「張先生，主公召你過去！」

張儀忽地起身，大踏步走過去，距蘇秦數步站定，仰起脖子，手指蘇秦大聲喝道：「蘇秦豎子，你睜開大眼好好瞧瞧，面前之人可曾相識？」

蘇秦將他上下打量一番，哈哈連笑數聲，既不抱拳，也不欠身，拉長聲音緩緩說道：「呵，還真是張儀，張賢弟！」指著旁邊一個席位，「坐坐坐！」

張儀哪裡肯坐，手指蘇秦大聲數落：「蘇秦豎子，儀一直視你為丈夫，不想卻是小人一個，一朝得志，情義全忘！」

「張賢弟，」蘇秦冷冷應道，「此話從何說起？若說得志，也是賢弟你得志才是。賢弟在楚做下驚天大事，震撼列國，聽說近來更發一筆橫財。賢弟得志若此，卻來邯鄲裝窮，打扮成這副模樣，豈不是有意寒磣在下？」

聽到蘇秦揭他「和氏璧」之事，將他視為小偷，張儀恍然明白過來，手指顫抖，怒不可遏地叫道：「你……你這個小人！我……我……」喘幾下粗氣，「我跟你情斷……」一口氣卡在嗓眼，後面的「義絕」二字，竟是說不下去。

蘇秦呵呵又笑幾聲：「張賢弟，不要將話說重了。賢弟來我府上，故意寒磣在下，在下念及過去情義，就不與你計較長短。天下知賢弟之人，除先生之外，當是在下。賢弟心大，又在荊楚得志，若無大事，斷不會來此小國僻壤！說吧，有何要事，在下儘管力微，若是能幫，也會盡力的！」

張儀哪裡忍得下去，跺著腳道：「你……你……你個豎子，算……算你狠！」一個轉身，邁步欲走，蘇秦叫道：「慢！」

張儀頓住步子，扭頭恨恨地盯住蘇秦。蘇秦轉對候立一旁的袁豹：「此人既穿丐服登門，不打發亦不吉利。去，賞他十金！」

袁豹似已備好了，走上前去，從袖中摸出十金，遞予張儀：「此為十金，請先生收好！」

張儀這也恢復過神智，拿手接過，朝地上狠狠一摔，用腳連踩幾踩，朝蘇秦「呸」的一聲猛吐一口，仰天長笑數聲，昂首闊步，揚長而去。

見張儀越走越遠，看不到了，蘇秦似是變了一個人，緊追幾步，趕至門口，見張儀已不見蹤影，頹然跪地，聲淚俱下：「賢弟……好賢弟啊……」一邊哭嚎，一邊將頭猛磕地面，因用力過大，發出「鼕鼕」的悶響。

袁豹亦走過來，在他旁邊跪下，含淚攙他：「主公——」

蘇秦這兒一進一出，兩副面孔，兩番表演，將樗里疾、公子華完全攪暈頭了。愣了一時，樗里疾緩緩走來，扶起蘇秦，回至席位前，見他仍在涕淚交流，唏噓不已，不解地問：「蘇子，你……你這是唱的哪一齣戲？」

蘇秦回過神來，拿袖子抹把淚水，長嘆一聲：「唉，在下這麼做，為的還不是你們？」

「為我們？」公子華大驚，轉望樗里疾，見他也是一臉茫然。

蘇秦點了點頭，對二人一字一頓：「你們可以回去覆命了。轉告秦公，就說蘇秦所薦之人，這就去了！」

直到此時，樗里疾方才猛醒過來，忙不迭地朝蘇秦拱手：「謝蘇子了！謝蘇子了！」

「還有，」蘇秦也不還禮，顧自說道，「張儀世居河西，祖產、祖墳、家廟皆在少梁張邑！」略頓一下，轉對袁豹，「在下累了，送客！」緩緩起身，視樗里疾、公子華於不顧，如醉酒一般，跌跌撞撞地朝門外走去。

袁豹不放心，朝樗里疾二人抱歉地拱了拱手，跟在蘇秦後面，朝聽雨閣急步走去。望著二人的背影，樗里疾若有所思，轉對公子華道：「子華，你速稟報君上，追繳張子祖產，安頓其祖墳、家廟！在下在此守候張子，萬不可出現意外！」

「下官遵命！」

* * *

豐雲客棧門口，店家、香女正在店外守望，遠遠看到張儀大踏步過來，一臉怒氣，已知端底，互看一眼，誰也沒有說話。

張儀走到門口，瞧也不瞧他們，勾著頭走進去，一腳踹開自己的院門，反手一關，直走進去。香女思忖有頃，小心翼翼地跟在後面，推開房門，見張儀不在廳中，知他到內室去了。香女本想跟進去勸解幾句，猶豫一下，頓住步子。

就在此時，外面有人敲門。香女開門一看，卻是那個乞丐。那乞丐一直蹲在店中，看到張儀回來，立即趕來敲門。香女眉頭微皺，怕張儀聽見，小聲說道：「你這乞丐，能否稍稍再候一時，衣服自會還你！」

乞丐大聲叫道：「不成，不成！我已守候一日，待在這種鬼地方，憋屈死了！叫那個大人出來，速速還我衣服！」

香女氣惱，斥責他道：「你這乞丐，雖然拿你一身衣服，小二不是也還你一套了嗎？拿好的換你破的，你卻不知足！」

聽到此話，乞丐當即將身上衣服脫下，啪地摔在地上：「誰要這身好衣服！穿上這個出門，連碗稀湯也討不來！」

香女見他差點脫得赤條條的，一時羞紅滿面，急轉過身，叫道：「小二，快快將他趕走！」

小二聞聲趕來，與乞丐撕扯。正鬧得不可開交，忽見張儀走出來，急步衝至乞丐跟前，將他一把抓過，猛力一推，乞丐一屁股蹲在地上，疼得眼淚都快流出來了。張儀三下五除二，將身上丐服脫下，摔在他臉上，朝他聲嘶力竭地喝道：「滾！滾滾滾，滾！」

乞丐何曾見過如此暴怒之人，嚇得全身打顫，屁滾尿流，一把抓過破衣，連滾帶爬地溜出門外。

張儀拍了拍手，回至廳中，站在那兒喘息一時，在席上端坐下來，閉上眼睛，任兩滴飽淚滾出眼角，流下面龐，濺落席上。

*　　*　　*

翌日晨起，聽雨閣裡，賈舍人正與蘇秦敘話，袁豹走進，稟道：「主公，辰時將至，一應物什皆已齊備！」

蘇秦點了點頭，對賈舍人揖道：「下面就看賈兄的了！」

賈舍人還一揖道：「蘇子放心，在下一定將他安全帶至咸陽，薦予秦公！」

「帶至咸陽就行了，」蘇秦淡淡說道，「賈兄不必薦他！」

「哦，此是為何？」賈舍人望著蘇秦。

「秦公若是不知用他，談何聖君？」

「嗯，」賈舍人點了點頭，「不過，在下尚有一慮，也想提醒蘇子！」

「賈兄請講！」

「一路上，我與張子聊得甚多，知他是個奇才。蘇子不僅不邀他共創縱業，反而費盡心機，逼他入秦。張子入秦，必以蘇子為敵。蘇子難道就不怕合縱大業壞在張子手裡嗎？」

蘇秦沉思許久，輕嘆一聲：「果真如此，亦是天意！」

「此話何解？」

「賈兄有所不知，在鬼谷之時，先生預言，天下和解之道，唯在兩途，一是列國一統，二是諸侯相安。賢弟志在一統，不會贊同在下合縱。道不同，不相與謀。在下志在合縱，賢弟志在一統，他與在下是無法並駕齊驅的。務大業，必求同心。二人異心，非但大業難成，反生阻礙。再說，賢弟與在下，雖走兩途，卻歸一處。無論他成，還是在下成，目標都是天下大同。這一點，在下也是知他的。」

「蘇子苦心，可否告知張子？」

蘇秦思忖許久，輕輕搖頭：「不必了。」又頓許久，緩緩起身，「他若真的一意壞我合縱，有多大力，就讓他使出來吧！時辰不早了，在下恭送賈兄！」

* * *

豐雲客棧裡，張儀一宵未睡，一直坐在廳裡，閉目冥思。香女陪他一夜，天亮時卻瞇盹過去，及至醒來，日出已過，到辰時了。香女趕忙洗梳，正欲打算弄些吃的，外面傳來敲門聲。香女開門一看，竟是店家。

店家揖道：「夫人早！」

香女一眼瞥到他手裡的帳簿，已是明白來意，回揖道：「店家早！」

「張子在否？」

「店家可要算帳？」

店家多少有些尷尬，乾笑一聲：「夫人與張子已住許久，本店利薄本小，因而這想……想請夫人墊付些微本金，以利周轉！」

香女微微一笑，揖道：「這個自然。夫君正在歇息，小女子與店家結帳如何？」

店家忙道：「好好好！」

「這兒不是說話之處，店家先去帳房，小女子隨後就到！」香女說完，返身回房，取出西施劍，掩門出來，見店家仍在前面等候，急步跟他走入帳房。

店家將帳簿攤在案上，對香女道：「那進院子是本店最奢華的，只供貴賓住，一日八十銅板，張子、夫人的日常供用，俱是上等，這些是明細，請夫人審看！」

「不用看了，店家清算就是！」

店家拿過算盤，劈里啪啦撥打一通，指著算珠道：「共是八金三十二銅，二位是賈先生的朋友，又與相國大人甚熟識，三十二銅就免了，夫人只須付清八金即可！」

「不瞞店家，」香女淡淡說道，「我們夫妻落難至此，所帶盤費俱已用盡，前來投奔蘇相國，誰想竟又節外生枝，夫君為此嘔氣，一宵未眠！眼下情勢尷尬，莫說是八金，縱使半金，也拿不出！店家若是一定討要，」將寶劍擺在几案上，「小女子唯有抵押此物！」抽劍出鞘，語氣越加平淡，「敢問店家，此劍可抵八金？」

店家審看寶劍，不由倒吸一口冷氣。莫說別的，單是劍鞘也值百金。思忖有頃，店家輕輕推開寶劍，微微一笑：「除此物之外，夫人可有他物？」

香女搖了搖頭。

「那……」店家復問，「你們在邯鄲可有熟人？」

香女再次搖了搖頭。

店家再次思忖一時，點頭道：「既如此說，此劍在下暫時保管，待夫人籌到本金，在下自然奉還！」

「謝店家了！」香女淡淡說一句，拿起劍，緩緩插入劍鞘，掃它一眼，置於几上，轉身快步走出。香女一路奔回小院，掩上房門，背依在門上，情不自禁地落下淚來。傷心一陣，香女擦去淚水，穩下心緒，輕步走進廳中，略作遲疑，在張儀對面跪下。

不用再問，張儀已知發生了什麼，沉聲問道：「妳把寶劍押予他了！」

「夫君，」香女勉力一笑，淡淡說道，「奴家與店家說好了，只是暫時寄放，過些時日再贖回來！」

張儀緩緩睜開眼睛，兩眼看著她，苦笑一聲，輕輕搖頭：「押就押吧，不就是一柄劍嗎？」

「是的，」香女神色黯然，聲音有些哽咽，「奴家也知道，它不過是一柄劍！」

「夫人，」張儀心裡一酸，凝視著她，又出一聲苦笑，「在下……在下此番丟了面子，這也連累夫人……受屈……」

「夫君，」香女朝前跪行幾步，伏在張儀懷中，「只要有你，奴家什麼都能捨棄！」

正在此時，院門處再次傳來敲門聲。張儀以為店家又來了，恨恨地叫道：「敲什麼敲，那劍可值千金，難道不夠那點店錢？」

「夠了，夠了！」話音落處，來人已經推開院門，直走進來。張儀、香女皆是一怔，抬頭望去，竟是賈舍人。

「賈先生！」香女激動地叫道。

賈舍人提著寶劍直走進來，在對面香女坐過的席位上坐下，將劍放在几案上，長嘆一聲，抱拳揖道，「唉，張子，在下……在下來遲一步！」

張儀一把推開香女，拱手還過禮，苦笑道：「讓賈兄見笑了！」

賈舍人復嘆一聲：「這幾日生意上有些差錯，在下急出邯鄲，走了一趟上黨，因是心念二位，急趕回來，仍是遲了，害得嫂夫人差點失去寶器！」

「唉，」張儀亦嘆一聲，「時勢弄人，讓賈兄掛心了！」

「這個店家人本不錯，是個正經生意人，只是他小本經營，沒歷過大事，擔心這點小錢，驚擾嫂夫人了。」賈舍人說著，朝香女抱了抱拳，拿起寶劍遞還香女，「嫂夫人，店錢在下已償付了，妳的寶劍還請收好！」

香女接過劍，拱手揖道：「小女子謝先生了！」

「唉，」賈舍人長嘆一聲，自責道，「有什麼謝的？此事全怪在下！若不是在下苦勸張子前來邯鄲，就不會發生這些不快！」轉對張儀，「敢問張子，下一步可有打算？」

張儀幾乎是從牙縫裡擠出兩個字：「赴秦！」

「赴秦？」賈舍人似是一怔，「這……張子家仇……」

「此一時也，彼一時也。」張儀苦笑一聲，自我解嘲，「眼前之事，顧不上家仇了！」

「好！」舍人點了點頭，「張子先國後家，在下敬佩！敢問張子，幾時啟程？」

「在下恨不得馬上就走，只是……只是苦於囊中羞澀，難以成行！」

「這倒好辦，在下原也打算去一趟咸陽，正好與二位同行！」

張儀大是驚訝，抬頭問道：「賈兄去咸陽何事？」

「哦，是這樣，」舍人呵呵一笑，解釋道，「聽說終南山裡有種靈芝甚是名貴，運抵臨淄可賺大錢。在下早想摸個實底，只因一直忙於瑣事，未能成行。今有張子同行，算是兩全其美了。」

張儀思忖有頃，拱手道：「謝賈兄成全！」

【第三十八章】

蘇特使成功合三晉
惠文公智服狂狷士

公子華火速馳回咸陽，連夜覲見惠文公，將蘇秦如何計羞張儀、迫其入秦的過程備細稟報。惠文公聽畢，凝眉屏氣，閉目冥思，許久未出一聲。

又過一時，公子華瞧見惠文公面色鬆懈，兩眼微微開啟，知他已從冥思中回來，輕聲問道：「君上，臣弟有一困惑，走這一路也未想開！」

惠文公抬眼望著他：「你想不開的是蘇秦為何煞費苦心地逼迫張儀，是嗎？」

「君上聖明！」公子華驚道，「臣弟弄不明白的正是此事！」

惠文公微微一笑：「寡人並不聖明，因為寡人方才所想，也是此事！」略頓一下，小聲嘆道，「唉，這個蘇秦，當真是個人精，寡人與他失之交臂，可惜了啊！」

公子華急道：「君上，您……您還沒有教誨臣弟呢！」

惠文公略一思索，點頭道：「好吧，這麼對你說吧，沒有白，就沒有黑；沒有上，就沒有下；沒有正，就沒有反……」

「這……」公子華越聽越暈乎，抓耳撓腮一陣，抬眼望向惠文公，「臣弟愚笨，還請君兄說明白些！」

「你啊，」惠文公呵呵笑過幾聲，「還是自己慢慢想吧。」轉對內臣，「這陣兒幾時了？」

內臣稟道：「回稟君上，已交初更，人定了。」

「小華，」惠文公興致勃勃，緩緩起身，「這還早哩，走，出去轉轉！」笑對內臣，「擺駕大良造府！」

公孫衍正在書房聚精會神地審讀一卷奏報，忽聞外面腳步聲急，正自發怔，聲音已至門口。公孫衍抬眼一看，大吃一驚，因為站在門口的竟是惠文公、內臣和公子華。在府中當值的府尉誠惶誠恐地跟在後面，看那樣子，顯然是惠文公有意不讓他前來稟報。

公孫衍叩道：「微臣叩見君上！微臣不知君上駕到，有失遠迎，望君上恕罪！」

惠文公走前一步，扶起他道：「愛卿請起！」

幾人走進廳中，分別坐下。惠文公笑對公孫衍道：「寡人聽說愛卿是隻夜貓子，特意選在此時來，是想看看你這隻夜貓都在忙活什麼！」

看到公子華，公孫衍已經明白十之八九，微微一笑，從几案上拿起在讀的奏報，雙手呈上：「微臣正在察審河西來的奏報！」

惠文公接過奏報，大體上翻閱一遍，面現喜色，樂不可支地連連點頭：「嗯，不錯，不錯，今年麥收過後，河西百姓主動納糧，爭服丁役，可喜可賀啊！」將奏報置於案上，抬頭望向公孫衍，拱手揖禮，「河西有此大治，公孫愛卿當記首功！」

公孫衍回過一揖：「是君上大愛開花，微臣何敢居功？」

惠文公呵呵笑道：「公孫愛卿不必過謙！沒有愛卿的懷柔良策，寡人縱有大愛，何能開花？」目光復落在奏報上，似又想起一事，「說起河西，那個叫吳青的，這陣兒如何？」

「回稟君上，」公孫衍指著奏報，「這份奏報就是此人所擬，河西郡代為轉奏。前年君上升任他為少梁府令，兩年下來，幹得甚好。據微臣所察，眼下河西，尤其是少梁魏民，皆守秦法，此人功不可沒！」

「有功當賞！」惠文公思忖有頃，「你可擬旨，陞遷吳青為河西郡都尉，晉爵一級！」

「微臣遵旨！」

「嗯，還有，」惠文公略頓一下，「聽說少梁城東有個張邑，是原魏民張家的。你可傳旨吳青追查，凡是張家的財產，一根草芥都不能少，盡皆歸還於張家！」

「微臣遵旨！」

「公孫愛卿，」惠文公斂住神，「這些都還是虛事，寡人此來，是有大事與愛卿相商！」

公孫衍微微傾身：「微臣謹聽君上吩咐！」

「蘇秦圖謀合縱三晉，聲勢甚囂塵上。三晉若合，則無秦矣！寡人寢食難安，特來聽聽愛卿之意！」

公孫衍忖知惠文公早有應策，此來不過是試他深淺，抱拳應道：「回稟君上，微臣以為，蘇秦此舉，是在為所不能為！」

「哦，此話何解？」

「三晉若是能合，就不是三晉了。自三家分晉始，近百年來，三晉爭爭吵吵，打打鬧鬧，積怨甚深，根本不能合。蘇秦硬要這麼做，是異想天開，微臣為他感到遺憾！」

「愛卿低估此人了，」惠文公緩緩說道，「寡人雖只見他一面，卻可覺出他身上有一股浩然之氣，非尋常之人，可成大事！此人既然摒棄一統，全力合縱，我們不可掉以輕心哪！」

公孫衍思忖有頃，抱拳道：「微臣有一請，望君上恩准！」

「愛卿請講！」

「微臣奏請出使魏國！」

「嗯，寡人也有此意！」惠文公點了點頭，「眼下趙侯首倡，韓侯已允諾合縱，使公子章問聘趙侯，與蘇秦商議合縱之事。若是不出意外，蘇秦必於近日赴韓。三晉之中，蘇秦已合兩晉，單剩一個魏國。寡人思來想去，熟悉魏國朝野的，莫過於愛卿。愛卿前去問聘魏王，力阻魏國合縱。只要魏國不合，三晉縱親就是空的！」

「微臣領旨！」

「愛卿啊，」惠文公情真意切，「昔日魏侯大會諸侯於孟津，圖謀伐我。當時情勢甚危，商君隻身赴魏，以一人之力挽救敗局，終雪河西之恥。此番蘇秦再合三晉之力，其意亦在圖我。愛卿此去，又是隻身赴魏，力挽狂瀾，復演商君孤膽征魏的壯舉啊！」

「君上過譽了！」公孫衍微微抱拳，「微臣不敢追比商君。此一時也，彼一時也。微臣此去，但只竭精盡力，至於能否成功，微臣不敢奢求！」

「好好好，」惠文公亦覺得話語過分了，呵呵笑道，「愛卿說出此話，已離成功不遠了！」轉對公子華，「小華，你隨大良造走一趟去。大梁的街道，你也熟悉了。」

「微臣領旨！」

「知道去幹什麼嗎？」惠文公的兩眼緊盯著他。

「這……」被他這一問，公子華倒是怔了。

惠文公笑道：「聽聞孫將軍善弈，你要捎予他一句話，就說寡人在咸陽為他擺好棋局，向他請教棋藝！」

公子華豁然明白過來，朗聲應道：「臣弟領旨！」

* * *

一切如秦公所述，韓國果然是雙手擁護合縱。樓緩以趙侯特使、合縱副使身分使韓之後，韓昭侯的反應甚是快捷，一口應允不說，又使公子章為特使回訪趙國。送走張儀之後，蘇秦騰出手來，急忙約見韓公子，公子捎話給蘇秦，說韓侯對他甚是器重，已虛相位以待。蘇秦聞訊，立即奏過趙侯，以燕、趙特使身分正式使韓。

韓侯既已同意合縱，就等於不戰而下韓國，蘇秦使韓的宗旨也就順勢而變，改作迂迴攻魏。韓都鄭城與魏都大梁相距不足三百里，快馬一日即到。合縱人馬欲至鄭城，就必須經由魏境。蘇秦抓住這一時機，在路過魏境時，故意走得甚慢，同時傳令製作無數旗幟，將「五通」、「三同」等縱親要旨題寫在五顏六色的旗幟上，又將縱親訴求、縱親方式等編成通俗易懂的歌謠，抄錄成冊，沿途廣為散發，使乞丐、流浪藝人等四處傳唱。燕、趙兩國的合縱人馬約近五千，蘇秦讓隊伍故意拉開，遠遠望去，前後拖拉十餘里，一路上旌旗招展，鑼鼓喧天，甚是招搖。

此等聲勢遠遠大於列國間的尋常問聘，魏國朝野自是震動，上下都在議論蘇秦與合縱。魏惠王將蘇秦散發的縱親冊子細細閱過，閉目沉思許久，讓毗人召來武安君龐涓，抖了抖手中的冊子輕聲問道：「涓兒，這個冊子你看過了嗎？」

這聲「涓兒」讓龐涓很是受用。龐涓知道，自從失去孫臏，自己在魏王心目中的地位已經扶搖直上，甚至超過了相國惠施。魏惠王對他越來越倚重，每逢大事，必定首先與他商議。眼下孫臏已成廢人，龐涓遍觀列國再無對手，內中雄心自也膨脹起來，覺得壯志成就之日屈指可數了。

此時，見惠王既親切又信任的目光一直在望著自己，龐涓的內心甚是篤定，同時也深為感動，掃了冊子一眼，聲音略顯沙啞：「回稟父王，兒臣看過了！」

「聽說蘇秦與愛婿也是同門，他這人如何？」

「敢問父王，欲知蘇秦何事？」

「其才何如？」

「這……」龐涓略頓一下，撲哧笑道，「教兒臣如何說呢？蘇秦與張儀同修口舌之學，別的不敢恭維，舌功甚是厲害！」

「哦？」惠王亦樂起來，呵呵笑道，「聽說越王讓張儀的舌頭攪暈頭了，寡人一直覺得好笑。聽你這麼一說，竟是真的！涓兒，若與張儀相比，蘇秦的舌才如何？」

二人相權，龐涓當然更樂意接受蘇秦，當即笑道：「出鬼谷之後，兒臣不得而知。但就鬼谷數年而言，若是二人各說十句，兒臣願信蘇秦三句，信張儀半句！」

聽到張儀只有半句實話，惠王不禁哈哈大笑起來，笑訖說道：「難怪越王上當，原來是這樣！看來，日後遇到張儀，寡人也須當心一些！」

龐涓笑道：「越王如何能跟父王相比？只怕見了父王，張儀的舌頭先自僵了！」

二人皆笑起來。笑有一時，惠王斂住，轉入正題：「涓兒，依你之見，蘇秦此番合縱，我當如何應對？」

龐涓亦斂起笑，抱拳道：「兒臣懇請父王召見一人！」

「何人？」

龐涓朝外擊掌，不一會兒，一個中年人跟在毗人身後急步趨進，近前叩道：「衛國太子姬憲叩見陛下，恭祝陛下龍體健康，萬壽無疆！」

惠王一怔，將他上下打量：「你就是衛國太子姬憲？」

姬憲泣道：「先君駕崩，太師亂政，篡改先君遺命，廢去姬憲，致使朝野俱亂，人神共怒。姬憲懇求陛下出兵平亂，還天下以公道！」

惠王擺了擺手，點頭道：「姬公子，衛國之事寡人知道了！」

姬憲識趣，再拜後退下。見他漸退漸遠，惠王若有所思地轉向龐涓，「愛卿之意是……」

「陛下，」龐涓見惠王稱他愛卿，亦改過稱呼，「衛國雖然不大，卻是一塊肥肉。今衛室內爭，姬憲求援，微臣以為，我們何不趁此良機……」頓住話頭，打出將之吞掉的手勢。

「嗯，」惠王思忖有頃，喃聲道，「這個衛國，是該絕祀了！」

「陛下，」龐涓這才托出底牌，「新立的衛侯與韓交好，而那個老太師與趙交好，

我若允諾縱親，衛國絕祀一事，只怕……」

惠王心裡一動，點了點頭：「嗯，寡人有數了！」

許是坐久了，惠王重重地打了個哈欠。龐涓看在眼裡，起身告退。惠王走至書房一側的木榻上，側躺下來，本欲小瞇一陣，心裡卻又掛著衛國之事，翻來覆去，竟是無法入靜。

惠王又翻幾次身，忽身坐起，叫毗人備車，擺駕相國府。惠施一直有午睡習慣，他們趕到時正值未時，惠施午睡未醒。家宰見是陛下駕到，飛身稟報，被惠王攔住。

惠王讓家宰帶路，與毗人一道巡至後花園中，遠遠看到惠施躺在涼亭裡的軟榻上，睡夢正香。惠王走到近旁，見惠施的呼嚕一聲蓋過一聲，甚是羨慕，對毗人笑道：「觀這睡相，惠愛卿當是有福之人！」

毗人卻指著惠施嘴角流出的涎水，笑道：「瞧相國的口水，滴成一條線，就像樹上的蟲子溜絲一樣，快要著地了！」

惠王打眼看過，心裡一樂，呵呵笑起來。惠施被他笑醒，睜眼見是陛下，以為是在夢中，揉眼再看，見確證無疑，慌忙下榻叩道：「陛下——」

惠王遞過一張手帕，笑道：「惠愛卿，擦去口水再說！」

惠施接過手帕，卻拿袖子朝嘴上一抿，尷尬一笑：「讓陛下見笑了！」

惠王指著手帕：「惠愛卿，這……手帕？」

惠施微微一笑，將手帕納入袖中，叩道：「微臣謝陛下賜香帕！」

惠王一怔，繼而笑道：「愛卿倒會打劫！來來來，起來說話！」

惠施謝過，在亭子上坐下。兩人又扯一陣閒話，惠王適才言歸正傳，談及合縱，皺

眉道：「照說三晉合一不是壞事，可這等大事，蘇秦不尋寡人，卻去尋那趙語，讓他倡導，置寡人於何地？趙語軟弱無能，登大位後處處受制，唯唯諾諾，更使趙門風雨飄搖，何能領袖三晉？這且不說，寡人既已南面稱尊，走出這一大步，若是再與趙、韓縱親，與韓渠、趙語同坐一席，豈不是……」將話頓住，氣呼呼地望向惠施。

「陛下若是不願意，不合就是！」惠施緩緩說道。

「這……」惠王再皺一下眉頭，「蘇秦那廝，四處招搖，大講合縱益處。三晉本為一根，趙語首倡，韓渠響應，又有燕人助力，寡人若是不從，豈不等於公然與三國為敵？拋開趙、韓、燕不說，縱使寡人的臣民，必也生出二心！再說，蘇秦首去秦國，今又合縱燕、趙、韓三國，鬧得天下沸沸揚揚，已成大名。此人赴韓之後，必會扭頭東下，合縱寡人。此人若來，寡人見他不妥，不見他，也是不妥。思來想去，寡人真是兩頭犯難，此來問問愛卿，可有完全之策？」

惠施思忖有頃，抬頭笑道：「陛下若為此事犯難，微臣倒有一計！」

「愛卿快講！」

「待蘇秦來時，陛下就以秋遊為名，託國於殿下，再使武安君輔政。蘇秦與武安君是同門，彼此知底。有他應對，陛下豈不是想進則進，想退則……」

不待惠施講完，惠王擊掌叫道：「妙哉！」又想一時，越發興奮，連呼「妙哉」，樂悠悠地擺駕回宮。

* * *

這年九月，就在韓昭侯拜相蘇秦的當頭，魏惠王大朝群臣，當廷頒詔，託國於太子申，使武安君龐涓輔政。翌日，惠王與惠施、毗人及後宮幾位愛妃一道，在公子卬的護衛下，帶著數千武卒，前呼後擁地趕往梁囿圍獵。

惠王離都後數日，秦使公孫衍一行先蘇秦一步趕至大梁。得知惠王、公子卬皆不在，朝政託於太子申，公孫衍大喜過望。此番使魏，公孫衍的使命是阻止蘇秦合縱。惠王偏在此時離宮，其意不言自明，至少說明，魏王並不贊成三晉縱親，而這一點與他在咸陽時的預料一絲無差。公孫衍斷定，只要魏王不在宮中，蘇秦縱是將三寸不爛之舌攪得天花亂墜，縱親終也難成。

心中有了底氣，公孫衍越發鎮定下來，在館驛中住下，翌日以秦國特使身分上朝，稟明來意，遞上祈請秦、魏親善的國書和聘禮。太子申臨政，首日上朝即接待秦國來使，且使臣本是魏民，眼下卻是地位顯赫的秦國大良造，因而顯得分外謹慎，禮儀性地向秦公問安，接過國書和聘禮，辭以廷議，要公孫衍回館驛候旨。

公孫衍再拜後退朝，回至館驛，在廳中盤腿坐下，攤開兩捆書簡，有模有樣地細細閱讀起來。

後晌申時，門外傳來車馬聲，軍尉稟報朱威、白虎到訪。這也正是公孫衍等候的，因而急迎出來，跨前一步，躬身揖道：「朱兄，白公子，公孫衍恭候多時了！」

朱威、白虎俱是一怔，回過揖禮，幾乎是異口同聲地問道：「恭候我們？」

「當然，」公孫衍笑道，「在下準備好了，若是申時仍然見不到二位，在下就要拿上打狗棒，上門問罪去！」

二人皆笑起來。三人攜手走進廳中，分賓主坐下，公孫衍望著白虎細看一看，點頭讚道：「白公子，幾年不見，果是有出息了！」

白虎想起往事，由衷嘆道：「唉，早晚想起那幾年，真如做夢一般！」

三人各自敘了一會兒別情，朱威要公孫衍屏退左右，將話引入正題：「公孫兄，我們此來，一是望望你，二是有事相求！」

「朱大人請講！」

「陛下總算從昏睡中醒過來了，親賢臣，遠小人，文用惠相國，武用武安君，近年來勵精圖治，國家大治。公孫兄當年的冤情，在下也早查清原委，稟報陛下了。陛下聞報，追悔莫及，多次在朝中提及此事，說是對不住公孫兄。陛下還說，魏國的大門永遠為公孫兄敞開，公孫兄無論何時願意回歸，陛下都會郊迎三十里。至於公孫兄事秦之後，幾番謀魏，也都是各為其主，陛下保證既往不咎！」

「唉，」公孫衍長嘆一聲，「過去之事，一如白兄弟方才所說，真就是一場夢，一場噩夢！陛下夢醒了，白兄弟夢醒了，可在下之夢，卻是未醒。再說，在下本非負義背主之人，既已事秦，如何又能背之？」

朱威急道：「秦人與我勢不兩立，仇怨不共戴天。公孫兄何能這麼快就將過去一刀兩斷了呢？」

「不瞞朱兄，」公孫衍緩緩說道，「剛至咸陽那陣兒，在下也是想不明白。與秦為敵那麼多年，更在河西與秦人浴血奮戰，突然卻又倒向秦人，就跟打了敗仗當降將似的。有一段時間，在下幾乎天天酗酒，不願面對這一現實。可後來，在下還是想通了。在下是在下，君上是君上，天下是天下。魏室也好，秦室也好，天下也好，跟在下這個人既有關聯，也無關聯。如《春秋》所載，自周室東遷以來，天下無義戰。天下既無義戰，我公孫衍為誰謀算，也就不存在義與不義了。陛下不知我，不用我，秦公知我，用我，一切就這麼簡單！」

「唉！」朱威長嘆一聲，「白相國若是知曉公孫兄今作此想，該是多麼難過！」

聽他提到白圭，公孫衍勾下頭去，苦笑一聲，轉過話頭：「朱上卿，咱們今日只說當下，不說往事，如何？」

朱威亦是苦笑一聲，望一眼白虎，點頭道：「也好，路是一步一步走出來的，這事急切不得！說起當下，在下也有一事求教！」

「朱兄請講！」

「蘇秦倡議合縱三晉，趙、韓皆已起而響應。在下審過他的主張，甚是惶惑，與白兄弟商議多時，仍是琢磨不透，此來是想聽聽公孫兄之見！」

「敢問朱兄因何惶惑？」

朱威思忖有頃，拱手道：「簡單說吧，就是利弊。我若合縱，是弊大於利呢，還是利大於弊？」

「於天下而言，利大於弊；於魏而言，弊大於利！」

「哦，此言何解？」

「蘇秦在咸陽時，在下與他有過交往，知其胸懷壯志，是個奇才。那時，蘇秦所謀，是輔助秦公，一統天下，成就蓋世帝業。不想秦公並無此志，當眾與他激辯，將他駁得理屈詞窮。蘇秦看到秦公並不用他，掉頭東去，再謀出路，竟又想出三晉縱親這局大棋。在下跟朱兄、白公子一樣，也琢磨過此事，初時拍案叫絕，後來越想越是不通。唉，此人雖是大才，卻走入偏門，可惜了也！」

「公孫兄因何拍案叫絕？」白虎插問。

「因為此棋甚大！」公孫衍轉向白虎，侃侃說道，「一般士子，就如我等，包括商君，皆是為一國所謀，所下棋局無非一隅，蘇秦卻不一樣，無論是其帝策還是這招合縱，皆是從天下著眼，弈的是天下這局大棋，遠比我等高出一籌！在下說它是利天下，其意在此。你們請看，三晉若是真的合一，在內無爭，在外，東可制齊，西可制秦，南可制楚，誰敢與其爭鋒？列國皆不爭鋒，自無戰事，豈不是大利於天下？」

「嗯，嗯，」白虎連連點頭，「若是此說，蘇子之謀果然高明！」

「蘇子緣何又入偏門了呢？」朱威接道。

公孫衍反問一句：「請問二位，三晉能合嗎？」

「既然有此大利，三晉應該能合！」朱威點了點頭。

「唉，」公孫衍微微搖頭，輕嘆一聲，「三晉若是能合，就不是三晉了。僅為河西七百里，秦、魏就已互為仇敵，積怨至今。三晉所爭，豈止是七百里？別的不說，單說這百年恩怨，能夠一筆勾銷嗎？」咳嗽一下，「蘇秦宣揚『三同』，要三晉同仇，同力，同心。首先是同心，你們說能成嗎？三晉不同心，能同力嗎？不同力，能同仇嗎？說到這兒，在下想起一個故事，說是齊有一人，欲使兔子、烏龜、白鶴同拉一車，結果，兔子朝荒野裡拉，烏龜朝水池裡拉，白鶴朝天空上拉，三方各自盡力，心卻不同，車子非但不動，反而被牠們拉散架了！蘇秦欲使三晉縱親，就如這個齊人一樣，豈不是走入偏門？」

公孫衍、白虎頻頻點頭。見二人完全聽進去了，公孫衍又補充一句：「還有，假定三晉真的遂了蘇秦之願，同心協力，親如鐵板一塊，結果非但無利，反而更糟！」

「哦，這又為何？」白虎大是不解。

「兩位試想，三晉縱親，不利於誰？不利於齊、楚、秦。三晉以齊、楚、秦三國為敵，三國若是單打獨鬥，肯定不是三晉對手。然而，三晉能合，三國為何不能合？若是三國因循三晉，結盟連橫，齊從東來，秦從西來，楚從南來，三晉就是一塊鐵，也會被壓成碎塊！再說，三晉若是真的成就縱親，齊、楚、秦也的確無路可走，唯此一途！在下方才說，合縱於魏而言，弊大於利，皆因於此。」

這番分析合情合理，朱威、白虎不由得倒吸一口冷氣，相視良久，沉默無語。

* * *

韓昭侯不甘示弱，亦選二千人加入使團，加上侍從，合縱總人馬已逼近八千。韓都鄭城距大梁不過三百里，蘇秦傳令部屬仍如以前一樣日行五十里，沿途招搖，優哉游哉。

距大梁不足百里時，探馬報說魏惠王託國於太子申，與相國惠施、安國君公子卬前往梁囿圍獵去了。魏王此舉顯然是在躲避合縱，燕、趙、韓三位副使聞訊大驚，急稟蘇秦。樓緩建議直奔梁囿，認為這樣既可省卻數日路途，又可擒賊擒王。姬噲、公子章目露讚許之光，望向蘇秦。

蘇秦沉思有頃，傳令繼續前進，直驅大梁。走未半日，探馬又報，說是秦使公孫衍已先一步趕至大梁。幾位副使面面相覷，皆將目光望向蘇秦。蘇秦笑道：「秦人動作倒快，這下有熱鬧看了！」

隊伍依舊磨磨蹭蹭，於第三日上午抵達大梁近郊，在城外停下，靜候宮中旨意。沒過多久，一輛軺車馳至，魏宮內史下車，向蘇秦宣讀殿下口諭，要求合縱車馬就地屯紮，列國特使、副使及相關使臣入城駐驛。

如此高規格的使團，魏人卻使一個中大夫出來宣旨，且是殿下口諭，幾位副使甚為不平，皆現慍色。蘇秦卻是微微一笑，拱手謝過，安頓好三國將士，帶著姬噲、樓緩、公子章及隨身人員，分乘二十輛車乘，打著旗號，跟在內史的車後馳入城中。

車隊入城，蘇秦、姬噲、樓緩、公子章諸人站在車上，滿臉笑容地向兩旁看熱鬧的人拱手致意。走至南街口時，蘇秦突然看到路邊盤坐一人，蓬頭垢面，目光呆滯地望著這排場，站在他身邊的是幾個小孩，個個如他一般，顯然是街頭流浪的乞丐。許是他們身上散發出來的氣味難聞，看熱鬧的市民遠遠地躲著，因而這幾個人就顯得搶眼。

蘇秦一眼認出是孫臏，心底轟的一聲，急呼停車。

車隊停下。蘇秦從車上翻身跳下，一步一步地走向孫臏。孫臏兩眼眨也不眨地望著他走過來，仰著臉傻笑。蘇秦走至孫臏身邊，心裡一酸，兩腿一彎，當下跪在地上，朝孫臏連拜三拜，兩眼淚流，泣道：「孫兄——」

孫臏依然目光呆滯地望著他，傻笑著。不過，此時他是笑出聲來，手指蘇秦，「咯咯咯，咯咯咯……」像生完蛋的母雞在鳴功叫賞。

突然發生的這一幕使所有人都驚呆了。身兼趙、韓二相，同時又是趙、韓、燕三國特使的蘇秦，竟然在大街上當眾向一瘋子下跪，簡直就是曠古奇事，看熱鬧的人群迅速聚攏來，如看猴戲一般。蘇秦的貼身護衛飛刀鄒急跟過來，站在離蘇秦幾步遠的地方，警惕地觀望著周圍情勢。走在前面的趙國內史急呼停車，遠遠地呆望著眼前一幕。姬噲、公子章、樓緩三人不無尷尬地站在車上，不知該如何是好。

幾個小乞丐都被嚇壞了，走也不敢，動也不敢，慘白了臉，怔怔地望著周圍這一切，彷彿是在夢境。

蘇秦拜畢，抬起頭來，兩眼直視孫臏。孫臏止住笑，與他對視。也就在這一瞬間，蘇秦看到孫臏的雙眸裡射出兩道光柱，直照蘇秦心田。

蘇秦豁然明白過來，正自驚喜，孫臏收回光柱，目光重現呆滯，兩手舞起，開始敲響戰鼓：「鼟鼟鼟，鼟鼟鼟，鼟鼟鼟鼟鼟鼟……」蘇秦聽出是進軍鼓聲，知孫臏在催他快走，遂拿袖子抹去淚水，轉對飛刀鄒：「取五金來！」

飛刀鄒從袖中摸出五金，遞予蘇秦。蘇秦將金子恭恭敬敬地擺在孫臏跟前，再拜三拜，轉身走回車上。飛刀鄒放好墊凳，蘇秦踩上，登上車輛。車隊轔轔而行。

車隊剛一離開，孫臏身邊的幾個乞丐已飛身上前，搶奪起金子來。孫臏卻似沒有看見，兩眼依舊望著蘇秦遠去的方向，口中喃喃地敲著戰鼓。

「什麼？」龐涓大睜兩眼，不無驚異地望著龐蔥，「蘇秦竟在大街上向孫臏下跪？」

龐蔥點了點頭。

* * *

龐涓沉思許久，猛然抬頭問道：「孫臏如何？」

「孫臏仍是那樣，初時傻笑，後來敲鼓，已經認不出蘇秦了！」

龐涓長出一口氣，略頓一下，甚是理解地點頭嘆道：「唉，當初我們四人同在鬼谷，情如兄弟，眼下我等俱是顯赫，唯有孫兄境況如此，莫說是蘇兄，即使大哥早晚見到，也是揪心！」略頓一下，「還有，孫兄整日在這大街上，似也不是辦法。別的不說，下雨了，颳風了，他又到何處去？」

龐蔥遲疑一下，緩緩稟道：「孫兄在咱家院裡，甚不開心。這一出去，天寬地闊，感覺上好多了，後來又交上幾個乞兒為友，孫兄更像換了個人，時不時地發笑。至於落腳之處，小弟也安頓過了。南街口上那個小廟，原是陳軫府上的，這陣兒無主，實際上當是自動歸咱府上。小弟實地察過，裡面還算安靜，房子也能住，就讓孫兄與幾個乞兒在裡面住了。天氣好時，有乞兒街上乞討，孫兄餓不著。雨雪天氣，小弟就使范廚拿些吃用過去，保證孫兄凍餓不著！」

龐涓點了點頭：「嗯，如此安頓，倒也不錯，只是……讓孫兄與一幫乞兒住在一起，委屈他了！」

「大哥，」龐蔥的聲音有些哽咽，「你對孫兄這分真情，實讓小弟感動。大哥放心，孫兄既是大哥的義兄，也就是小弟的義兄。大哥儘管去忙大事，這點小事自有小弟照管。一年多來，小弟不難看出，孫兄不在乎吃穿，不在乎門庭，只在乎自在開心。在大街上，孫兄能得自在，能得開心，總比關在院子裡好！再說，」頓了一頓，壓低聲音，「他在院裡，有礙寧靜不說，有時還會驚擾嫂夫人，弄得後花園裡就像鬧鬼一樣，誰也不敢來！」

龐涓再次點頭：「小弟所言也是。孫兄這件事，市井可有議論？」

「據小弟所知，大哥義救孫兄、不棄不離之事，早已傳遍列國，大梁更是人人皆知，家喻戶曉，無人不誇大哥尚情重義，是個好人！」

「唉，」龐涓又嘆一聲，「他們有所不知，孫兄與大哥之間的情義，斷不在這一層表皮。遙想當年，為救家父，孫兄與大哥出入虎穴，身陷囹圄，若不是白司徒搭救，差一點死於奸賊陳軫之手。」復嘆一聲，「唉，蔥弟呀，大哥欠孫兄的，此生只怕難以償還了！」言訖，百感交集，落下淚來。

「大哥——」龐蔥緩緩地跪下來，涕淚交流。

正在此時，門人趕來稟報，說是三國特使蘇大人求見。龐涓忽地站身，在廳中走過幾個來回，抬頭問道：「共來幾人？」

「回稟主公，只他一人！」

「哦？」龐涓眼珠連轉幾轉，對龐蔥道，「快，準備幾根荊條，再備一個搓板，放在客廳裡！」

言訖，龐涓人已動身，急急趕至門門，果見蘇秦垂手恭立於門外。龐涓加快腳步，邊走邊叫：「蘇兄——」

蘇秦迎上幾步，拱手揖道：「龐兄——」

龐涓走上前來，一把抓過蘇秦之手，用力握道：「在下不知蘇兄光臨，迎遲了，迎遲了！」

蘇秦笑道：「在下不請自來，冒昧相擾，還望龐兄寬諒！」

龐涓朝他肩上猛力一拍，嗔怪道：「蘇兄是在問罪在下呢！不瞞蘇兄，近來陛下出遊，殿下主政，朝中一應事務皆推於在下，在下忙得暈頭轉向，這不……剛從朝中回來，聽說蘇兄光臨，未及換下朝服，就迎出來了！」抖了抖身上的朝服。

蘇秦呵呵大笑幾聲，回敬一拳：「龐兄說哪兒了？在這城中，誰人不曉龐兄是百忙之身，在下安敢責怪？只是……在下此來，人地兩生，思來想去，也只龐兄一個故友，在館驛裡下榻之後，屁股尚未坐熱，趕忙備車探訪，前來驚擾了！」

二人互相客套幾句，攜手走入府中，在客廳裡分賓主坐下。龐蔥沏好茶水，拱手退出。

蘇秦品過一口茶，主動提起孫臏之事，換過面孔，不無沉重地悵然嘆道：「唉，不瞞龐兄，方才在下見到孫兄了！」

龐涓裝作不知，驚異地問：「哦？」

蘇秦復嘆一聲：「唉，孫兄之事在下早聽說了。在邯鄲之時，就有風傳孫兄犯下死罪，因龐兄搭救，方才逃過一命，不想他又禍不單行，成為瘋人。在下只是聽聞，原本不信，今日親眼得見實況，在下……」

蘇秦尚未講完，龐涓先自哽咽起來，泣不成聲：「蘇兄……」

蘇秦掃一眼龐涓，亦拿袖子抹淚。

「蘇兄，」龐涓緩過一口氣，緩緩說道，「孫兄之事，都怪在下，是在下對不起孫兄！」起身擺好搓板，抓過備好的一把荊條，遞予蘇秦，「蘇兄，在下有負先生叮囑，有負孫兄結義之情，有負鬼谷同窗之誼，罪該萬笞！今日先生不在，大師兄亦不在，只好由蘇兄代勞，替先生、大師兄主罰，為孫兄討個公道！」兩隻膝頭一軟，跪在搓板上，脫去朝服，露出後背，微微閉目，「蘇兄，行罰吧！龐涓若是叫出一聲，加罰十下！」

蘇秦看他一眼，啪地扔下荊條，緩緩起身，雙手扶起他，長嘆一聲：「唉，龐兄，這這這……你……唉，怎說哩，你教在下如何下手？」

龐涓掙脫開蘇秦，復跪下來，再次乞請：「蘇兄，你若不打，是害在下！不瞞蘇兄，孫兄逢此大劫，皆因在下。在下若是不請孫兄下山，不請他來大梁，孫兄就不會……唉，不說了，打吧！你不打，在下心中的塊壘不去，寢食難安哪！你打一下，在下心裡就減輕一分，打十下，減輕十分，打一萬下，在下……在下……」泣不成聲。

見龐涓如此情真意切，蘇秦儘管心裡如明鏡一般，也是被他感動了，輕嘆一聲，再次扶起龐涓：「龐兄切莫自責！你如何對待孫兄，在下也早知道了。」故意頓一下，掃一眼龐涓，「在下走這一路，到處都在傳頌龐兄，頌揚龐兄忠義分明，重情仗義，可追古人！在下……在下聽了，既為孫兄難過，又為龐兄自豪！只是，孫兄是個誠實之人，如何犯下死罪，在下甚不明白，望龐兄告知！」

龐涓抹去淚水，在主位上坐下，唏噓再三，將孫臏如何犯下死罪、魏王如何震怒、孫臏如何受刑、如何發瘋，及自己如何求情、如何救治、如何照料、如何放任孫臏住在街頭等，從頭至尾細述一遍。

蘇秦聽完，似是肅然起敬，連連拱手道：「此前所聞，只是個大要，在下今日方知，孫兄之事還有這麼多的曲折！如此說來，龐兄將事做到這個分上，也算竭力了，於情於義，都令在下敬佩！」搖了搖頭，復嘆一聲，「唉，當初先生為孫兄易名，在下還在納悶，今日看來，一切都是命定！」

龐涓依舊自責：「都怪在下，若是不寫那封信，孫兄就不會下山，就不會來到魏國，也就不會……唉，是在下害了孫兄哪！」

「龐兄，」蘇秦臉色一沉，望著龐涓道，「說起這事，咱們兄弟真得合計合計。依方才龐兄所言，孫兄必是蒙冤。依龐兄之見，會是何人陷害孫兄？」

龐涓一擂几案：「在下若是查出此人，看不將他碎屍萬段！」

「方才龐兄說，」蘇秦倒是不急不緩，「孫兄蒙冤之時，秦國使臣正在大梁，會不會……」略頓一下，「在下是說，此事會不會與秦人有關？」

龐涓打個激靈，猛拍腦門：「對對對，蘇兄所言極是，當時秦國使臣樗里疾就在大梁，後來在下私下打探，聽宮中傳言，孫兄與那廝有過一面之交，說是弈棋來著。你知道，陛下最恨的是秦人，孫兄不知深淺，與那廝弈棋，犯下大忌！」

「單是弈棋不犯死罪！」蘇秦似在啟發龐涓，「在下在秦一年，甚知秦人。秦人奪占河西，謀得函谷，甚懼魏人報復，見龐兄、孫兄皆事魏國，秦人恐懼，或會想出下作手段，陷害孫兄。如果不出在下所料，那個劉清，還有那封書信，當是秦人所為！」

龐涓沉思有頃，漸漸現出怒容，震几道：「蘇兄說的是！」頓了一時，更加認定此事，咬牙切齒，「狗娘養的！我說這事蹊蹺，原在此處彎著！」朝蘇秦連連抱拳，「蘇兄，在下謝你了！自孫兄受害，在下一直在訪察此事，什麼都料到了，只是未往秦人身上想！狗娘養的秦人，霸我河西，奪我函谷，可作舊恨，陷害孫兄，當是新仇！舊恨新仇，在下……在下不雪此恥，誓不為人！」以拳猛擊几案，震得鼕鼕直響。

「龐兄，」蘇秦見火候已到，情緒激憤地接上一句，「秦人陷害孫兄，這仇這恨就不是賢兄一個人的，但凡鬼谷弟子，皆應雪報！只是……」話鋒陡轉，「龐兄可曾想過如何報仇？」

龐涓打個愣怔，見蘇秦兩眼緊盯著他，眼珠一轉，稍作遲疑：「在下立即稟報陛

下，引大軍征伐暴秦，光復河西！」

蘇秦搖了搖頭。

「哦？」龐涓驚道，「不伐秦國，如何報仇？」

「不是不伐，是眼下不能伐！」

「為何不能伐？」龐涓急問。

蘇秦一字一頓：「因為秦國太強，單憑魏人之力，簡直就是雞蛋碰石頭！」

龐涓臉色漲紅，又羞又怒：「蘇兄何說此話？在下不才，卻視秦人為案上刀俎，圈中羔羊，何曾怕他？」

蘇秦再次搖頭，微微笑道：「龐兄說出此話，可見並不知秦！在下在秦數月，秦之優劣，可謂是耳聞目睹，不知龐兄願意聞否？」

「在下願聞！」

蘇秦侃侃言道：「秦行苛法，一人違法，十鄰連坐，因而秦人不懼死而懼法。全民懼法，自是上下同欲，舉國同仇，皆是死戰之士。秦公年輕有為，謀算甚深，心狠手辣，連商君他都敢誅，沒有什麼是他幹不出來的。秦國宮廷，無不懼他，因而是一呼百應。此人心胸甚大，比其父有過之而無不及。這且不說，秦公內得公孫衍、司馬錯、樗里疾、甘茂諸賢相助，外得函谷、河水之險，幾乎就是四塞之國。河水之險自不必說，單是那道函谷關，在下親自走過，當真是一夫當關，萬夫莫開。退一步說，縱使龐兄攻開此關，自函谷至陰晉二百餘里，每一步都是險峻，只要秦人步步死守，簡直就是銅牆鐵壁，插翅難逾啊！」

蘇秦之言甚是實際，龐涓緩緩垂下頭來，陷入思索。蘇秦更推一步：「還有，方今天下，萬事莫過於得民。秦得河西，再得商於，擴地千餘里不說，更增民眾逾百萬口。按十一抽丁，也比此前多出十萬。龐兄是帶兵的，十萬之數是何概念，當比在下明白！」

龐涓陷入深思，有頃，抬起頭來：「在下問一句，蘇兄倡導合縱，可為制秦？」

蘇秦點頭道：「知在下者，莫過於龐兄了！」

「再問一句，拋開孫兄之事，蘇兄為何對秦人懷此仇恨？」

「唉，」蘇秦斂住笑，長嘆一聲，「說起來都難啟齒。不過，龐兄既有此問，在下也只有實說了。在下出山之後，西去投秦，本想做出一番大業，豈料秦公不用不說，更將在下一番羞辱，令在下在天下士子面前丟醜！」哭笑一下，搖頭再嘆，「唉，那個場面，那種尷尬，在下……在下若是有劍在手，當場真就抹了脖子！」

「蘇兄莫要說了，」龐涓擺手止住他，「秦人這包膿，早晚得擠！蘇兄的合縱大略，在下琢磨過多次。不瞞蘇兄，朝臣對合縱均有牴觸，包括陛下。蘇兄初衷，在下也是今日方知。這事急不得，不過，在下一定盡力，說服朝臣，稟明陛下，全力支持蘇兄！」

蘇秦微微抱拳：「謝賢兄鼎持！」

龐涓朝外叫道：「來人，上酒菜！」對蘇秦微微抱拳，「蘇兄，久別重逢，什麼話都不要說了，不醉不休！」

「好，不醉不休！」

* * *

秋雨落下來。雨勢雖已失去兩個月前的剛猛，卻有後勁，淅淅瀝瀝連下兩日。孫臏是盤地行走，一旦下雨，就無法外出，只能躲在南街口的廢棄破廟裡。

幾個乞兒在廟殿裡把玩蘇秦賞給的金幣，一會兒吹，一會兒彈，愛不釋手。孫臏盤腿坐在榻上，靜靜地望著這群乞兒。所謂榻，不過是范廚用土坯為他砌的土炕，很大，橫豎可躺下五、六個人，上面還墊著乾草，再上面是幾張破席，幾床被子散亂地堆在炕裡側。土炕雖是簡陋，但對這群乞兒來說，卻是天堂。

這樣的雨天不好討飯，最小的乞兒似是餓了，走到門口朝雨幕裡張望。

還真讓他望到了。不遠處傳來腳步聲，不一會兒，范廚披著蓑衣，提著一個蓋了雨布的大籃子，嚓嚓嚓嚓直走過來，在廟門外重重地咳嗽一聲，拐了過來。乞兒大叫一聲：「范伯來嘍！」不無歡喜地衝進雨裡，幫范廚提那籃子。范廚讓出一邊，讓他抬上，樂呵呵地走進殿裡。

見孩子們全圍上來，范廚這才打開籃子，根據飯量大小，將饅頭逐個分過，對他們道：「你們都到偏殿裡吃，范伯要給孫伯伯換衣服呢！」

幾個孩子拿著饅頭，趕往偏殿去了。范廚提上籃子，走至孫臏跟前，將幾個饅頭拿出來，又端出兩碟小菜，擺在炕上，將他的衣服脫下來，換上洗過的。又拿出兩件新衣服，為孫臏穿上。孫臏靜靜地坐著，默默地望著他，由他擺布。

范廚做完這些，從袖中摸出一個信函，遞予孫臏，小聲道：「方才小人在送飯途中路遇秦公子，公子託小人捎給先生一函，請先生拆看！」

孫臏拆開看過，遞給范廚：「燒掉吧！」

范廚點頭應過，拿出火石、火繩，打著火，開始燒信。孫臏靜靜地看著他，見信燒得差不多了，淡淡問道：「范兄，龐將軍那兒可有音訊？」

「回稟先生，」范廚點了點頭，「前日後晌，合縱特使蘇大人到訪，晚上吃酒，是小人做的飯菜。龐將軍與他邊吃邊聊，談笑風生，直到人定時分，皇天落雨，蘇大人才辭別回館。小人昨日聽說，龐將軍還讓家老備下荊條、搓板之物，說是將軍跪在搓板上，定要蘇大人拿條子抽他，因由是他未能照顧好先生。今日晨起，龐將軍見雨仍然在下，親到廚房，特別關照小人，要多送一些飯菜，還要小人為先生增加幾件新衣服，說是天氣冷了，莫要冷壞先生。聽那語氣，龐將軍對先生甚是關愛，情真意切！」略頓一下，撓了撓頭皮，「先生，您與龐將軍之間到底是怎麼回事，小人實在看不明白！」

孫臏未予回答，眼中卻是淚出，有頃，抬頭望著范廚：「在下裝瘋之事，龐將軍可有察覺？」

范廚搖了搖頭：「先生放心，在這大梁城中，此事只有秦公子與小人知道。為先生診病的黃先生本也知情，可公子出下大錢，讓他搬家了。小人問過公子搬往哪兒，公子說，黃先生眼下已在咸陽安下新家，這事就算了了。再說，自那以後，龐將軍再也沒有追問此事，似是對先生的瘋病深信不疑！」

孫臏點了點頭。范廚湊近，聲音更低：「先生，秦公子還說，他想求見先生一面，先來聽聽先生之見！」

孫臏思忖有頃，搖頭道：「眼下不可。你可轉呈公子，就說：『瓜熟蒂自落，水到渠自成。』」

范廚應道：「小人記下了。先生用餐，小人告退！」

孫臏微微抱拳：「謝范兄了！」

* * *

蘇秦在列國館驛等候三日，終於等到殿下召見。蘇秦與三位副使上朝，呈上問聘禮單，備陳三晉縱親、四國合縱的祈請，同時出具燕、趙、韓三國皆行縱親的和約副本。太子申接過，客套幾句，坦陳自己是代父主政，是否加入縱親，難以自決，需廷議過後，稟報父王裁定。見太子申無意再談下去，蘇秦諸人即行告退。

回至驛館，幾位副使，尤其是韓、燕兩位公子，皆現躁態。公子噲首先說道：「看這樣子，魏申是在踢皮球！」

「嗯，」公子章點頭附和，「魏人這是成心在磨我們呢！」

「你們說的甚是，」蘇秦掃他們一眼，微微笑道，「好事多磨嘛！再說，魏王不在，相國不在，輔國的武安君也未上朝，此等大事，讓一個空頭太子如何確定？」

公子章急道：「可……我們總也不能伸著脖子，眼巴巴地坐在這兒傻等吧！」

「若是不想傻等，」蘇秦呵呵笑道，「你們可到大梁城裡城外轉上幾轉。魏人做事的確了得，從安邑遷都迄今，僅只幾年，就將大梁變成天下名都，可追臨淄了！」

二人面面相覷，以為蘇秦在開玩笑。

「還有，」蘇秦接道，「你們亦可前去看看鴻溝，真是一個大工程，利國利民，澤潤子孫。幾年前在下去過那兒，站在堤邊，感慨萬千哪！唉，人生在世，莫過於成就一番偉業。別的不說，單此一舉，白相國足可永垂不朽了！」

見蘇秦說得認真，二人覺得他已勝券在握，鬆下一口氣，轉對樓緩道：「走走走，上大夫也去，多個人熱鬧些！」

樓緩抱拳謝道：「都去看古景，把蘇子悶壞了，豈不誤大事？你們去吧，在下留下來，陪他說個話！」

眾人大笑起來。兩位公子稍做準備，有說有笑地出門走了。蘇秦盤腿坐下，指著對面的席位對樓緩道：「坐吧，在下真也悶了！」

樓緩坐下來，面色憂鬱。

蘇秦似是陡然想起來：「咦，你昨日不是拜訪朱威了嗎，他怎麼說？」

樓緩搖了搖頭，輕聲嘆道：「唉，朱上卿東扯西扯，只不談正事。在下幾番開口，都讓他岔過去了。」

「怪道不見他今日上朝！」蘇秦苦笑一聲，「看來，咱們此番是熱屁股坐到冷席子上了！」

「蘇子，」樓緩不無憂慮地說，「三國特使上朝遞交國書，這是何等大事，可魏人呢？朝堂上是空頭太子，朝堂下是兩個一無用處的中大夫，惠施不說了，龐涓、朱威、白虎等幾大權臣也不在朝，這……」打住話頭，看蘇秦一眼，「蘇子，照規矩說，合縱於魏並無壞處，為何他們……」再將話頭打住。

蘇秦長吸一氣，憋了許久，方才緩緩吐出：「是啊！」將眼睛微微閉上，「在下這也納悶，龐涓本已承諾在下，今日竟也未見上朝，顯然是在故意躲避！」

「堂堂武安君，怎麼也是說變就變？」

蘇秦思忖有頃，朝外叫道：「鄒兄！」不一會兒，飛刀鄒急步進來：「主公？」

「這兩日可有人去過武安君府？」

「昨日後晌，秦使公孫衍前去拜訪！」

「還有何人？」

飛刀鄒搖了搖頭。

蘇秦又吸一氣，閉目再入冥思，有頃，抬頭又問：「孫兄的事，可有音訊？」

「孫先生與幾個乞兒住在南街口的一個破廟裡！」

蘇秦點了點頭，從袖中摸出一塊絲帛，遞過去：「你設法引開乞兒，將此信呈予孫兄！待孫兄看過，你就約他今夜三更，悄悄溜到廟門外面！」轉對樓緩，「樓兄在南街口附近尋一處偏靜、無人的房舍，待孫兄出來，就由鄒兄背他過去，在下在那兒會他！」

「孫兄？」樓緩驚道，「他不是瘋了嗎？」

「有時候不瘋！」蘇秦淡淡說道，「去吧，這事不可外傳！」

二人點了點頭，快步出去了。

＊　　＊　　＊

傍黑時分，依然是商人打扮的公子華見周圍無人，快步閃進秦國館驛，直入公孫衍所住小院。公孫衍聽出腳步是他，急迎出來，呵呵笑道：「真是巧了，在下正在想你，你就到了！」攬其手，將他上下打量一番，連連點頭，「嗯，像個大商人。這趟生意可有進展？」

「在下正為此事而來！」公子華亦笑一聲，跟著他走進廳中，在客位坐下。

「看這樣子，像是要發財了！」公孫衍亦坐下來，斟上一杯茶水，「來，喝杯茶水！」

公子華接過茶水，小啜一口：「在下託范廚轉呈孫子一道密函，大意是說，龐涓已經懈怠，孫子脫離虎口的機緣已至，在下已安排好救他赴秦，最後又將君上切盼之情一併講了。」

「哦，孫子做何反應？」

「孫子捎出一句話：『瓜熟自蒂落，水到自渠成。』聽這話音，孫子顯然認為機緣未到！」公子華又啜一口，神色猶疑，「信中已經講明，我們有十足把握救他出去，可孫子仍舊這麼說，倒教在下百思不得其解，特來聽聽公孫兄釋疑！」

公孫衍低頭沉思有頃，抬頭道：「只有一個解釋：孫子不想去秦國！」

「為什麼？」

「這得去問孫子！」公孫衍緩緩說道，「按照常理，孫子眼下的境況，只要能脫虎口，莫說是他大可施展抱負的秦國，縱使狼窩，他也不應遲疑！」

「嗯，」公子華頻頻點頭，「他眼下已成廢人，活得豬狗不如，裝瘋賣傻不說，還得處處小心龐涓，萬一被那廝得知實情，他就保不住命了！」

「近日可曾有人尋過孫子？」公孫衍突然問道。

公子華思忖有頃，搖了搖頭。

「若是不出在下所料，蘇秦此來，不會不去救他！孫子這麼推托，抑或與此有關！」

「是了！」公子華一拍大腿，「蘇子初到那日，當街向他下跪。蘇子眼下聲勢顯赫，又是他的故知，孫子自是信他，也必指望蘇子救他！」

「公子快去，日夜盯牢孫子，不可輕舉妄動！」

「在下遵命！」

* * *

是夜，淫雨雖停，烏雲卻未退去，天色黑漆漆的，如倒扣一只鍋蓋。

三更時分，廟門悄悄閃開一道細縫，不一會兒，孫臏以手撐地，從門內出來。早已候在附近暗處的飛刀鄒飛身閃出，將他背在身上，快步而去。

走有一時，飛刀鄒來到一處院落。周圍並無人家，顯然是座獨院。門開著，樓緩迎出，四顧無人，接他們進去，迅速將院門關上。

蘇秦聞聲迎出廳堂，與樓緩一道將孫臏架下來，攙進廳中。飛刀鄒返身退出，在院門外候立。樓緩亦走出去，順手關上房門。

屋裡亮著火燭，但所有的窗子均被密封，從外面一點也看不出來。

見孫臏已在席上坐好，蘇秦也坐下來。二人相視，誰也沒有說話。有頃，蘇秦首先打破沉默，顫聲道：「孫兄，你……受苦了！」

孫臏的嘴角淡淡一笑，點了點頭。

蘇秦搖頭嘆道：「在下是在趕去邯鄲的途中得知此事的，在下……在下萬未想到，

事情會是這樣！」頓了一下，「孫兄，你……恨龐兄嗎？」
「當然恨！」孫臏笑道，「開始那幾日，恨得咬牙！後來，後來漸漸不恨了！」
「哦，為何不恨了？」
「想通了唄！」孫臏說得很慢，「說到底，師弟也不容易！他……想得太多了！」
沉吟一時，又補一句，「為他自己！」
蘇秦肅然起敬，拱手道：「孫兄修為已至此境，在下嘆服！」
「嘿，」孫臏苦笑一聲，拱手還禮，「這算什麼修為？隨遇而已！」
「唉，人生在世，」蘇秦再次拱手，油然嘆道，「做到隨遇方是修為，是大修為！」
「隨你說吧。」孫臏呵呵笑了笑，轉過話頭，抱拳道，「幾個乞兒都有夜間出恭的毛病，在下不能待得過久，免得多生枝節！」
蘇秦點了點頭，將合縱方略及近日赴魏的情勢約略講過，抬頭道：「孫兄，按照常理，合縱於魏有百利而無一害，可……魏王、龐涓不消說了，惠施、朱威竟也反應冷漠，實令在下不解！」
孫臏思忖有頃，緩緩說道：「從大處看，列國縱親是悲憫之道，既有大愛，又十分可行，不失為解決天下糾紛的上上之策！至於魏室反應冷淡，在下以為，原因不難理解！」
「哦，請孫兄指教！」蘇秦眼中放光，傾身問道。
「依蘇兄方才所講，」孫臏說道，「合縱旨在謀求三晉合一，與燕結盟，從而實現以弱抗強，達到勢力制衡，強制和解！」
「正是！」蘇秦連連點頭。
「三晉縱親，旨在對抗齊、楚、秦三個大國。魏國朝臣皆不熱心，必是有所顧慮。

他們或許會問，既然三晉可以縱親，齊、楚、秦為何不能橫親？」

「在下對此也有考慮，」蘇秦解釋道，「在下的步驟是，首先合縱三晉與燕國，然後至楚，邀請楚國入縱，從北冥到江南，皆成縱親，將秦、齊兩國東西分隔，逼其不敢妄動！」

「嗯，」孫臏笑道，「這要好多了。不過，在下在想，即使五國合縱，將秦、齊排除在外，也似不妥！南北為縱，東西為橫。南北合縱，如一字長蛇，假使東西連橫，就如攔腰兩截棍子，這在用兵，當是大忌。一旦開戰，長蛇勢必瞻前顧後，稍有不慎，就有可能左右支絀，首尾難顧！」

蘇秦身子更是趨前：「孫兄之意是……」

「善搏擊者，絕不會腹背樹敵，」孫臏侃侃說道，「蘇兄既然合縱五國，何不再加一國，將齊國也納入縱親，六國合一，以秦為敵！六國縱親，內可無爭。秦有四塞之固，苛法之威，列國縱有強兵，亦無可加害，天下勢力由此制衡，豈不是好？」

蘇秦閉目沉思，有頃，拱手道：「聽孫兄之言，如撥雲見日矣！」

孫臏拱手回禮：「蘇兄過譽了！」

「哪裡是過譽？」蘇秦由衷讚道，「孫兄只此一言，已高在下多矣！」轉過話頭，不無關切地望著孫臏，「孫兄，在下此來，還有一事，就是設法營救孫兄！假使孫兄逃出此地，欲去何處？」

「齊國！」孫臏不假思索。

「齊國甚好！」蘇秦思忖有頃，緩緩點頭，「孫兄若有此意，待三晉縱成，在下就去齊國，一來說服齊國入縱，二來為孫兄做些鋪墊！」

「謝蘇兄了！」

「只是……」蘇秦略作遲疑，「此事尚須再候一些時日，委屈孫兄了！」

「蘇兄過慮了，」孫臏呵呵笑道，「眼下在下最不發愁的就是時間，談何委屈？」

「好吧！」蘇秦抱拳道，「時辰不少了，在下也不多留孫兄，待孫兄脫出虎口之日，再行暢談！」

孫臏點了點頭。蘇秦擊掌，飛刀鄒聞聲走進，蹲下來負起孫臏。蘇秦抱拳，與孫臏依依惜別。就要出門時，孫臏扭頭叮囑道：「哦，蘇兄，在下忘了一句：打蛇要打頭，擒賊要擒首！」

「擒賊擒首？」蘇秦喃喃重複一聲，豁然開朗，抱拳謝道，「謝孫兄指點！」

飛刀鄒背負孫臏重新回到小廟，在門外將孫臏放下。孫臏與他別過，轉身進門，將門隨手關上。飛刀鄒閃入陰影中，側耳傾聽一陣，確證裡面並無異動，方才轉身離去。

就在蘇秦、樓緩、飛刀鄒三人離開院子沒入夜色中後，兩個黑影也從暗處閃出，遠遠地跟在後面，直到他們隱入館驛。

* * *

回到館驛後，蘇秦盤腿坐在廳中，反覆思索孫臏所言，越想越覺在理。是的，單是四國合縱，不僅格局小，後遺症多，且不利於合縱真正目的的實施。從表面上看，合縱是通過制衡減少或制止征伐，但對蘇秦而言，建立天下共治、諸侯相安的全新制度才是謀求。如此合縱，東西皆敵，兩面受制，列國應對尚且不易，何來餘力去走下一步？

及至天明，蘇秦對孫臏的建議越發篤定：六國合縱，共抗暴秦！

蘇秦上榻稍稍瞇盹一陣，醒來已是晨時。按照常理，魏宮也該退朝了。蘇秦洗梳已畢，駕車直驅上卿府。

落坐之後，蘇秦直舒來意，提及六國合縱，共抗暴秦之說，朱威果然興奮，就六國合縱抗秦一事與他暢聊兩個時辰，問及諸多問題，包括齊、楚入縱的可能性及如何入縱等細節，末了點頭道：「嗯，六國縱親，共抗暴秦，這個好！只是……」打住話頭，看著蘇秦。

「上卿有話直說！」

「『抗』字不好，在下建議改為『制』字！」

蘇秦連連抱拳：「好好好，上卿堪為一字之師了！」

「特使過譽了！」朱威拱手回禮，由衷嘆道，「唉，不瞞蘇子，近日在下反覆思慮此事，蘇子倡導三晉合縱，實乃大胸襟，大方略，在下越想越是嘆服。三晉爭鬥已久，你死我活，結果真也應驗了那個說法，就是『鷸蚌相爭，漁人得利』，讓秦、楚、齊屢屢鑽空子，撿便宜。蘇子合縱，是利益三晉的大業，在下卻……」苦笑一聲，連連搖頭，似是自責，「卻打小算盤，實在不該，唉，不該呀！」

「是在下的算盤打得小了！」蘇秦呵呵笑道，「在下四處張揚合縱三晉，對抗秦、齊、楚，其實犯了大忌，是短視，不是遠見。三晉合一，樹敵過多不說，反倒可能促進三個大國聯合，於三晉不利！」

「蘇子所言甚是，」朱威亦笑起來，「不瞞蘇子，在下真就是這麼想的！其實不只是在下，多數朝臣皆有此憂！」

蘇秦大笑起來，趁勢引入正題：「是啊是啊，莫說是朝臣了，就連陛下也都躲著在下，好像在下是個瘟神似的！」

朱威聽出話音，傾身問道：「請問蘇子，可有在下幫忙之處？」

蘇秦抱拳道：「在下甚想覲見陛下，促成六國合縱之事，特請上卿引見！」

朱威面現難色：「陛下臨行之際，特意頒旨，此去梁囿，只為清靜幾日，朝中大小

事體，皆由太子所決，任何人不得前往相擾！」

蘇秦思忖有頃，再次抱拳：「就請上卿引見殿下！」

「在下願意效勞！」

＊　＊　＊

梁囿在大梁西北，離大梁三百餘里，靠近陽武。這兒山小坡緩，水草豐美，野味眾多，是理想的狩獵區。早在都安邑之時，魏室就在此處闢出方圓六十里的獵區。移都大梁之後，這兒更見重要。梁囿旁邊有片水澤，水澤之陽有一大片雜木林子，名喚夾林，甚是奇秀，清幽別緻，生產著各種奇葩異草，惠王甚是鍾愛，撥出專款，使人沿澤修築別宮，幾乎每年都要到此小住一時，其地位堪比逢澤邊上的龍山別宮。

惠王年輕時喜歡狩獵，尤愛獵取鹿、野豬、野馬等大型食草動物。許是年歲大了，惠王愛靜不愛動，狩獵也漸漸轉為垂釣。受此影響，惠王近年修建的別宮大多設在水澤邊，旁邊無一例外地設有釣臺。

釣魚也是惠施的嗜好。自離大梁之後，這對君臣幾乎日日守在澤邊，各自拋鉤，一邊養神，一邊垂釣。二人往往悶坐一日，誰也不說話，連魚兒咬鉤也視若不見。公子卬引人外出射獵，日出而行，日落而歸。幾個嬪妃也得自在，在附近拈花惹草，歡聲笑語不時飛來。

這日午時，二人正自垂釣，毗人躡手躡腳地走來，小聲稟道：「陛下，殿下來了，在宮外求見！」

惠王睜開眼睛，思忖有頃，轉向惠施，見他仍在閉目養神，往水中一看，魚兒不知何時已經上鉤，浮標被牠拖得團團打轉，急忙叫道：「惠愛卿，快起鉤，是條大魚！」

惠施睜開眼睛，斜一眼水面，呵呵樂道：「陛下，大魚咬的是您的鉤！」

惠王一看，果是自己的鉤。原來，惠施在下風頭，微風早將他的浮標吹至惠施前面，惠施的則被吹至岸邊，漂在一堆水草邊上。

惠王趕忙起鉤，果是一條幾斤重的大魚。那魚兒許是在水中掙扎久了，出水時未做劇烈反抗。在毗人的協助下，惠王沒費多少周折就將牠拖上岸來，扔進水桶裡。

惠王樂不合口，對毗人道：「中兒有口福，來的正是時候。你將此魚送入膳房，午宴就吃牠了！」

「陛下，」毗人湊前一步，小聲稟道，「跟殿下一道來的另有一人，是……三國特使蘇秦！」

「哦，」惠王似是一怔，有頃，抬頭問道，「關於合縱，朝臣可有議論？」

「回稟陛下，」毗人稟道，「武安君避談，上卿、司徒等人初時反對，後又贊同！蘇秦此來，就是上卿引見的！」

惠王閉目沉思有頃，緩緩說道：「好吧，既然此人來了，就讓他也吃一口！」

「臣領旨！」毗人應過，提上水桶快步走去。

「惠愛卿，」惠王慢慢轉向惠施，「看來，魚是釣不成了！」

惠施微微一笑，一語雙關道：「陛下本為釣魚而來，魚已釣到，行將入鼎，陛下也該收鉤了！」

「哦？」惠王掃一眼惠施，順勢問道，「聽你話音，蘇秦此來，愛卿已有應對？」

「陛下，」惠施斂起笑容，抱拳奏道，「近日微臣一直在琢磨此事，思來想去，感覺蘇秦的合縱方略甚是可行，至少說，對我大魏有百益而無一害！」

「百益！」惠王驚道，「愛卿別是浮誇了吧？」

惠施微微一笑：「陛下，別的不說，單是與趙、韓睦鄰，就可省去多少麻煩！三晉

邊界早已約定俗成，若再爭鬥，益處何在？」

惠王思忖有頃，抬頭說道：「三晉無爭自是好事，可……前時據龐愛卿奏報，衛室內爭，衛公子篡政，衛太子憲向寡人求救，寡人若是無動於衷，於義不合。寡人若是助他，趙、韓必起聒噪，有悖縱親之約！」

「陛下，」惠施侃侃說道，「聖人謀事，謀大不謀小。衛國乃彈丸之地，且在眼皮底下，就如囊中之物，取之是陛下的，不取也是陛下的。陛下一道詔書，衛公立即自貶為侯，乖乖割地，列國亦無異議，皆因於此。眼下衛室內爭，陛下根本毋須用兵，只須再發一道詔書，安撫其主，全其宗祠，量他不敢不聽！至於是太子主政還是公子主政，是其家事，陛下何必為之傷神？」

「嗯，」惠王點了點頭，「愛卿所言也是！衛國既為謀小，何為謀大？」

「微臣以為，」惠施對道，「陛下大敵，非趙非韓，非齊非楚，唯秦一國！秦已擁有河水、函谷之險，易守難攻，僅憑我一國之力，難以與之匹敵。陛下若入縱親，三晉合力，或可制秦，或可收復河西，復興文公盛世！」

惠王閉目有頃，抬頭說道：「愛卿所言，寡人不是沒有考慮過。然而，蘇秦的敵人似乎不單是秦國一國，還有齊國和楚國。寡人即使願意縱親，伐秦一事，恐也難謀！」

「陛下，」惠施緩緩說道，「今日晨起，微臣接到上卿快報，說是蘇秦已改初衷，謀求合縱六國，共制暴秦。眼下蘇秦既至，他的敵人究竟是誰，陛下不妨聽他說說！」

「哦？」惠王打個驚怔，思忖有頃，以手撐地，站起來，拍了拍屁股，「既如此說，咱就走吧！蘇子遠道而來，讓人家候得久了，似也不是待客之道！」

惠施呵呵一笑，緩緩站起。君臣一前一後，晃晃悠悠地走回宮裡。

＊　＊　＊

三日之後，惠王結束狩獵，從梁囿返回大梁。讓所有大梁人感到震驚的是，三國特使蘇秦與魏王同輦而行，招搖過市，朝中眾臣盡皆迎至城外，與他初進大梁時僅有一個孤臣引路的待遇截然不同。

翌日晨起，魏宮大朝。朝堂上沒有任何懸念，惠王未加廷議，直接頒詔，晉封蘇秦為客卿，合縱特使，詔令公子卬為合縱副使，策動六國縱親；賜蘇秦客卿府一座，黃金百鎰，錦緞五十疋，臣僕三十名。眾臣未及回過神來，惠王已經宣布退朝，前後過程乾淨利索，不足半個時辰。

惠王先一步退朝，眾臣這也反應過來，紛紛向蘇秦祝賀。龐涓見狀，心裡五味翻騰，略怔一下，亦走過來，朝蘇秦微微拱手：「蘇特使，在下賀喜了！」

蘇秦趕忙還禮：「謝武安君鼎持！」

龐涓微微一笑，伸手在蘇秦肩頭重重一拍：「鼎持，鼎持，蘇兄之事，在下自要鼎持！」轉對公子卬，「副使大人，在下也賀喜您了！」

龐涓在「副使」二字上加重語氣，弦外有音。公子卬不贊同合縱，亦未料到父王會當廷任命他為合縱副使，讓他這個赫赫有名的安國君與兩個毛頭公子和一個無名大夫並駕齊驅，受制於一夜暴發的市井士子，面子上本就過不去，此時又受龐涓一激，頓時臉色漲紅，狠狠地剜了蘇秦一眼，從鼻孔裡哼出一聲，大踏步走出朝堂。

蘇秦甚是尷尬，但迅速回過神來，對諸臣揖禮一圈，真誠說道：「諸位大人，自春秋以降，天下失道，列國相伐，生靈塗炭，民不聊生。在下謀求縱親，一在制秦，二在尋覓一條天下和解之道，以期早日結束戰亂，回歸太平盛世。就在下而言，六國縱親只是起步，天下縱親才是終極。」咳嗽一下，見眾臣皆在傾聽，緩緩又道，「諸位大人，在下以為，天下唯有縱親，唯有求同存異，克制私欲，才能結束征伐，回歸太平。天下縱親，百姓安居樂業，既是蘇秦一人所願，也是諸位大人所願，更是天下人所願。今日陛下聖恩浩蕩，降旨縱親，實乃天下萬民之福。在下不才，特此懇請諸位共施援手，鼎持合縱，在下先自嗚謝了！」言訖，蘇秦再次拱手，鞠躬至膝。

眾人許是首次聽到蘇秦如此這般地表白心跡，闡明合縱大義，初時沒有反應過來，面面相覷，繼而深受觸動，紛紛拱手應道：「今有陛下詔命，又有蘇子勇為，我等一定竭盡全力，鼎持合縱！」

蘇秦在朝堂上大搶風頭，龐涓心裡自不是味，又見無人睬他，也如公子卬般從鼻子裡輕輕哼出一聲，扭身走出人群，步出殿外，大踏步跨下臺階，走出宮門，見車夫驅車過來，猛地躍身上去，一腳將車夫踢下，揚手一鞭，狂馳而去。

龐涓飛馳一陣，不知不覺中來到南街口，遠遠看到那座小廟。龐涓心中一動，收住韁繩，在廟前停車，推開廟門，信步走進。

乞兒出去了。廟中無人，唯有孫臏盤腿坐在草地上，兩眼微閉，懶洋洋地在晒太陽。聽到有人進來，孫臏微微睜開眼睛，見是龐涓站在門口，立即呵呵傻笑起來。龐涓看有一時，一步步地走近孫臏，在離他兩步遠的地方蹲下。孫臏兩眼傻傻地望著他，有頃，似是發現什麼，手指龐涓，咯咯咯咯又是一陣傻笑。龐涓一怔，下意識地看了看自己，見無異常，回看孫臏，卻是仍舊傻笑不止。

龐涓陡然意識到孫臏是個瘋子，是在傻笑，頓時寬下心來，緩緩地吁出一口長氣。許是久未洗澡了，孫臏身上散發出刺鼻的氣味，龐涓下意識地摀了下鼻子，但迅即放開了。

孫臏痴痴地盯著龐涓，傻笑著，好像他面對的是一個怪物。龐涓也在凝視孫臏，心裡說不出是何滋味。二人互視一陣，孫臏似是身上癢了，做了個鬼臉，將手伸進衣服，摳摸一陣，捉出一隻虱子。孫臏如獲至寶，將那虱子放在掌心，撥過來挑過去，反覆查看，呵呵傻笑。龐涓緊皺眉頭，心中正自厭惡，孫臏陡然將虱子放進口中，如山中的猴子一樣，上下牙齒不無誇張地咬嚼起來。咬嚼一陣，孫臏將之一口嚥下，衝龐涓呵呵地再次傻笑起來，像是一個天真的孩子。

龐涓百感交集，心裡一酸，撲通一聲跪下，淚水奪眶而出，顫聲叫道：「孫兄！」

孫臏似是沒有聽見，也似沒有看見，依舊衝著他呵呵傻笑。笑過一陣，孫臏再次將手伸入衣服，摸出一隻虱子。這隻虱子更大，孫臏睜大眼睛望著牠，面現驚喜之色。龐涓再也看不下去，哽咽一陣，拿袖子抹去淚水，朝孫臏連拜三拜，低聲訴道：「孫兄，在下……在下對不住你！在下不想這樣，可……孫兄，在下不得不這樣！在下……實意為你救治，可……孫兄，在下……」哽咽一時，又拜三拜，「孫兄，去者不可追，若有來世，在下做牛做馬，加倍補償予你……」

龐涓自說自話，孫臏卻如沒有聽見，只在那兒把玩虱子，好像虱子就是一切。看到孫臏的專注勁，龐涓輕輕搖頭，緩緩站起來，朝孫臏深深一揖，轉身走向廟門。看到廟門再度關上，孫臏這也輕輕扔掉虱子，流出淚水，喃喃泣道：「龐兄……」

龐涓縱馬奔馳一程，勒住馬頭，回頭朝小廟方向又看一眼，面色恢復如初，自語道：「孫兄，不是在下狠毒，而是情勢所迫！譬如今日吧，朝堂之上，蘇秦那廝獨占鰲頭，盡得風光，教在下如何不氣悶？再說，在下早已允諾鼎持他，只是未及引薦，他卻等不及了，自投朱威，自投殿下，自去梁囿覲見陛下，置在下於何地？」越說越氣，咬牙切齒，「哼，合縱，合縱，合縱，合個鳥縱！」

* * *

蘇秦回到館驛，意外發現門口候著一人，一身士子打扮。蘇秦定睛一看，竟是秦使

公孫衍，忙從車上跳下，抱拳揖道：「在下見過大良造！」

公孫衍拱手回揖，呵呵笑道：「不速之客公孫衍見過蘇子！」

「不速之客也是客嘛！」蘇秦大笑起來，指指大門，「此處不是待客之地，大良造，請！」

公孫衍拱手讓道：「蘇子先請！」

二人攜手步入廳中，分賓主坐定，公孫衍望著蘇秦，不無感慨地說：「蘇子，咸陽一別，竟是一年了！」

「是啊，」蘇秦也是感嘆，「在咸陽之時，承蒙大良造錯愛，在下每每思之，不勝感激！」

「慚愧，慚愧！」公孫衍連連搖頭，「都是在下無能，屈待蘇子了！」

「說起這個，」蘇秦呵呵笑道，「在下萬謝也不及呢！」

「哦？」公孫衍驚道，「蘇子歷盡委屈，還要萬謝？」

「在下謝的正是這個！」蘇秦侃侃言道，「不瞞公孫兄，若是在秦得志，在下就不會反思，也悟不出合縱之道！」

「說起合縱，在下倒有一慮，不知蘇子願聽否？」

「公孫兄請講！」

「蘇子倡導合縱，用心良苦，在下甚是嘆服。蘇子從高處著眼，低處入手，處處可見過人的魄力，亦令在下嘆服！只是，蘇子忽略一事，就是人心不一。在下琢磨過蘇子的合縱方略，所論無非是勢力制衡。蘇子反對秦人，因其以法治眾，以力服人。可蘇子所為，不也是以勢壓人嗎？」

蘇秦呵呵笑道：「公孫衍這是誤解在下了。在下倡導合縱，並不重於以力服人，而重於以理服人！在下所講，只求勢力制衡，不求勢力壓倒，因而不能說是以勢壓人！」

公孫衍回以一笑，駁道：「蘇子倡導三晉合一也就罷了，這又發展為六國縱親，只以秦國為敵，難道不是以眾欺寡、以勢凌人嗎？」

「在下此舉，對秦有百利而無一害，如何能是以眾欺寡、以勢凌人呢？」

公孫衍苦笑一聲：「呵，蘇子合天下以制孤秦，竟能說是對秦有百利而無一害，真是說笑了！」

「公孫兄這是假作糊塗了！」蘇秦呵呵笑道，「六國縱親，是六條心，秦國上下同欲，是一條心，六條心對一條心，若是打起架來，請問公孫兄，哪一方更勝一籌？」

「如果六心合一，當然更勝一籌！」

「公孫兄，兩軍陣前，能講如果嗎？」蘇秦反問一句，接上剛才的話頭，「六國雖合，卻如一盤散沙；秦雖一國，卻如一只秤砣。一盤散沙對一只秤砣，孰優孰劣，不消在下去說！再說，秦為四塞之國，山河之固，勝過百萬雄兵。莫說六國六心，即使六國協力攻秦，勝負也在伯仲之間。此其一也。秦有六國，必上下同欲，厲兵秣馬，勵精圖治，除弊興利，以保持活力，對抗大敵，此其二也。合縱於秦有大利如此，卻無一害，難道不是好事嗎？」

「這……」公孫衍張口結舌。

「還有，」蘇秦似是餘興未盡，侃侃又道，「合縱旨在制秦，而不是滅秦！在下此前訴求帝策，圖謀以秦國之力兼併天下，所幸未付實施，否則，天下或將血流成河，有悖在下初衷。在下今求合縱，旨在建樹一個諸侯相安、列國和解、天下共治的全新格局，非以兵刃加天下。六國合縱只是在下謀求的第一步棋，下一步就是與秦對話，尋求天下和解之道。不過，此為遠謀，眼下第一步尚未走定，第二步自也無從說起。在下訴諸公孫兄，還望公孫兄體諒！」

「唉，」公孫衍長嘆一聲，抱拳道，「蘇子遠圖大義，在下看低了！在下不才，不知能為蘇子做點什麼？」

「輔助秦公，使秦強大起來！」

公孫衍先是一怔，繼而明白過來，手指蘇秦，呵呵笑道：「好啊蘇子，真有你的！」又笑一陣，起身告辭。

蘇秦送至門外，拱手笑問：「在下想起一事，甚想請教公孫兄！」

公孫衍頓住步子：「蘇子請講！」

「是個私事！」蘇秦湊前一步，故作神祕兮兮的樣子，小聲道，「敢問公孫兄，那日你去武安君府，都對龐涓說過什麼？」

公孫衍也湊前一步，貼近蘇秦耳邊，以同樣神祕的語氣悄聲說道：「在下沒說別的，只不過詳細講了蘇兄在列國的威名、合縱的招搖和排場！」

待公孫衍說完，二人手指對方，會心地大笑起來。

秦國使館位於蘇秦的館驛旁邊，相隔不過百步。公孫衍回至館驛，盤腿坐下來，冥思有頃，使人召來公子華，問道：「孫子那裡可有動靜？」

「自那夜之後，沒有人尋過孫臏！不過，在下方才得報，龐涓於今日退朝之後驅車至南街口，在廟前停車，進廟造訪孫子！」

「龐涓？」公孫衍驚問，「他做什麼去了？」

「在下不知，」公子華應道，「為防意外，黑雕不敢近前，是以未曾得知細情！」

公孫衍思忖有頃，吩咐他道：「眼下三晉縱成，蘇子正在謀求齊、楚入縱。一旦六國縱成，秦國危矣！險關要隘可解一時之急，卻非長策。用兵在帥才，眼下能否得到孫子，至關重要。在下先走一步，稟報君上，謀求應策，你繼續留守此處，盯緊孫子，既要小心龐涓加害，又不能讓蘇秦得手！六國有龐涓，已成大害，再有孫子，禍莫大焉！」

公子華點了點頭，轉身離去。

* * *

因邯鄲之西是綿延不絕的大形山和王屋山，道路崎嶇，賈舍人與張儀議定，選走南線，借道魏、韓，出朝歌，宿胥口，沿河水至洛陽，再入崤關、函谷關入秦。

賈舍人駕了駟馬之車，採購一批趙、燕特產，多是名貴藥材，如麝香、參茸等物，裝滿兩只箱子壓在車底，載著張儀、香女，不急不緩地駛離邯鄲，前往朝歌。

就在賈舍人動身後的第二日，樗里疾的使趙人馬也班師回朝，選走的正好也是南線。走沒幾日，就已趕上他們。賈舍人見是他們，假作不識，將車馬讓於道旁。自此之後，雙方或錯前或置後，一路上雖無一語，卻是同行，有時還會宿於同一客棧。

三十餘日後，兩班人馬一前一後，於同一日到達咸陽。

樗里疾直接趕至秦宮，覲見惠文公，將蘇秦如何設套羞辱張儀、如何又在張儀走後痛不欲生等情形詳細講了。惠文公聽畢，長嘆一聲：「唉，寡人一念之差，痛失蘇秦。雖得張儀，不足喜也！」

「君上，」樗里疾急道，「據蘇子所薦，張儀之才斷不在蘇子之下！」

惠文公苦笑一聲：「連蘇子自謙之詞，你也信了？」

樗里疾辯道：「君上，微臣以為，張儀之才確如蘇子所言。別的不說，單是助楚滅越之事，可見一斑！越國百年不振，只在無疆治下崛起，能臣雲集，士民樂死，鋒芒直逼中原。張儀入楚不足兩年，卻助楚王一舉滅之，此等功業，亙古未有啊！」

「愛卿不必說了！」惠文公甚是武斷地擺手打斷他，「此人若有大才，就不會在楚受陷，在趙受辱。由此可見，在楚，他不如陳軫；在趙，他不如蘇秦！」

「這……」樗里疾被惠文公的幾句話澈底搞懵了，張口結舌，愣怔有頃，方才反應過來，跪地叩道，「君上，往事不可追。蘇子已不可得，我不可再失張子啊！」

「好了，好了，寡人知道了！」惠文公掃他一眼，現出不耐煩的語氣，「你也起來吧，此番使趙數月，愛卿鞍馬勞頓，必也辛苦了，回去將養幾日，再來上朝！」

樗里疾無奈，只好告退。見他退出，惠文公咳嗽一聲，內臣閃出，哈腰候在一邊。惠文公頭也不抬，閉眼吩咐：「賈先生若是到了，速請他來！」

內臣應過，急步退出。

* * *

賈舍人將張儀夫婦載至士子街上，在蘇秦曾經住過的客棧前停下。

自蘇秦走後，樗里疾奉旨整頓士子街，將運來客棧的老闆罰沒財產，充配商郡，竹遠亦回終南山，英雄居的論政壇再也沒有舉辦，士子街的生意一落千丈，運來客棧幾易其主，新主人是個離役軍士，河西之戰時一隻手被砍斷，退役後用撫恤金盤下了這個客棧。

幾乎沒有任何猶豫，張儀一眼就看中了蘇秦曾經住過的院子。賈舍人暗生感嘆，也自選了一套房舍，一併付過押金。張儀吩咐小二燒好熱水，關牢院門，留香女在浴室洗澡，自與舍人趕至前廳，叫小二安排酒菜，正欲暢飲，有輜車在門外停下，尋問舍人。舍人出去，不一會兒急急返回，對張儀苦笑一聲，打揖嘆道：「唉，生意上的事，真也煩人！在下……在下這得出去一下，實在對不住了！」

張儀笑了笑，回過一揖：「賈兄盡可去忙，這些酒菜先放這兒，待會兒賈兄回來，你我暢飲不遲！」

賈舍人別過，搭乘來人的軺車轔轔而去。張儀呆坐一陣，吩咐小二收去酒菜，回至小院。香女已經出浴，正在對鏡梳頭，見他回來，笑問道：「賈先生呢？」

「出去了！」張儀應了一句，盤腿坐下，微微閉上眼去。

香女想了一想，小聲問道：「賈先生該不會又把咱們扔下不管了吧？」

張儀沒有睬她。香女斜他一眼，正欲問話，後院響起馬嘶聲。香女聽出是賈先生的馬，撲哧笑道：「看奴家想哪去了？先生的車馬還在後院裡呢！」

賈舍人一夜未歸，直到翌日晨起，才從外面回來，身上酒氣尚存，一見面就抱拳嘆道：「唉，張子，實在對不住了，昨晚一去，竟然巧遇關中巨賈，強拉在下飲酒，在下多貪幾杯，因而回不來了！」

張儀笑了笑，抱拳還禮：「賈兄能夠盡興，在下自也高興！」

賈舍人呵呵笑道：「不瞞張子，這場酒不是白喝的。那巨賈甚是熟悉終南山，在下欲置奇貨，沒有他不行！真也湊巧了，他今日就要進山，在下欲跟他走一遭去！」從袖中摸出一只袋子，轉對香女，「這是三十金，嫂夫人拿上，在下此番進山，不知多久才能回來，嫂夫人手上不能無錢哪！」

香女遲疑一下，掃了張儀一眼，抱拳謝道：「此番來秦，一路上吃用淨是先生的，這麼多錢，我們如何能拿？」

賈舍人不由分說，將錢袋塞予香女，笑道：「嫂夫人不拿這錢，難道還想賣劍不成？」

香女紅了臉，收下錢袋，再次抱拳謝過。賈舍人指了指後院的車馬對張儀道：「山裡無路，這輛車馬權且留予張子，二位悶了，若想出去走走，亦可代步！」

張儀謝過，賈舍人與他們依依惜別，大踏步走出。

此後數日，張儀一直坐在廳裡，怔怔地望著院中的那棵老槐樹。當然，張儀並不知道這棵老樹上曾經吊死過吳秦，更不知道蘇秦當年也曾住在這個院裡，也曾像他一樣直面這棵老槐樹發呆。

香女有些著急。此前，無論是在越國，還是在楚國，張儀往往是人尚未到，全盤計畫已盤算好了，腳一踏地，就開始付諸實施，不是找這個，就是尋那個，忙得不亦樂乎。此番入秦，香女感到張儀似是變成另外一個人，無動於衷不說，心情也極為壓抑，即使笑，也是擠出來的，並非出自真正的喜悅。

香女知他不願入秦，卻不清楚原由，因他從未吐露過自己的家事。此時，見他如此難受，香女想勸幾句，卻又不知如何勸起，靈機一動，撲哧笑道：「夫君，奴家早上做了個夢，夢到會有一場奇遇。奴家思來想去，咱們從早至晚一直守在這個院裡，奇遇何來？」

張儀抬起頭來，看她一眼，起身走出院子，尋到小二，要他備車，又讓店家清算店錢，吩咐香女付錢。香女怔道：「夫君，晚上不回來嗎？」

張儀應道：「妳不是夢到奇遇了嗎？在下這就帶妳尋去！」

香女忖不出張儀的葫蘆裡要賣什麼藥，但她知道，一旦他做出決定，必是想清楚的，因而二話沒說，付過店錢，見小二將車套好，跳上去，張儀駕馭，逕奔東門而去。出城之後，張儀快馬加鞭，朝洛水方向急馳。

樗里疾聽聞張儀夫婦出城而去，原以為是去城外散悶，並未放在心上。當得知二人已結清店錢時，樗里疾方才急了，一面派人尾隨，必要時通知邊關，尋理由攔住他們，一面進宮面奏秦公。

惠文公聽完樗里疾的陳奏，淡淡一笑，轉對內臣道：「你再通知邊關，不要攔他！此人想去哪兒，就讓他去哪兒！」

內臣應過，轉身走出去。

「君上……」樗里疾目瞪口呆。

「看把你急的！」惠文公望著他吃驚的樣子，撲哧笑道，「愛卿放心，寡人擔保，你的這個寶貝疙瘩不會離開秦國半步！」

見秦公如此篤定，樗里疾越發不解：「為什麼？」

「因為他已無處可去了！」惠文公說完，從几案上拿出棋局，緩緩擺開，「來來來，咱們君臣許久沒有對弈了！」

樗里疾無心對弈，卻也不敢抗旨，只好硬著頭皮隨手應戰，結果在一個時辰內連輸兩局。惠文公似是棋興甚濃，不肯罷休，樗里疾只好重開棋局。弈至中局，內臣進來稟道：「探馬回來，果然不出君上所料，張儀夫婦並未前往函谷關，而是拐向洛水方向，看那樣子，是奔少梁去的！」

聽到「少梁」二字，樗里疾恍然大悟，失聲叫道：「他是去張邑，去……去祭祖！」

「人雖來，心卻不服喲！」惠文公呵呵笑道，「不讓他回去看看，如何能行？好了，樗里愛卿，這下該上心了！若是再輸，看寡人如何罰你！」

樗里疾不無嘆服地點了點頭，兩眼盯向棋局，有頃，胸有成竹地說：「君上，此番微臣贏定了！」摸出一子，啪的一聲落於枰上。

「是寡人贏定了！」惠文公也摸出一子，捏在手中，衝樗里疾呵呵又是一笑，「不過，寡人要想完勝，尚需愛卿幫忙，演一場小戲！」

「小戲？」樗里疾驚問，「什麼小戲？」

惠文公啪的一聲落下手中棋子，呵呵笑道：「不必著急，走到那一步，你就知道了！」

* * *

張儀夫婦曉行夜宿，快馬如飛，於第三日趕至少梁地界。一路上，張儀幾乎沒有說話。越近張邑，他的心情越是沉悶，車速也放緩下來。香女也不多問，只是坐在車上，不無關切地望著她的夫君。

張邑終於到了。想到邑中早已無他立足之地，張儀駐馬長嘆一聲，驅車拐向野外，逕朝祖墳走去。在祖墳的高坡下面，張儀停住車，對香女說道：「夫人，我們到了！」

結婚以來，張儀這是第一次當面叫她夫人。香女先是一怔，繼而淚出，不無感動地走過來，靠在他的身上，點頭道：「夫君——」

張儀指著前面的高坡：「夫人，知道這是什麼地方嗎？」

香女似也明白過來，點頭道：「是咱們的家！」

聽到此話，張儀竟是流出淚來，哽咽道：「夫人說的是，是咱們的家。」攜住她的手，「走吧，咱們回家去！」

二人手挽手，一步一步地登上高坡。坡上鬱鬱蔥蔥。走至墓區時，張儀猛地甩開香女，不無驚異地四顧墓園，因為整個墓區已被整修一新，周圍砌有一圈低矮的土牆，裡面新種許多松柏，更有數百盆菊花，都是盆栽的，擺放得整整齊齊，凜風盛開，乍看起來，就像是一個巨大的菊園。

更令張儀吃驚的是，每個墳頭均立一塊比人還高的墓碑，碑前各設一個用整塊石頭雕刻出來的祭壇，壇上擺著各色祭品和鮮花。

愣怔有頃，張儀猛然意識到，別是他家的祖墳也讓秦人占去了，腦子裡頓時轟的一響，不顧一切地撲向父母合葬的墳頭，細細察看石碑，發現碑文上刻的仍舊是父母的名號。張儀急看其他碑文，每個碑上均是明白無誤，即使張伯的墳頭，也無一絲錯漏。

張儀澈底懵了，傻傻地站在那兒，不但忘記了祭拜，也忘記了香女。倒是香女明白過來，緩緩走至張儀身邊，在他的父母墳前屈膝跪下，兩眼噙淚，行叩拜大禮。張儀見了，也醒過神來，在香女身邊跪下，共同拜過。

拜訖，張儀喃喃訴道：「阿大，娘，儀兒不肖，不孝，浪蕩多年，今又一事無成地返回家門，未能為先祖增光，為二老爭氣。儀兒唯一的成就，是為張門帶回一個媳婦。儀兒雖是不肖，媳婦卻是賢淑，今日上門拜望雙親，望父母大人在天之靈，為她祝福！」

香女這也明白他們是自己的公公、婆婆，泣道：「不孝媳婦公孫燕拜見公公、婆婆！」連拜數拜，埋頭於地，泣不成聲。

張儀陪香女悲泣一陣，開始帶她逐個墳頭祭拜，每拜一個，就向她講述墳中人的故事。最後一個是張伯，張儀講他如何為他們家效力，如何將他帶大，又如何在他們橫遭不幸時不離不棄，陪母親而去。香女聽得淚水漣漣，在他墳頭又拜數拜，喃喃說道：「夫君，張伯一生，簡直就跟荊叔一模一樣！」

「是的，」張儀點頭說道，「張伯也好，荊兄也好，他們都是好人。這個世界，有壞人，可好人更多……」

張儀正自感慨，坡上傳來一陣雜亂的腳步聲，一群人直奔上來。張儀扭頭一看，驚得呆了，因為站在面前的竟是小順兒和小翠。他們身後跟著兩個半大的孩子，大的五、六歲，小的兩、三歲。

雙方各怔一時，小順兒、小翠醒過神來，跌跌撞撞地撲到跟前，跪地叩首，喜極而泣：「公子——」兩個孩子也跟上來，大的跪下，小的不知發生何事，許是嚇傻了，撲通一聲就地趴下，哇哇哭叫起來。

張儀這也緩過神來，伸手拉起小順兒和小翠：「真沒想到會是你們兩個，快快快，快起來，本公子有話要問！」

二人起來，小翠抱起正在哭的小孩子，一邊哄他莫哭，一邊拿眼打量香女。張儀急問小順兒：「你們……你們這是怎麼回事？何時回來的？」

「回稟主子，」小順兒細細稟道，「那日……那日離開時，張伯認下翠兒做女兒，成全了小人與翠兒的婚事。小人與翠兒無處可去，就到河東，寄住在張伯家裡。不久前，吳公子訪到我們，接我們回來了！」

「吳公子？」張儀怔道，「哪個吳公子？」

「就是……就是那年來咱家跟主子比武的那個少梁公子！主子，吳公子眼下可真了不得，是少梁令呢！」

張儀指著墳地：「這些都是吳公子立的？」

「是的！」小順兒點頭應道，「吳公子不但整修了咱家祖墳，還將咱家的房產、地產悉數歸還！那個霸占咱家財產的傢伙，也被吳公子治罪了！小人一家這陣兒就住在咱家原來的大院子裡，為主子守著家業呢！方才小人聽聞一輛車馬直馳這兒，並說有兩人下車，奔墳地來了，小人問過相貌，覺得像是主子，急帶翠兒與兩個崽子趕來探看！」

張儀澈底明白過來，長出一口氣，呵呵笑道：「小順兒、小翠，還有兩個崽子，來來來，拜見你們的主母！」

小順兒、小翠忙拉兩個孩子跪在地上，叩見香女。香女臉色緋紅，急拉他們起來，一家人有說有笑地走下土坡，回到家中。

小順兒吩咐僕從殺豬宰羊，全家如過年一般。及至天黑，小翠早將他們的寢處準備妥當，張儀就如新婚一般，攜香女之手步入新房。

流浪多年，張儀第一次睡在自己家裡，睡在自己從小睡大的榻上。這一夜，張儀感到了從未有過的放鬆，睡得特別踏實，一波接一波的鼾聲就如遠處傳來的滾雷一般，震得香女輾轉反側，無可奈何地坐在榻沿，望著張儀四肢展開，將偌大一個床榻幾乎全部占去。

是的，這是他的家，是他出生、成長的地方。在旁邊守護的，是與他一起玩大、對他忠心不二、百依百順的小順兒。

翌日晨起，張儀用過早膳，吩咐小順兒道：「備車，隨本公子去一趟少梁！」

小順兒手指院門：「小人早備好了，主子請！」

張儀走至院門，果見駟馬之車已經備好。更稱他心意的是，小順兒竟又尋出當年他與吳公子比試的那個石滾，將之顯赫地豎在院中。

張儀看到石滾，呵呵直樂，跨前一步，挽起袖子，兩手扣牢滾子兩端，大喝一聲「起」，石滾已被他兩手托起。在眾人的喝采聲中，張儀托住石滾圍車子轉悠一圈，將之輕輕放在車上，拍了拍手，對小順兒笑道：「好小子，還是你想得周全！」

小順兒嘿嘿幾聲：「主子的心思，小人早就琢磨透了！」

「好好好！去尋幾個人來！」

「好咧！」小順兒應過，朝院中輕輕擊掌，十幾個彪形壯漢從旁邊的廂房裡魚貫而出，齊齊地站在張儀前面，哈腰候命。張儀掃他們一眼，滿意地點了點頭，朗聲喝道：「走，找那小子比試去！」

張儀與小順兒在這裡驚驚乍乍，看得香女雲裡霧裡，拉住翠兒問道：「翠兒，他們這要幹什麼？」

翠兒掃他們一眼：「主母放心，他們是在玩兒戲哩！」

「兒戲？」香女越發不解，大睜兩眼望著翠兒。

「都是些陳年往事，」翠兒笑了笑，轉對香女，「主母若是想聽，奴婢這就說來！」

香女自然想聽張儀的舊事，急不可待地說：「快說！」

翠兒拉上香女，趕往後花園，在那裡細述張儀的舊事。院門外面，小順兒早已放好墊腳凳，張儀跳上去，小順兒揚鞭催馬，十幾個壯漢小跑步跟在車後，一溜人眾，招搖著直奔少梁。

早有人報知少梁府，吳青親領府中人眾迎出城門數里，一見張儀這副架式，又看到車尾上擺著那只石滾，哈哈笑道：「好你個張公子，都啥年月了，還記著那檔子事！」

張儀揖道：「當年之事，是在下失約！今日在下登門，一為失約向公子道歉，懇請公子責罰，二為履約，懇請公子賜教！」

吳公子回揖一禮，笑道：「好好好，公子既然上門挑戰，在下一定應戰！只是……」裝模作樣地環顧四周，壓低聲音，「此處不是用武之地，且請公子隨在下府中小酌一爵，待酒足飯飽，在下尋出一處風水寶地，與公子一決勝負！」

張儀亦笑一聲，抱拳道：「客隨主便，在下謹聽公子吩咐！」

二人攜手同車，來到少梁府中暢敘別後遭遇，吳青將河西之戰如何慘烈、河西魏民如何遭遇、自己如何揭竿而起、秦公如何明斷是非、治理河西等事細述一遍，末了嘆道：「唉，在下走到那一步，本是自絕活路，只想死個痛快，不料君上特赦在下，既往不咎不說，還將在下田產財物悉數歸還，封在下做少梁軍尉，後又屢屢陞遷，數千從屬盡皆赦免，待以秦民！」再次長嘆一聲，「唉，說實在的，在下初時死要面子，不肯做官，覺得有愧於魏，後來想明白了，咱是臣民。無論誰做主子，臣民永遠是臣民。誰讓咱活命，咱就應該為誰賣命。至於天下是誰的，跟咱無關。再說，連公孫將軍這樣的大才，也都投秦了，咱還有何理由死撐面子？」

「吳兄所言極是！」張儀點頭應道，「在下一直認為秦人殘暴，視其為仇，此番入秦，耳聞目睹，方得實情。在下此來，另有一事求問吳兄！」

「張兄請講！」

「在下家財，是何時歸還的？」

吳青閉目思忖有頃，抬頭說道：「張兄既問，在下也就如實說了。那年秦公特別頒詔大赦魏民，歸還魏民一半財產。強占張兄家財的那個官大夫，卻以張兄家中無人為由，拒不歸還。兩個月前，秦公不知何故，快馬急詔在下，要在下迅速歸還張兄的另一半家財，修繕祖墳、家廟。在下查問，方才得知官大夫抗法強霸之事，將之表奏君上，君上震怒，詔令削其職爵，依秦法腰斬於市，其族人盡數為奴！不瞞張兄，在下所做這些，不過是奉詔而已！」

張儀恍然悟道：「哦，原來如此！」

「何事如此？」吳青不解地問。

「不瞞吳兄，」張儀微微一笑，拱手說道，「在下此番回來，一是回家看看，二是覲見秦公！只是……在下與秦宮向無瓜葛，沒個引薦，不知吳兄肯幫此忙否？」

吳青慨然應道：「當然可以！」略頓一下，壓低聲音，「看這情勢，君上對張兄甚是器重！以張兄之才，若見秦公，必有大用！」

張儀再次拱手：「在下謝了！」

張儀在張邑逗留三日，與吳青一道前往咸陽，進宮謁見。惠文公聞張儀來，宣其書房覲見。聽到腳步聲，惠文公步出院門，降階迎接。張儀、吳青就地叩見，惠文公也不說話，上前一手扶起一個，呵呵笑著挽起他們的手，走上臺階，步入客廳。

惠文公在主位坐了，回頭見張儀、吳青作勢欲拜，笑著指向兩側陪位：「坐坐坐，門外不是見過禮了嗎？」

張儀、吳青互望一眼，見惠文公如此隨和，亦笑起來，各在客位坐下。惠文公見他們坐定，將眼睛一會兒看看這個，一會兒看看那個，有頃，呵呵笑道：「寡人聽過你們二人比試的事，怎麼樣，分出勝負了嗎？」

二人皆笑起來。吳青拱手道：「回稟君上，那是八年前的事，勝負早判了！」

「哦？」惠文公大感興趣，「你們誰勝誰負？」

吳青嘿嘿一笑：「本是張公子勝，微臣耍猾，勉強扳成平手，實則負了！」

「可寡人聽說，」惠文公微笑著掃過二人一眼，「是張子先勝一場，第二場打平，第三場愛卿勝出，愛卿為何在此認輸呢？」

吳青嘿嘿又是一笑：「三場比試皆是微臣出題，占去先機自不去論，第三場比試是挺舉石滾，那是微臣練過八年的，雖勝不武，是以認輸！」

「哦？」惠文公窮追究竟，「既有此說，愛卿當場為何不認輸？」

「這……」吳青尷尬一笑，「當年微臣少不更事，死撐面子，是以不肯認輸！」

惠文公哈哈大笑，手指吳青道：「好你個吳青，這陣兒算是說出心底話了！」斂住笑，掃一眼張儀，復對吳青點了點頭，「嗯，愛卿做得也沒有錯，賽場上的事，萬不能認輸！至於偷奸耍猾，有時也是必要的。當年寡人鬥蛐蛐兒，每戰必勝，除去實力，裡面也有許多小花招！」

說到此處，惠文公似也憶到當年舊事，忍不住又是一番大笑，笑畢，隨口談起自己昔日在賽場上如何偷奸耍猾之事。講者眉飛色舞，繪聲繪色，聽者兩眼發直，不敢相信那些事情竟然會是一國之君所為。

大半個時辰過去了，惠文公仍與吳青一道沉浸在當年的兒戲裡，似乎忘記是在召見張儀，甚至完全忽視了張儀的存在，因為好一陣，他一眼也未看他，只將注意力集中在吳青身上。

張儀被他搞懵了。此番覲見，他早已準備好數套應對方案，包括如何解析天下大勢，如何應對蘇秦合縱，如何強大秦國國力等等，然而，惠文公卻在這個當口興致勃勃地大談兒戲，倒是他所始料未及的。好在他在鬼谷裡已經練就巨大定力，心裡縱使打鼓，面上卻無絲毫表露，仍舊兩眼微閉，似笑非笑地端坐於席，專心傾聽二人笑談。

惠文公談得正是起勁，內臣稟報上大夫樗里疾求見。惠文公喜道：「哦，是樗里愛卿，宣他覲見！」

樗里疾叩見，行過三拜大禮後，惠文公指著張儀介紹道：「樗里愛卿，你來得正好，寡人引見一下，這位是張子，吳愛卿的舊時相識。寡人正與他們暢談兒時之戲，甚是快意呢！」

樗里疾假作不識，上下打量張儀幾眼，思忖有頃，撓了撓頭皮道：「敢問張子，可是從趙國邯鄲來？」

張儀拱手揖道：「正是！」

樗里疾將他又是打量一番，再次問道：「再問張子，可曾去過相國府上？」

張儀知他重提那日尷尬，臉色微紅，點頭道：「去過！」

樗里疾不再遲疑，接著問道：「在下回邯鄲時，一路上前後相隨的可是張子？」

張儀再次點頭：「正是！」

「哎喲喲！」樗里疾又驚又喜，連連拱手，「咱們真是有緣哪！」

「哦？」惠文公假作不解，看看張儀，又看看樗里疾，「你們兩個……認識？」

「回稟君上，」樗里疾稟道，「微臣此番使趙，在趙國相國蘇秦府上見過張子，返回時又與張子一路同行，只是……」略頓一下，「張子換了衣飾，前後判若兩人，微臣覺得似曾相識，卻是心裡無底，未敢冒昧相認！」

惠文公假作驚奇地大睜兩眼盯向張儀：「哦，如此說來，張子認識蘇子？」

惠文公與樗里疾演的這齣戲顯然是專門讓張儀看的。此時惠文公刻意問及蘇秦，張儀不願再提，勾下頭去正在想詞搪塞，樗里疾替他解圍，接過話頭：「回稟君上，張子與蘇相國非但認識，還是同門師兄弟呢？」

惠文公顯得越發驚詫：「哦？張子與蘇子還是同門？」

張儀無法迴避，硬著頭皮點了點頭，嗯出一聲。

惠文公呵呵笑道：「說來真是有趣！寡人與蘇子也算相識。前年他來咸陽，當街宣揚帝策，要寡人一統天下，寡人見他狂妄，沒有用他。不想此人懷恨於心，前去燕、趙、韓、魏等國，弄出合縱什麼的，專與寡人作對！」長嘆一聲，半是揶揄地搖頭復笑，「唉，鬼谷士子，得罪不起喲！」

張儀聽出弦外有音，心中咯登一沉，正自尋思，樗里疾拱手接道：「君上，據微臣所知，張子與蘇子大不一樣！」

「哦！」惠文公饒有興趣地望著樗里疾，「愛卿說說，怎個不一樣？」

樗里疾侃侃言道：「此番在趙，微臣多次聽聞蘇子論辯，感覺他雖然健談，卻不免言過其實，文過飾非，空談居多。張子雖然不善言詞，卻能一語中的，求真務實！微臣聽聞楚國滅越，多半是張子之謀！」

儘管此話不合實情，但張儀聽出樗里疾是在想方設法為他解脫，面上雖無表現，心中卻是感激。

「嗯，愛卿所言，寡人也有耳聞！」惠文公點了點頭，轉向張儀，拱手道，「張子光臨偏僻，寡人未能郊迎，失禮之處，望張子寬諒！」

張儀回揖道：「儀落難而來，君上不棄，於儀已是大恩！儀家廟祖廟，君上不廢不說，且又特旨維護，更是隆恩浩蕩，儀萬死不足以報！」

「張子言重了！」惠文公呵呵笑道，「此事不屑提的！張子家住河西，當是寡人子民，張子祖業家廟，寡人自當維持。說到這裡，張子此番回來，也算是回家了。張子是大才，寡人幸遇，即起貪心，有意請張子隨侍左右，早晚指點寡人，還請張子不辭！」

張儀拱手道：「儀既為秦民，就是君上的子民，君上但有驅使，儀赴湯蹈火，在所不辭！」

惠文公朗聲道：「好！」轉對候在一側的內臣，「擬旨，封河西郡少梁人氏張儀為右庶長，隨侍寡人！另賜咸陽城府宅一座，僕役三十人，金三百，錦緞五十疋！」

「臣領旨！」

張儀沒有想到惠文公會當場封官，愣怔有頃，方才起身叩道：「微臣謝君上隆恩！」

「愛卿平身！」惠文公呵呵笑道，「愛卿初來乍到，一路勞頓，先去府中將息數日，寡人再來討教！」轉對樗里疾，「這道旨就發予你了，張愛卿若是休息不好，寡人唯你是問！」

樗里疾叩道：「微臣領旨！」

【第三十九章】

唱和弦利舌征巴蜀
乘西風鐵嘴戰稷下

張儀依舊住在運來客棧原來的院落，賈舍人的院子暫由吳青住了。翌日晨起，樗里疾早早趕來，引領張儀、香女和吳青去驗看惠文公賞賜的宅院。

幾輛車馬左轉右拐，停在一處高門大院前面。眾人下車，一個負責交割房產的內吏早已候在府外，揖禮迎接。

幾人在內吏的導引下走入府門，但見深宅重舍，庭園山石，奇葩異草，無所不有。其中奢華，比楚國昭陽君的府宅有過之而無不及，看得吳青兩眼發直，縱使香女，也大為震憾，小口大張，倒吸一口冷氣。

張儀愣怔有頃，扭頭望向樗里疾：「樗里兄，別不是弄錯了吧？」

「是君上親選的，錯不了！」樗里疾呵呵笑道。

「君上親選的？」張儀越發驚訝，「君上賞賜，難道連房舍也要欽定？」

「是啊是啊，」樗里疾呵呵又是一笑，「君上就像一個大管家，凡有關切，事無鉅細，必要親自過問！順便說一句，張子猜猜看，這處宅院是何來歷？」

「這要請教樗里兄了！」

「此宅就是在咸陽城裡赫赫有名的杜府。杜門累官三世，幾代經營，多有積儲，從櫟陽遷來後，即在此處大興土木，將杜府建成咸陽城裡為數不多的豪門大宅之一，其中奢華遠超太傅大人、大良造的府院。後來，杜摯大人及一批舊黨因商君一案滿門抄斬，此宅就被收歸宮室。近幾年來，多少人垂涎此宅，其中不乏國戚、公子，君上皆未准允。張子是後來居上啊！」說到此處，樗里疾哈哈大笑起來。

「如此說來，倒讓在下受寵若驚了！」張儀亦笑起來。

幾人在府中巡查一圈，樗里疾吩咐宮吏將房契交予香女，又將君上所賜之物逐一交付，與吳青一道起身告辭。宮吏召集眾僕役見過張儀、香女，吩咐他們各執差使去了。

午後申時，宮中使人送來一個御製匾額，上寫「右庶長府」。香女看了一會兒匾額，小聲念道：「右庶長府？」眉頭微皺，抬頭望著張儀，「這名字怪怪的，是個什麼官？」

張儀笑道：「這是秦國官名。秦國變法之後，官爵分為二十級，從第十級左庶長開始，到第十八級大庶長，相當於卿。中間幾級分別是，第十一級右庶長，第十二級左更，第十三級中更，第十四級右更，第十五級少良造，第十六級大良造，第十七級駟車庶長，都是卿位。卿下為士、大夫，共有十級，卿上為君為侯，共是兩級，侯上才是公！」

香女有些納悶地問道：「照此說來，夫君的官階並不大，何能住上這麼好的府宅？」

「夫人有所不知，」張儀又笑一聲，「按照秦法，在下的官階已不小了！秦國官爵合一，秦法規定只以軍功晉階，未建軍功，除非君上特賜，不能晉階，因而，迄今為止，卿以上的許多官爵皆是空的。公孫鞅初行變法時僅是左庶長，位居右庶長之下！後因變法有功，君上這才破格升他為大良造，位列第十六級。若不是河西和商於兩戰之功，公孫鞅是不能稱為商君的。在下初來乍到，尺寸之功未建，秦公即封右庶長，已是大用！至於這所房子，抑或另有蹊蹺……」

香女正欲問他是何蹊蹺，門人稟報客人求見。張儀初來乍到，並無熟人，心裡納悶，迎出一看，竟是賈舍人候在門外。張儀驚喜交集，急步迎上前去，拱手揖道：「賈兄——」

賈舍人亦拱手賀道：「呵，幾日不見，張子就發達了！」

「什麼發達？」張儀笑道，「易得之物，去得也快！」上前攙住賈舍人，「賈兄，府裡請！」

二人踱進府門，在院中賞了一會兒景，賈舍人再次賀道：「張子有此晉身，可以一展拳腳了！」

望著鱗次櫛比的房舍和錯落有致的景致，張儀油然嘆道：「唉，若說起來，此番得意，皆是賈兄所賜啊！」

「張子說笑話了！」賈舍人呵呵笑道，「這些全是秦公所賜，在下何敢居功？」

「在下是真心的，賈兄不必過謙！」張儀真誠謝道，「若是沒有賈兄，在下就不會前往邯鄲，就不會橫遭羞辱，就不會西進入秦，當然也就不會有此際遇！」提到邯鄲，不由想起蘇秦，牙齒咬得格格直響，「蘇秦那廝，在下將他視作故知，可他……小人得志，竟然現出那般嘴臉，實讓在下……」悶住話頭，有頃，將拳頭猛然擂在一棵柳樹上，「賈兄，你瞧好了！此人不是夢想合縱嗎？在下定要讓他看看，什麼叫作夢想？」

聽聞此話，賈舍人慢慢斂住笑容，望著張儀，發出一聲富有樂感的長嘆：「唉！」

張儀感覺有異，望著賈舍人道：「賈兄為何興嘆？」

賈舍人思忖有頃，緩緩說道：「為蘇子！」

「為他？」張儀大怔，「此話從何說起？」

「張子能有今日，若要感謝一人，該是蘇子！」

「是該謝他！」張儀冷笑一聲，不無怨毒地說，「不過，在下不會一下子謝完，在下會慢慢去謝，一點點地去謝，先破去他的合縱，再逼他走投無路，活不如死，再後尋個機緣，當面致謝！」

聽他說出如此狠毒之語，賈舍人重重地又嘆一聲，連連搖頭。

張儀怔道：「賈兄不會是說，在下不該如此對他吧？」

「張子如何對待蘇子，是張子之事，與在下無關。不過，張子若是願意傾聽，在下

可以講述一段舊事！」

「賈兄請講！」

賈舍人在草地上盤腿坐下，將前面發生之事，尤其是如何逼他入秦等，從頭至尾細述一遍，聽得張儀呆若木雞，愣怔半晌，方才如夢初醒，長吸一氣，緩緩呼出：「原來如此！」

賈舍人輕嘆一聲：「唉，蘇子哪裡是想羞你？蘇子忖知你在楚國或有尷尬，急使在下邀你至趙。蘇子又忖知你此生矢志於一統之路，定然不會從他合縱，而方今天下，能行一統的唯有秦國，張子卻與秦國有隙，定然不肯入秦。蘇子苦思無計，這才想到當眾羞你，逼你入秦。羞辱張子那日，在下就在蘇子府中。張子走後，蘇子心疼如割，涕淚滂沱，那種悲傷，真讓在下心酸。那夜，蘇子一宵未睡，在那聽雨閣裡，與在下從頭憶起你們的舊事，點點滴滴，都在他的心裡。在下可以看出，在這世上，蘇子若是只有一個知己，那就是你！」

張儀改坐為跪，埋頭於地，淚水如雨水般流下，顫聲悲泣：「蘇兄——」

賈舍人斜他一眼，接著說道：「臨行之際，蘇子再三叮囑在下不可告訴張子！今見張子如此記恨蘇子，在下心實不忍，這才和盤托出實情！如今張子已經得意，在下俗務完結，也要歸山了，此來就是向張子辭別的！」

「歸山？」張儀起初未聽明白，繼而一怔，再是一驚，忽地坐起，大睜兩眼望著賈舍人，「賈兄欲歸何山？」

「終南山！」

「你不是剛從終南山裡回來嗎？」

「那是騙你的！」賈舍人拱了拱手，不無抱歉地說，「對不住張子了！」

一陣驚駭過後，張儀閉目思索，有頃，睜開眼睛，慨然嘆道：「唉，想我張儀，自打娘胎裡出來，從來都是下套子套人，套過蘇秦，套過孫臏，套過龐涓，套過越王，套過楚王……在下自詡聰明，卻不曾想，一年之內，竟是連連中套啊！」

「誰套誰並不重要，」賈舍人淡淡一笑，「張子是從鬼谷裡出來的，該當明白這個！」

聽聞此話，猛又想到方才的「俗務完結」一語，張儀心頭不禁一震，緊盯舍人道：「敢問賈兄，究竟是何人？」

賈舍人緩緩說道：「張子既問，在下不敢有瞞！在下是終南山寒泉子弟子，數年前奉家師之命，出山為秦公物色治國之才。今得張子，在下這要歸山覆命了！」

「終南山寒泉子？」張儀喃喃重複一句，似在竭力回想這個名字。

「是的！」賈舍人鄭重說道，「家師與鬼谷先生是同門師兄弟，同師於師祖關尹子，張子尊師當是在下師伯，我們是同門！」

與舍人相識數月，張儀始知是同門，免不得又是一番驚愕，怔有許久，方才拱手道：「雲夢山鬼谷先生弟子張儀見過賈師兄！」

賈舍人亦還一揖：「終南山寒泉先生弟子賈舍人見過張師兄！」

所有煙雲於片刻間消散。二人相視片刻，撫掌大笑起來。

賈舍人前腳剛走，少梁令吳青也來辭行。張儀託他捎信給小順兒，要他安置好張邑的事務，速來咸陽。

* * *

數日之後，秦國大良造公孫衍使魏歸來，未及回府，直接進宮向惠文公稟報蘇秦成功合縱三晉之事。惠文公似已料到這一結局，淡淡問道：「蘇子下一步是何打算？」

「去齊國！」公孫衍應道。

「齊國？」惠文公眉頭緊皺，兩眼眨也不眨地直盯公孫衍，「他該去楚國才是！」

「待齊入縱之後，他即去楚國！」

惠文公大吃一驚：「你是說，蘇秦他要合縱六國，只與寡人為敵？」

公孫衍輕輕點了點頭，愁眉皺起。

「他不是宣揚合縱三晉嗎，何時改為合縱六國了？」

「是赴魏後更改的。這是合縱軟肋，微臣正是由此擊他，使魏國君臣皆不入縱。想是蘇子意識到了，緊急更改主張，提出六國縱親，共制強秦！」

「什麼共制？他這是滅秦，滅寡人！」惠文公怒不可遏，震几喝道。

「君上，」公孫衍思忖有頃，小聲稟道，「據微臣所知，蘇子似無此意！」

「不是此意，」惠文公餘怒未消，依舊敲著几案，「他是何意？」

「臨行之時，微臣前去拜訪蘇子，與他暢談。蘇子坦言，合縱旨在建樹一個諸侯相安、列國共生、天下共治的太平盛世。按照蘇子設想，六國有秦可合縱，六國合縱可無爭；六國無爭，中原可安；中原安定，秦亦不敢動，天下可無爭矣！天下皆無爭執，諸侯就可平心靜氣地坐下來，求同存異，尋求共和、共治之道，復歸周初周、召二公時的共和盛世！」

惠文公連說數聲「迂腐」，從席上跳起，在廳中急踱幾個來回，陡然住腳，大聲叫道：「來人！」

內臣急走進來：「臣在！」

「速召樗里疾、司馬錯、甘茂進宮議事！」

內臣應過一聲，正欲退出，惠文公又補一句：「嗯，還有，叫公叔和右庶長也來！」

內臣退出，公孫衍略怔一下，小聲說道：「請問君上，誰是右庶長？」

「張儀，愛卿知道他的！」

「張儀？」公孫衍一怔，「他不是在楚國嗎？」

「這陣兒來秦國了！」惠文公應過一句，端坐下來，兩眼微閉，開始冥思。公孫衍不好再問，也不敢說走，只好正正衣襟，緩緩閉上眼睛。

不消半個時辰，樗里疾、司馬錯、甘茂、張儀諸人緊急趕至，唯有老太傅嬴虔腿腳不便，尚在途中。內臣吩咐諸人在偏廳暫候，親至宮門迎到老太傅，與他一道進來，方才進去稟道：「君上，老太傅及諸位大人已至，在外候見！」

惠文公的怒氣早已緩和，臉色也復歸平靜，淡淡說道：「讓他們進來吧！」

老太傅打頭，諸人魚貫而入，分別見禮。惠文公微笑一下，起身攙起嬴虔，扶至自己身邊坐下，指著其他幾個席位對諸人道：「坐坐坐！」轉對內臣，「上茶！」

內臣擊掌，旁邊轉出幾個宮女，分別斟過茶水，躬身退去。

「公叔，諸位愛卿，」惠文公端過茶水，輕啜一口，緩緩說道，「方才，公孫愛卿使魏歸來，稟說魏國已入縱親，蘇秦已將三晉和燕國合在一起。公孫愛卿還說，蘇秦仍無罷休，打算前去齊、楚，欲使山東六國縱親，共制秦國！」頓住話頭，再啜一口。

顯然，這是一個重大變故，除公孫衍之外，諸臣皆是一震，面面相覷。

惠文公掃視眾臣一眼，神色漸漸嚴峻：「三晉合縱，已無秦矣，何況是六國？諸位愛卿，眼下大秦已到生死存亡之秋，寡人急召諸位來，想請大家議個應策！」

許久，誰也沒有開口，場面死一般靜寂。

惠文公將頭轉向嬴虔：「公叔，您老見多識廣，可有應策？」

自下野之後，秦公很少向他諮詢朝政，嬴虔也很少關注朝事。此時見召，且又第一

個被問，嬴虔顯得甚是局促，兩手互相搓揉一陣，口中方才擠出一字：「打！」

眾人皆笑起來。惠文公卻沒有笑，一本正經地望著他：「請問公叔，打誰？打哪兒？」

「打趙人！打晉陽！」

惠文公垂下頭去，陷入長考，有頃，抬眼望著眾臣：「數月前寡人傳檄伐趙，算是虛晃一槍。公叔建議這一槍來實的，諸位意下如何？」

司馬錯立即接道：「微臣贊同伐趙！趙人首倡合縱，就該付出代價！微臣願領軍令狀，不得晉陽，誓不回來！」

惠文公順著眼角瞥向張儀，見他閉目端坐，嘴角似笑非笑，如泥塑一般，心裡已知端底，卻不問他，目光掃向公孫衍、樗里疾和甘茂：「公叔、司馬愛卿皆欲伐趙，你們可有異議？」

甘茂遲疑一下，緩緩說道：「微臣以為，若是伐趙晉陽，莫如伐韓宜陽！」

惠文公心裡一動，傾身問道：「哦，此是為何？」

「趙之晉陽位於平原之上，無險可守，趙人是以高牆深溝，儲糧殖民，防備甚嚴，我無機可乘，屢攻不下。反觀宜陽，因周圍盡是高山險川，韓人是以防備鬆懈，我有機可乘，或有勝算。再說……」甘茂故意頓住，目視惠文公。

「說下去！」惠文公兩眼眨也不眨地望著他。

「晉陽地方貧瘠，占之無益。近年來，銅不如鐵，宜陽素有鐵都之稱，我若得之，不知可省多少費用！」

「微臣贊同左更所言！」公孫衍接上一句，「從大梁回來，微臣一路上都在思索此事。合縱雖從趙始，趙卻是塊硬骨頭，啃之不易。魏有龐涓、惠施、朱威等人，眼下亦不宜圖。三晉之中，唯有韓國有機可乘。申不害早死，韓侯年事漸高，力不從心。韓室幾個公子，皆是平庸，蘇秦合縱，韓侯積極響應，蓋因於此！魏、韓素來不和，我若伐宜陽，魏或不動。趙人遠離宜陽，愛莫能助。我若得宜陽，即可以此要挾韓侯，逼韓侯退縱。只要韓人退縱，蘇秦合縱不攻自破！」

「嗯，愛卿看得又遠一步！」惠文公點頭讚道，「得點碎鐵是顧眼前，破除合縱才是長遠！不過，正如甘愛卿所言，宜陽雖說可伐，但其周圍盡是高山險川，更有魏人占據崤關，我無路可借，如何伐之？」

「君上放心，」公孫衍似已胸有成竹，「微臣早已琢磨此事。在魏之時，微臣訪過函崤谷地，從當地獵戶口中得知，函谷關東十數里，溯澗水而上，越馬首山，可入洛水谷地。此番回來，微臣親去察過，的確可行。另從華山東側南下，越夸父山、陽華山等，亦可進入洛水谷地，進攻宜陽！」

「大良造所言不錯，」司馬錯接道，「當年微臣借道宜陽入洛陽迎親，走的就是夸父山，雖然路遠，卻可走馬！不過，這是險路，韓人早有覺察，特別設有關卡。當年借道入洛，韓人是准允的。若是由此進軍，只要韓人稍有防備，就會陷入絕地！」

惠文公心頭一震，轉向公孫衍：「公孫愛卿可曾考慮這點？」

「考慮過！」公孫衍點了點頭，「用兵在奇，在詭，在突然！韓人若有防備，只有一個解釋，就是我們準備不周，用兵不奇！」

惠文公閉上眼去，思忖有頃，再次抬頭，目光掃向張儀，見他依舊閉目端坐，唯一的不同是，嘴角已不再是似笑非笑，而是帶有明顯的哂笑。惠文公微微抱拳，傾身問道：「右庶長意下如何？」

眾臣皆將目光投向張儀。這幾日裡，張儀赴秦並官拜右庶長的事已如風一般傳遍咸

陽，但因張儀從未上朝，即使司馬錯、公孫衍、贏虔三人，也是第一次見他，目光裡充滿好奇。

張儀睜開眼睛，朝惠文公拱手說道：「君上是問征伐，還是應對合縱？」

惠文公驚道：「兩者可有差別？」

「當然有！」張儀應道，「若問征伐，微臣初來乍到，不明情勢，不敢妄言！」

「如此說來，愛卿已有妙策應對合縱了？」惠文公面現喜色，傾身急問。

張儀搖了搖頭：「妙策沒有！」

「那……愛卿可有應策？」

「微臣正在考慮！」

張儀繞來繞去，等於說了一堆廢話。眾臣大失所望，可也覺得好玩，皆笑起來。此時顯然不宜說笑，惠文公咳嗽一聲，坐直身子，掃視眾臣一眼，緩緩說道：「諸位愛卿，今日暫先議至此處，至於是伐趙還是伐韓，待寡人斟酌之後，再與諸位詳議！」

眾臣盡皆告退。張儀本以善舌聞名，今日卻在如此高規格的會議上如此出舌，實出眾人意料之外。出宮門之後，幾乎沒有人搭理張儀，張儀也未理睬他們，各自乘車回府。

是夜黃昏時分，張儀府前突然馳來一隊宮衛。張儀聞報，未及出迎，秦公已經健步走進，眾衛士亦如豎槍一般站滿庭院。

張儀叩見，惠文公扶起他，分君臣坐了，呵呵笑道：「愛卿喬遷數日，寡人早該上門為愛卿燎灶，可總有雜務纏身。這陣兒稍稍得閒，寡人想起此事，問過內臣，說是吉日，這就趕著來了！」

燎灶也叫祭灶神，是秦地風俗。凡是喬遷新居，總有親朋好友上門賀喜，各帶胙肉、鹹魚等食物，涮鍋試灶，大擺宴席，稱為燎灶。河西本是秦地，張儀又在河西長大，自然也知這個習俗，拱手謝道：「能有君上為微臣燎灶，灶神也當知足了！」

惠文公呵呵笑道：「灶神可是得罪不起喲！」轉對內臣，「快，獻胙肉！」

內臣擺手，幾人抬過幾個食籮，裡面盛滿胙肉、美酒等各色食物。內臣讓張儀看過，吩咐僕從抬下，然後與香女、宮中御廚一道趕往廚房，祭祀灶神，準備酒肴。不一會兒，御廚將早已備好的菜肴重新熱過，溫好酒，內臣吩咐端上，擺滿廳堂。

惠文公指著肚皮笑道：「寡人既來燎灶，自是空了肚皮的。聽聞愛卿能喝幾口，咱們君臣不醉不休！」

內臣揮退僕從，親自斟酒。酒過數巡，惠文公似是上了興致，吩咐將爵換成大碗，連飲數碗，推碗說道：「愛卿果有雅量，連喝這麼多，竟如沒事人一般。倒是寡人，有點暈了！」

張儀亦放下大碗：「君上暈亦不暈，微臣不暈亦暈！」

惠文公脫口讚道：「好言詞！」思忖有頃，越加讚賞，連連點頭，「聽人說，美酒能醒神，喝到佳處，心裡就如明鏡一般。愛卿說出這一句話，看來是喝到佳處了！」

張儀順口說道：「君上聖斷，微臣的確喝到佳處了！」

「哦，」惠文公呵呵笑道，「愛卿既然喝到佳處，白日所慮之事，當也慮好了！」

張儀點了點頭：「回稟君上，微臣慮好了！」

「好，這陣兒寡人剛好也喝至佳處，正可一聽！」

「微臣想到一個口訣，或可應對合縱！」

「是何口訣？」

張儀微閉雙眼，似在背書：「連橫強秦，正名拓土，聲東擊西，遠交近攻！」言

訖，兩眼完全閉上。

惠文公沉思有頃，抬頭問道：「這口訣甚是艱澀，寡人愚痴，一時想不明白，望愛卿詳解！」

張儀睜開眼睛：「敢問君上何處不明？」

「愛卿這第一句是綱，後面三句是目。蘇秦合縱，愛卿應以連橫，當是妙著。強秦是根本，也是寡人意志所在。後面三句，從理上講，寡人也還明白，只是具體實施，寡人尚未想通，請愛卿教我！」

「君上過謙了！」張儀微微拱手，侃侃說道，「微臣以為，所謂正名，就是南面稱尊。自孟津之會後，局勢大變，天下進入並王時代。眼下山東列國，宋、中山湊趣不提，單說六個大國，魏、楚、齊三國已經稱王，蘇秦合縱若成，必將是六國相王。山東六國相王，秦仍為公國，在名分上就會遜人一頭，雖得道義，卻失王氣。」

「拓土呢？六國若是紛爭，寡人或可亂中取利，有所蠶食。六國若是縱成，牽一髮而動全身，教寡人如何拓土？」

「蠶食不成，可以鯨吞！」

「鯨吞？」惠文公大睜兩眼，緊盯張儀，身子微微前傾，「鯨吞何處？」

「巴、蜀！」

惠文公長吸一口氣，再次閉目。

「君上，」張儀緩緩說道，「方今天下，堪與君上爭鋒的，不是三晉，不是燕國，而是齊、楚。齊遠隔三晉，鞭長莫及，不為眼下急務。楚卻不同。楚已得吳、越，下一步必圖巴、蜀。巴、蜀方兩千里，物產豐饒，民眾數十萬，風俗純樸，毫不遜於吳、越。得蜀則得楚，得楚則得天下。再說，這塊肥肉，君上若不圖之，亦必為楚所得。楚國原本廣大，已得吳越，若是再得巴蜀，君上莫說是出關爭雄，即使偏安關中，恐不可得！」

「嗯，」惠文公點頭道，「這當是愛卿口訣中的擊西了。聲東呢？」

「攻韓！」

「攻韓？」惠文公一怔，繼而連連點頭，「嗯，愛卿妙計！還有最後一句，遠交近攻，愛卿可有解釋？」

「遠交燕國以制齊，近攻三晉得實利。不過，微臣以為，此是後話。當務之急是聲東擊西，搶占巴蜀！」

惠文公凝眉片刻，望著張儀，緩緩說道：「張子給出的四句口訣，高屋建瓴，切實可行，甚合寡人心意。正名一事，蘇子也曾提過，讓寡人否決了。張子今日復提，可見英雄所見略同。不過，此事甚大，尚容寡人斟酌。遠交燕國，寡人原曾有過考慮。寡人長女行將成人，寡人有意在其及笄禮後，嫁予燕國太子，締結姻親。近聞燕國太子心路不正，寡人有些猶疑，經張子這麼一說，此事可以定下。至於西圖巴、蜀，寡人存心久矣。眼下機緣已至，可以考慮。巴、蜀內情，司馬錯清楚，我們可以聽聽他是如何說的。」一扭身轉對內臣，「召司馬錯，讓他速來右庶長府，就說寡人請他吃酒！」

內臣應過，匆匆去了。惠文公當場拍板，又如此明斷，顯然是早有所謀，且其謀與自己所想完全吻合。張儀甚為嘆服，起身叩道：「君上真乃賢君矣，張儀赴秦遲了！」

惠文公呵呵連笑數聲，起身將他扶起：「能得賢臣，方是賢君。詩曰：『青青子衿，悠悠我心！』張子之才，寡人心儀已久，今日天遂我願，快矣哉！來來來，趁司馬愛卿未至，咱們再喝幾碗！」

二人又飲一時，司馬錯快馬趕至。聽說要征蜀，司馬錯眉開眼笑，搓著雙手呵呵樂

道：「微臣早就候著這一日了。君上，得蜀則得楚，得楚則得天下！」

惠文公笑道：「司馬愛卿，你這兩句話，前面一句等於沒說，後面一句，張愛卿方才已經說過了，你是溫剩飯！」

「哦？」司馬錯似吃一驚，轉望張儀一眼，「這麼說，是英雄所見略同了！」

「這一句話，方才君上也說過了！」張儀接道。

司馬錯又是一怔：「好好好，在下什麼也不說了！」順手端過一碗酒，咕嚕咕嚕一氣飲下，逗得在場諸人皆笑起來。

司馬錯喝完，拿過酒罈又要倒酒，惠文公笑道：「司馬愛卿，你要閉口不說，我們可就聽不成故事了！」

「什麼故事？」

「巴、蜀呀！聽說那兒風光無限，別有洞天，我們都想聽聽呢！」

司馬錯嘿嘿笑起來：「說起巴、蜀，微臣就不溫剩飯了！」

大家皆笑起來，一邊喝酒，一邊細聽司馬錯講述巴、蜀情勢，尤其講了近年在巴、蜀、楚之間的利害、矛盾和衝突。

三人議到天色大亮，雄雞啼曉，秦公似是累了，打個哈欠，緩緩說道：「兩位愛卿，眼下巴、蜀內爭，均向寡人求助，倒是天賜良機。征伐巴、蜀一事，就這麼定下。至於如何征伐，兩位愛卿謀議之後，擬出一個完全之策，奏報寡人。此事務要絕密，萬不可走漏風聲。待會兒上朝，我們只議征伐宜陽！」

二人齊叩：「微臣領旨！」

這日上朝，惠文公果然與眾臣廷議伐韓，當廷決斷，封公孫衍為主將，甘茂為副將，興兵十萬征伐宜陽。由於宜陽是山地，惠文公同時詔令三軍立即演習山地戰，同時要公孫衍再擬一篇伐韓檄文，傳檄列國。

惠文公的決斷讓公孫衍大惑不解。伐韓宜陽，重在奇兵天降，一定要不宣而戰。惠文公要求傳檄列國，就等於是公開宣布不伐。再說，用甘茂做副將也讓他不解。雖說甘茂因生鐵貿易而熟知宜陽，但這絕不能構成他做副將的理由。甘茂一直掌管六府，不熟悉三軍，如何能做副將?征伐宜陽不能離開司馬錯!

然而，君上詔命，又不敢不從。公孫衍悶悶地回至府中，閉門苦思一日，仍然猜不透秦公真意。

翌日晨起，甘茂求見。甘茂與庫房、輜重連打數年交道，正自憋屈時得任副將，可謂是志得意滿，心花怒放，受命後一宵未睡，徹夜趕出一個伐韓方略，早晨起來，即向主將公孫衍稟報。公孫衍心中狐疑，卻也不敢輕言，尤其是不能對甘茂輕言。甘茂倘若得知君上並不伐韓，必心灰意冷，從而動搖軍心，有拂上意。思忖有頃，公孫衍打定主意，不露聲色地將他的方案仔細審過，提出幾處修改，連同自己昨夜擬好的檄文一道，報奏惠文公。惠文公閱過，果然不加審查，當即旨令傳檄列國，準備輜重，加緊練兵。

公孫衍心如明鏡，回府後不及多想，順手交由甘茂執行去了。

* * *

張儀與司馬錯密議伐蜀。司馬錯認為，擺在面前的最大障礙不是蜀人，而是蜀道。從關中至漢中尚有路徑，秦人也熟。漢中以南是連綿不絕的巴蜀大山，水脈不通，山峰相連，根本無路可通。即使常居其中的巴人、蜀人，每次使秦，往返也需數月。若是人少，也許可去，若是大舉出兵，在這樣的山水面前，幾乎就是不可能的。

張儀卻不死心。思慮有頃，張儀請來幾個常去巴、蜀的商賈，閉府不出，日日聽他們聽述巴、蜀見聞，不消旬日，就對蜀地情勢瞭如指掌。蜀人好勇善鬥，有蠻力，能負重，善走山路，沒有文字，迷信神巫，樂天知命，以黃金為貴。因四周皆塞，蜀人幾乎沒有外敵，因而不設城防。蜀地奉行奴隸制，蜀人只分兩類，一類是天生貴族，一類是天生奴隸。貴族世襲，皆服從蜀王。蜀王受命於天，自夏啟以來，歷經柏灌、蠶叢、魚鳧、杜宇、鱉靈五朝，近兩千歲。蜀國最後兩朝是杜宇和鱉靈。杜宇又稱望帝，鱉靈是其賢臣，因治水有功，望帝讓國予他，自己歸隱山林。鱉靈自稱叢帝，改國號為開明，傳五世後又改帝為王。當今蜀王是鱉靈第十二世孫，與其先祖一樣，仍號開明，稱開明王。開明王年過四旬，性情殘暴，崇武尚勇，好色貪婪，自即位以來，屢屢率兵攻打鄰近的巴人和苴人，搶奪他們的黃金和美女。苴人不堪忍受，於近年舉族西遷，唯有巴人不服，苦苦抵抗。巴、楚矛盾甚深，巴人無奈，多次使人向秦求助。秦公所說的「機緣已至」，指的當是此事。

張儀得到這些細情，心底漸漸明朗起來。綜合分析，擺在面前的唯一難關是蜀道。欲征巴蜀，必闢蜀道，難點是如何去闢。自己開闢幾乎不可能，一是勞民傷財，二是蜀人不會坐視。動用巴人也似不妥，因為巴人近年來苦於應付蜀人，幾乎每戰必敗，男丁多死，女人多被擄走，無力興此工程。唯一的可能是，設法說服蜀人，讓蜀人自己開闢一條通路！

看似不可能之事，張儀卻是認定了。張儀苦思數日，設計許多方案，又都被他一一否定。正自煩惱，小順兒、小翠兩口子帶著兩個孩子風塵僕僕地從張邑趕來。主僕相見，自是一番熱鬧。張儀問過張邑的家事，見他安排得十分妥當，甚是高興，馬上召集所有僕從，當場宣布小順兒為家宰。小順兒受命，即刻忙活去了。

香女與張儀結婚數年，不知何故，依然沒有身孕。出於天性，香女甚是喜愛孩子。兩個孩子在張邑時與她混得熟了，尤其是那個大的，屁股還沒坐穩，就纏住香女，定要讓她講個故事。

香女看到張儀過來，指著他笑道：「你們要聽故事，該去找老爺！老爺肚裡的故事，保證能講三年！」

兩個孩子看看張儀，卻不敢過來，依舊糾纏香女。香女無奈，學起講故事的老者樣子，清清嗓子，拉起長腔，有聲有色地緩緩說道：「在很久很久以前，在很遠很遠的地方，有個老爺爺，與他老伴相依為命，靠幾畝水田為生。老兩口年老無子，一日凌晨，忽然聽到啼哭聲，出門一看，門口竟然放著一個剛剛出生的孩子。老兩口喜不自禁，祭天禱地，將那孩子養大成人，成為一個美少年。美少年出外打獵，看到一個漂亮姑娘。少年一見鍾情，回來後茶飯不思，老爺爺再三詢問，方知少年陷入愛河。老爺爺四處打探，方知姑娘是有錢人家。眼見少年害了相思病，老爺爺只好硬著頭皮上門，代子求親。姑娘的阿大是個貪心人，知道老人家窮，撿起一塊石頭，張口說道：『癩蛤蟆也想吃天鵝肉！好，想娶我女兒可以，就拿這麼大一塊金子來！』說罷，將那石塊丟予老爺爺。老爺爺家徒四壁，哪來那麼大的金子，想想傷心，抱上那塊石頭，一路哭著回去了。」

「那……後來呢？」兩個孩子聽得兩眼大睜。張儀也聽得出神，站在那兒動也不動。

「後來，」香女接道，「少年的相思病越來越重，眼看就要死去，他家的老犍牛突然嘶叫一聲，屙出一堆金子，正好與那石塊一般大小。老爺爺一看，知是天助他家，趕忙抱著金子和那石頭，趕到姑娘家中，如願娶回了姑娘。那個少年的病，自也好了！」

張儀心裡一動，湊前一步：「夫人，妳從何處聽來的？」

香女笑道：「小時候，奴家鬧人時，荊叔講的。聽說是越地傳說，哄孩子的！」

張儀轉身離去，逕至書房，靜坐下來，將香女所講與近日聽聞的巴、蜀風情從頭至尾細細思忖一遍，猛拍腦門道：「有了！」

張儀立即召來小順兒，對他如此這般吩咐一陣。及至天黑，小順兒領著一個老石匠急步走進，小聲稟道：「主公，小人打探過了，此人是咸陽城裡最出色的石匠，小人看過他雕刻的石獸，就跟活的一樣！」

張儀點了點頭，將石匠打量一番，問道：「能雕牛嗎？」

石匠笑道：「小人連麒麟也能雕，何況是牛？」

「本府要的是會屙屎的牛，你能雕嗎？」

「屙屎的牛？」石匠怔了一下，「是真屙屎，還是假屙屎？」

「石頭當然不會真屙屎！」張儀笑道。

「若是假屙屎，倒也容易，小人只須在牛屁股上做個機關，將屎事先放進去，一拍尾巴，屎就屙出來了！」

「好！」張儀擊掌道，「本府要的就是這個!說吧，雕一頭多少錢？」

「三金足矣！」

張儀叫小順兒拿出三金遞給石匠：「這是定金，若是雕得好，本府加付三金！」

石匠謝過，接過定金，接著問道：「官人要用什麼石料？」

張儀想了想：「你都有何石料？」

石匠屈指說道：「有青石，有碣石，有黑石，有彩石，有綠石，有紅石，有白石……」

「停！」張儀問道，「何為彩石？」

「有紅有白有黑有藍有紫，就跟日出時的雲霞一樣，也叫彩霞石！」

「此石產於何處？」

「終南山裡。」

「別處可有？」

石匠搖了搖頭。

「好！」張儀斷然說道，「就此石了！你馬上回去雕，越快越好！記住，不可對人講，若是洩密，按秦法治罪！」

石匠應過，回去後辭別家人，帶上幾個愛徒前往山中，日夜趕工，不消二十日，果然雕出一頭形象逼真的五色彩牛。張儀親去驗看，輕輕拍了拍尾巴，只聽啪噠一聲，牛屁股裡屙出一堆牛屎。張儀呵呵直樂，叫小順兒付清三金，又出二十金，叫石匠依樣做出五隻。

看過石牛，張儀逕直馳往國尉府，笑對司馬錯道：「天大喜訊，蜀道有了！」

司馬錯驚問：「哦，蜀道在哪兒？」

「在下馬上使人開闢！」

司馬錯大失所望，苦笑一聲，連連搖頭道：「張子莫要說笑了。闢路之事，在下考慮多次，斷不可行！」

「我們不可行，有人卻行！」

「誰？」

「蜀人！」

司馬錯先是一怔，繼而撲哧笑道：「蜀人開山闢路，再讓你沿路攻伐他們，這不是與虎謀皮嗎？我說張子，你別是想昏頭了！」

張儀亦笑一聲：「司馬兄若是不信，在下與你賭百金如何？」

司馬錯哈哈笑道：「若是此說，在下願賭千金！」

「百金足矣！」張儀笑道，「多了你是拿不出的！不過，此事若成，還得司馬兄助力！」

「在下如何助力？」

「聽司馬兄說，你與開明王子通國過往甚密，可否設法邀他來咸陽一趟！」

「不用設法，他已經來了！」

「哦？」張儀急問，「幾時來的？」

「就在昨日！」司馬錯說道，「開明王聽說巴人向我求救，急派王子前來，懇請君上莫助巴人！做為回報，他們願意割讓南鄭！」

「真是天助我也！」張儀喜道，「王子現在何處？」

「在驛館裡。在下打算冷他幾日，然後引他覲見君上！怎麼，張子尋他有事？」

張儀喜不自禁，呵呵樂道：「司馬兄，你這百金，在下贏定了！」湊前一步，在司馬錯耳邊嘀咕幾句，要他如此這般。司馬錯聽得雲裡霧裡，半信半疑，點頭允諾。

從司馬錯府中出來，張儀急至宮中，將石牛之事細細稟報惠文公。惠文公聽完，呵呵笑道：「愛卿若是成功，當為千古奇談了！」轉頭吩咐內臣調撥專人聽命於張儀，全力以赴地應對蜀國王子。

張儀叫來樂坊令和庫房令，吩咐他們如此這般，二人應過，分頭準備去了。

三日過後，司馬錯帶王子通國上朝覲見。通國獻上南鄭地圖，惠文公收訖，回贈黃金千鎰，賜王子通國美女兩名，旨令右庶長張儀全權負責蜀國王子在秦事宜。

張儀引通國先去樂坊。樂坊分為內坊和外坊，內坊的歌女、樂手宮中自用，內臣監管，外坊的全部贈送列國，由黑雕臺負責培訓，公子華監管。

通國隨張儀前往外坊。外坊緊挨宮城，四面封閉，從各地選招的處女約數百名，包括秋果姑娘，從十二歲到十六歲不等，皆在此處教習，或舞樂，或對弈，或作畫，或騎射，或唱歌，有動有靜，甚是齊整。著裝也不一樣，花花綠綠，耀人眼目。

張儀他們一到，樂坊令急迎上來。張儀要通國王子自己挑選。蜀國不缺美女，但蜀女不化，不似此處美女個個知書達禮，多才多藝。王子看花了眼，秦公卻只許他挑選兩名，他只好走遊一圈，選出兩個特別中眼的，樂坊令使人引領她們沐浴更衣去了。

張儀見通國的目光仍在其他女孩子身上掃瞄，笑道：「王子，該去金庫了！」

聽到金庫，通國只好轉身，隨張儀走向金庫。金庫在宮城外面，是幾排磚房，並無戒嚴，看上去甚至有點破舊，只有兩個中年男人守在一處小房子裡，顯然是掌管鑰匙的。通國看到，驚道：「你們的金庫，怎麼如此破舊，也無人看守？」

張儀笑了笑，沒有理他，吩咐二人開門。一人懶洋洋地走過來，打開大門，張儀引通國逕走進去。一進庫門，通國頓時大睜兩眼，看得呆了。偌大一個庫房，黃澄澄的盡是金子。旁邊還有一堆金子，形狀甚是古怪，像是剛拉出來的堆堆牛屎。

通國驚道：「天哪，這麼多的金子？」

張儀笑道：「王子說笑了。這不算什麼，似這樣的庫房，在我們秦國有幾十處呢。」

通國悟道：「難怪你們不貴重金子！」

張儀又是一笑：「什麼貴重？糧食貴重！在我們這裡，沒有人喜歡金子，因為金子是糞便。君上只所以收集這些糞便，是因為別處有人喜歡它們，我們可以拿它們去換糧食！」

「哦？」通國怔道，「在我們蜀國，糧食如糞便，金子才是寶貝！」掃一眼旁邊如牛屎一般的金塊，聯想起張儀方才所說的糞便之語，甚是不解，「請問右庶長，你們的金子為何這般形狀？」
張儀應道：「王子若有興趣，在下可以帶你看樣寶貝。見到它，你就明白了！」指著庫中金子，「君上賞賜的千鎰金子，王子是否這陣兒就領？」
通國忙道：「不急不急，先去看那寶貝！」
王子喊上助手，張儀也叫上司馬錯，眾人分乘幾輛駟馬大車，逕出咸陽，一直來到終南山上。眾人馳至一個偏狹之處，棄車登山，走有許久，行至一處山坳。坳中草木萋萋，一頭彩牛立在草叢裡，旁邊坐著一個少兒，顯然是個牧童。
王子大奇，近前視之，竟是一頭石牛，五色斑爛，通體如霞，若不細看，竟如正在吃草的活牛一樣。張儀笑問：「這就是寶貝，為君上祈請，上天所賜！」
「果是神牛！」王子不曾見過如此彩石，讚嘆一聲，上下左右撫摸一時，抬頭問道：「此牛可與金子相關？」
「正是！」張儀點了點頭，指著牛屁股，「神牛夜間吸納天地靈氣，白日便金。王子所見的庫中黃金，全是它們屙出來的！」
王子自是不肯相信，問張儀道：「能便一金嗎？」
張儀扭頭問旁邊的牧童：「今日之金便否？」
牧童應道：「回稟大人，尚未便出！」
「幾時可便？」張儀問道。
牧童仰頭看天，點頭道：「嗯，時辰到了，這陣兒就能便！」
張儀對通國笑道：「王子算是有福氣，此牛剛好到便金的時辰了！」轉對牧童，「那就讓它便吧！」
牧童應允一聲，走至牛頭處，呢呢喃喃地與神牛耳語幾句，似是安撫神牛，然後走到牛尾處，輕拍尾巴。連拍幾下，只聽啪達一聲，一塊金餅從牛屁股裡應聲而落。王子及隨行蜀人大奇，撿起金餅，細細一看，溼漉漉的，拿手一摸，竟然有些溫熱。

蜀人皆奇。王子也學牧童的樣子走到牛頭處，低語一陣，走至牛尾，輕拍幾下，卻不見屙金。王子怔道：「它為何不屙？」

牧童笑道：「大人有所不知，神牛一日方便一次，若是下雨，兩日或三日方便一次。今日已方便過，是以便不出了！」

王子甚是懊喪。張儀笑道：「王子若想親自驗看，明日此時復來如何？」

王子點頭允了。翌日是好天，在後晌的同一時辰，張儀偕同王子一行再來山坳，王子親拍牛尾，神牛果然又便一金。王子使屬下驗看，是真金。王子大服，不無感嘆地對張儀說道：「唉，在我們蜀國，先淘金沙，後冶煉，不知遭受多少辛苦，方得一金，是以金貴。貴國有此神牛，毋須勞苦，一日就可便出許多，真是寶貝！敢問庶長，貴國就此一牛嗎？」

張儀笑而不言。王子轉向司馬錯，司馬錯無奈，只好湊前一步，小聲說道：「此為祕密，王子不可多問！」

想到庫中那麼多的黃金，王子認定秦國斷然不會只有一頭神牛。王子心中有底，當下也不多話，回至驛館，備上厚禮，夜至司馬錯府。司馬錯悄悄告訴他，秦國共有神牛百頭，散養在終南山裡，全歸右庶長監管。王子欲請石牛，司馬錯要他去求右庶長。

王子立即備上厚禮，邀司馬錯一道去求張儀。張儀連連搖頭，攤開雙手道：「王子，不是在下不幫忙，而是此事重大，在下不能作主。」略頓一下，壓低聲音，「不瞞王子，此牛是君請神授，為秦財源之本，君上嚴旨不得外洩。因王子是司馬兄摯友，在下與司馬兄情如兄弟，這才引王子一開眼界。王子既已目睹，已是大幸，還望王子回去，不可輕洩此事，萬一被賊人得知，皆來搶奪神牛，秦國就會失去財源，換不來糧食了！」

王子長嘆一聲，目露失望之色。司馬錯見狀，拱手求情：「庶長大人，王子此來，誠意睦鄰，又獻寶地南鄭，實為難得。王子既已開口，就不能空手而回，望庶長大人成全。再說，王子僅求一牛，我們有那麼多，在下以為，縱使少個一頭兩頭，也無傷根本！」

「是啊，是啊，」王子急道，「在下只求一頭！」

張儀低頭陷入深思，有頃，抬頭說道：「單是一頭，不會屙金。牛分雄雌，只有雌牛會屙金，但沒有雄牛，雌牛也不出金。若是送牛，至少得兩頭，雄雌各一才是！」

「好好好！」王子大喜，拱手急道，「能有兩頭，這是再好不過的事！」

張儀苦笑一聲：「一頭已難，王子若求兩頭，在下更是無法作主了。不過，司馬兄所言也是，王子既已開口，就不能空手而回。在下出個主意，明日上朝，王子可以覲見君上，向君上索求。君上與楚王不睦，楚王得漢中，君上今得南鄭，可在漢中谷地與楚相抗，必對貴國心存感激，王子若求，君上或能應允！只要君上應允，莫說是一頭兩頭，即使十頭八頭，亦非難事！」

王子大喜。翌日晨起，張儀、司馬錯帶王子上朝，王子懇求石牛，張儀、司馬錯皆為王子說情，惠文公裝模作樣地沉思許久，抬頭問道：「王子需要幾頭？」

王子因有張儀透露的底限，順口說道：「請賞十頭！一頭公牛，九頭母牛！」

見他如此貪婪，眾人皆是一笑。惠文公眉頭緊皺，斷然說道：「十頭不行！至多五頭，一頭雄牛，四頭雌牛！」

王子拱手謝恩。惠文公勾頭一想，撓頭道：「慢！」

王子以為他反悔了，急道：「君上？」

惠文公滿眼疑惑地望著王子：「寡人縱使願意相贈，可這些神牛皆重千鈞，你們那裡盡是高山險川，如何運回去呢？」

眾人似是未曾想過這個問題，個個抬頭望向王子通國。王子抓耳撓腮，不知如何應對，正自著急，張儀抱拳說道：「君上，微臣有一計，在終南山裡開山闢路，險要處修出棧橋，將神牛運抵南鄭，在南鄭交付王子！」

惠文公點頭道：「此法倒是不錯！不過，終南山是秦國地界，可以修路，過去南鄭就是蜀國地界，我們無法修了！」

眾人皆將目光移向王子，司馬錯暗向王子遞眼神。王子受到啟發，似也有了主意，拱手接道：「君上放心，通國回去之後立即稟報父王，經梓潼、葭萌、劍門等地，再沿潛水開山闢路，搭建棧橋，接回神牛。」

惠文公點了點頭，仍現憂慮：「嗯，若是此說，倒是可行，只是……據寡人所知，巴山蜀山，處處皆險，連綿數百里杳無人煙，此路若要開通，可到何年何月？」

通國笑道：「君上放心，我們蜀人慣走山路，也有氣力，若是多徵人丁，分段修築，想必不出三年，就可開通！」

「不出三年？」惠文公一怔，繼而呵呵大笑，轉對張儀、司馬錯道，「你們可都聽見了，王子說，不出三年，他就能修通蜀道。看來蜀人也說大話呢！」

通國滿臉漲紅，指天誓道：「上天作證，若是三年之內修不通蜀道，通國誓不為人！」

惠文公朗聲說道：「好！王子回去尚需數月，今年就不說了。」轉對內臣，「記上，自明年一月起始，計數三年。滿三年後，寡人親去試走蜀道，拜謁開明王！」

「臣遵旨！」

惠文公轉對通國：「你可轉呈開明王，就說蜀國若是真能在三年之內打通蜀道，除五頭神牛之外，寡人另贈美女二十名，與他締結姻親，永世睦鄰！」

通國拱手謝道：「通國一定轉稟父王！」

通國拜辭秦公，連秦公贈送的千鎰黃金也不要了，於翌日晨起，僅帶幾餅神牛屙出的黃金和兩個美女，匆匆趕回蜀國去了。

數月之後，蜀國開明王親派使臣再次至秦，報說已徵三萬人丁開闢蜀道，準備迎接神牛。秦公大喜，以美女、美酒盛情款待，張儀、司馬錯親領使臣視察金庫和神牛。看到五頭神牛活靈活現，四頭牝牛皆能便金，開明使臣毫無疑慮，滿意而歸。

蜀使前腳剛走，秦公即徵一萬丁役趕赴終南山，全力開闢通往南鄭的專用驛道。

* * *

秦國大造聲勢征伐宜陽，整個韓國陷入恐慌，昭侯使人緊急向蘇秦求救。蘇秦問清細情，斷知秦人又是故伎重演，如前番伐趙一樣虛張聲勢，當即堅定主意，回了韓侯一封密函，大膽聲稱，三晉縱親已成，只要秦兵入侵宜陽，魏、趙就會同時發兵，從函谷、西河、晉陽三處攻擊秦國。韓侯吃了定心丸，底氣十足地調兵遣將，布置宜陽防禦，全力迎戰秦人。

與此同時，蘇秦辭別魏王，再使樓緩打前站，自己緊隨其後，策動四國合縱車馬，浩浩蕩蕩地朝齊都臨淄進發。

就在此時，齊都臨淄發生一件大事：稷下學宮祭酒彭蒙病逝。

稷下學宮是齊國先君齊桓公田午（有別於姜氏桓公小白）一手倡導起來的。當時，田氏初代姜齊，政權不穩，田午效法姜氏小白尊士的做法，在稷下設立別宮，納賢養士。田因齊初繼位時，淳于髡、鄒忌、彭蒙諸人均寄住稷下，被尊為稷下先生。當時威公淫於酒色，不理朝政，鄒忌以琴藝覲見，淳于髡則以隱語點撥。威公大夢初醒，起用鄒忌為相，整頓吏治，興農重商，齊國隨之大治。鄒忌從政後，淳于髡為齊使趙，也離開稷下。在鄒忌的建議下，威公擴建稷下，重金納士，天下賢才接踵而至。威公使稷下先生彭蒙為學宮祭酒，待以卿禮，奉以重祿，主持稷下的日常事務；使上大夫田嬰為稷宮令，溝通稷下與齊宮。到威公稱王時，稷宮的規模已空前發展，士子逾千，稷下先生超過十人，各自門下皆有一串弟子，呈現一派欣欣向榮景象。

彭蒙病逝，威王甚是哀傷。樓緩上朝時，威王正在宮裡與幾位重臣商議發喪之事，氣氛甚是壓抑。樓緩叩見已畢，大體說明來意，稱四國特使蘇秦三日之內將至臨淄，朝見齊王，同時呈交四國約書和合縱檄文。威王接過約書、檄文，略掃一眼，緩緩說道：「樓子遠來辛苦，且回驛館暫歇數日，寡人擇日請教！」

樓緩再拜後退出。威王見樓緩走遠，目光轉向田嬰：「田愛卿，還說方才之事吧。稷宮是先君所立，百策之源；士子是國之瑰寶，興齊之本。稷宮之事，乃國家之事。稷宮興，則國興；稷宮衰，則國敗。彭祭酒仙去，非但是稷宮之失，亦當是國家之失。彭祭酒的喪事，要大辦，可按上卿之禮厚葬。寡人要讓天下人皆知，在我稷下，生有厚養，死有禮葬！」

威王出此慨嘆，眾臣莫不感動，盡皆折服。即使一向對稷下抱有成見的上將軍田忌，也若有所悟，頻頻點頭。

「微臣遵旨！」田嬰拱手應道。

「稷下不可沒有祭酒。關於此事，愛卿可有考慮？」

「微臣以為，」田嬰奏道，「稷下藏龍臥虎，雲集天下英才，祭酒一職，非德高望

重者莫能為之。眼下稷宮有稷下先生十一人，如慎到、尹文子、鄒衍、許行、田駢、接子、環淵、公孫龍等，皆有才具，唯資望不足以服眾。微臣想到一人，或可服眾！」

「誰？」

「淳于髡！」

「嗯，就是他了！」威王當即拍板，轉向鄒忌，油然嘆道，「唉，寡人當年嗜酒如命，得虧淳于子巧諫，方才戒除長夜之飲哪！」

「哦，」鄒忌問道，「此事倒是新鮮，微臣從未聽陛下說起過！」

「都是舊事了。」威王苦笑一聲，不無感嘆地說，「不過，寡人早晚想起來，如在昨日啊！」

辟疆大感興趣，央求道：「父王，可否將此舊事講來聽聽？」

威王點了點頭，緩緩說道：「當年寡人初立，不思進取，溺於淫樂。自鄒卿琴喻之後，寡人雖然矢志於國事，卻無法戒除酒樂。一日，寡人召淳于子作長夜歡飲，笑問他道：『先生飲多少可醉？』淳于子應道：『臣飲一斗亦醉，飲一石亦醉。』寡人奇道：『先生飲一斗即醉，為何又能飲一石？能說說原因嗎？』淳于子對道：『若是君上賜酒，旁有執法，後有御史，髡恐懼俯伏而飲，一斗必醉；若是貴客到訪，父母在側，髡為晚輩，挽袖躬身侍酒，飲不過二斗；若是好友重逢，互訴衷腸，可飲五、六斗；若是鄉黨聚會，男女雜坐，暢所欲飲，呼朋引伴，握手言歡，遊戲不絕，眉目傳情，耳鬢廝磨，飲者無不歡欣，髡飲八斗無妨；若是日暮月黑，美女盛邀，促膝而坐，杯盤狼籍，堂上燭滅，主人送客而留髡，輕解羅裳，體香襲鼻，髡心最軟，可飲一石。』寡人細細一想，知他是在喻諫，油然嘆道：『先生是說，酒極則亂，樂極則悲？』淳于子笑道：『君上，髡以為，萬事皆然，至極而衰！』寡人感慨萬千，自此痛改前非，棄絕長夜之飲！」略頓一下，讚嘆有加，「別的什麼也不去說，單此一諫，淳于子就足以任祭酒了！」

眾臣皆是嘆服：「陛下聖斷！」

齊威王抬頭轉向田嬰，凝眉問道：「田愛卿，淳于子逍遙在外，不知哪兒去了，如何請他來做祭酒？」

「陛下放心，」田嬰稟道，「眼下淳于子寄住邯鄲，彭祭酒病重時，微臣緊急使人前去相請，淳于子聞知彭祭酒貴體欠安，必會驅車前來。若是不出差錯，淳于子當於後日午時趕至！」

「如此甚好！」威王擱下此事，從几案上拿起約書，示意內臣遞給眾臣，「諸位愛卿，蘇秦合縱一事，鬧得天下沸沸揚揚。今有約書來了，你們這也看看！」

殿下田辟疆接過，細讀有頃，傳予鄒忌，鄒忌傳予田嬰，田嬰傳予田忌。諸臣皆看一遍，內臣收回來，復置於威王几上。

威王掃視眾臣一眼：「你們盡皆看過了，可有評議？」

田忌跨前一步：「陛下，合縱一事，萬萬不可！」

「有何不可？」

「微臣以為，六國合縱，旨在制秦。秦雖暴戾，卻與我相隔甚遠。即使成禍，也與我毫不相干。秦之敵是三晉，不是我大齊！」

辟疆跨前一步，接道：「兒臣贊同田將軍所言！」

「哦，你為何贊同？」威王直盯他問。

「兒臣以為，」辟疆說道，「秦之大敵是三晉，我之大敵亦是三晉。此其一也。我東臨大海，西是三晉，均不可圖，可圖者，唯有燕地與泗下諸國。若是參與縱親，北不可圖燕，南不可圖泗下，西不可圖三晉，東是大海，合縱有大不利於我！」

「鄒愛卿，」威王轉向鄒忌，「你意下如何？」

鄒忌拱手奏道：「殿下所慮，微臣甚以為是。蘇秦抗秦是假，制約齊、楚才是其心。初倡縱時，蘇秦僅提三晉與燕國，並無齊、楚。此番邀我入縱，六國縱親，共抗一秦，意甚虛假。再說，合六國去抗一秦，此事根本經不起琢磨。以秦眼下之力，莫說是六國合一，單是一魏，亦足夠秦人支應了！」

看到田嬰不吱一聲，威王問道：「田愛卿，你怎麼不說？」

田嬰拱手道：「陛下已有定論，微臣何必多言？」

威王一怔，凝視田嬰，有頃，對眾臣擺手道：「散朝！」

眾臣告退。威王又道：「田愛卿留步！」

田嬰頓住步子，威王笑道：「走，陪寡人走走！」

君臣二人從正殿偏門走出，沿小徑走向後花園。走有一時，威王頓住步子，歪頭道：「你且說說，寡人是何定論？」

田嬰一口說道：「合縱！」

「哦？」威王似是一驚，「寡人倒想知道，你不是寡人，如何忖知寡人是此定論！」

「合縱於我利大於弊，以陛下之明，定有此斷！」

「合縱於我何利何弊，你且說說！」

「微臣先說弊。依方才殿下、相國、田將軍所說，合縱大體可有四弊，一是與秦構怨，二是不可圖燕，三是不可圖三晉，四是不可圖泗下。微臣再加一弊，合縱不可爭楚！」

「爭楚？」威王眼睛大睜，直盯住田嬰。

「陛下，」田嬰緩緩說道，「與秦相比，楚才是我勁敵。我東是大海，不可圖；燕地偏遠而貧瘠，圖之無益；三晉強悍，爭之吃力；秦被三晉鎖死於關中，是親是仇皆無大礙；我唯有南圖。泗下諸國是魚米之鄉，與我一向親善；琅琊諸地，春秋時本是我土，後為句踐所占，今又被楚人奪去。這且不說，眼下楚已得越，昭陽為令尹，孰知泗下，垂涎宋、魯，蓄勢已久，必與我爭。我若入縱，必與楚和，泗下、越地皆不可爭矣！」

「嗯，愛卿所言甚是，」威王點了點頭，又朝前走去，邊走邊問，「這是五弊。利呢？」

田嬰依舊站在原地，聲音稍稍加大：「微臣以為，合縱於我，有五弊，僅有一利！」

「哦，」威王再次頓住步子，扭過頭來，「是何利？」

「弱魏，雪黃池之辱！」田嬰一字一頓。

威王陷入深思，有頃，緩緩點頭：「是的，與此利相比，所謂五弊，皆不足道矣！黃池之辱，田忌雖有過錯，大錯卻在寡人。河西戰後，寡人以為可圖魏矣，不料殺出一個龐涓，讓寡人夢斷黃池。眼下魏罃賢臣盈朝，國力復盛，寡人復仇之事，也只有搗在心底。六國若是合縱，魏罃必不以我為戒，竭其國力西圖，光復河西。秦、魏再爭，以虎狼戰熊羆，無論誰負誰勝，於我皆是大利。只是……寡人仍有一慮！」

「陛下可有何慮？」

「寡人身邊，短缺一個能敵龐涓之人哪！河西之戰後，魏室已如僵死之蠶，更有四國謀之，龐涓卻能力挽狂瀾，以三萬疲卒，五日兩勝，實讓寡人膽戰！聽聞龐涓治兵，甚是嚴整，大魏武卒復現，寡人寢食難安哪！」

「陛下，天道求衡。出龐涓，亦必出制涓之人。只要陛下孜孜以求，此人必現！」

「是啊！寡人寄厚望於稷宮，這件大事，有勞愛卿了！」

「微臣遵旨！」
「話雖如此，」威王話鋒微轉，「合縱之事仍須慎重！」
「陛下？」田嬰一怔。
「寡人反覆琢磨蘇秦的合縱理念，什麼『五通』、『三同』、『六國制秦』，多是迂腐之見。聽聞蘇秦出身寒微，十分健談。果如此說，在我稷宮，如他這般誇誇其談之徒數以千計。然而，似此人才，居然連克燕、趙、韓、魏四宮，連魏罃那條老狐狸也為他所服，倒是大出寡人意料。想是他一路招搖，以勢壓人之故。今日此人乘連勝之勢東下，寡人若是不問青紅皂白，一味盲從，萬一有所閃失，豈不就跟四國之君一樣貽笑後世嗎？」
「陛下所慮甚是。微臣有一計，可防此險！」
「愛卿何計？」威王急問。
「先冷落他，卸去他的勢；再使他前往稷宮，與稷下諸先生論戰。此人若能度過稷下一關，必是曠世奇才，陛下盡可合縱。此人若是誇誇其談，腹無實貨，必在稷下翻船。堂堂四國特使在我稷下丟醜，在列國也是美談！」
「嗯，此計甚好！甚好！」威王連連點頭，「方才聽愛卿講，淳于子將於後日午時到，蘇秦他們呢？」
「聽樓緩說，也在後日，至於幾時能到，微臣也吃不準！」
「呵，湊到一起了！」威王呵呵笑道，「也好，你安排去吧，這幾日休朝，所有朝臣只做兩件事：一，迎接淳于子；二，禮送彭祭酒！」
「微臣遵旨！」
「不過，蘇秦既為四國特使，還有燕、韓、魏三國公子光臨，也不可冷落了，總得有人支應才是！」

「微臣欲使犬子恭迎特使，陛下以為如何？」田嬰略略一想，輕聲薦道。

「可是愛卿世子田文？」威王問道。

「正是！」田嬰接道，「犬子近年有所長進，頗能應酬，且以交友為樂……」

「嗯，」威王微微點頭，截住田嬰的話頭，「就是他了！」

* * *

兩日之後，在臨淄之西三十里處由邯鄲而來的一條驛道上，一輛裝飾豪華的駟馬篷車由西北而東南，車輪吱吱呀呀，轔轔而行，揚起的塵埃隨微風飄飛。

前面數里處就是通往臨淄的主官道，顯然，這輛軺車欲拐入主官道，駛向臨淄。御者正在悠然自得地埋頭駕車，突然聽到遠處傳來嘈雜的喧囂聲，抬頭一看，主官道上現出一大隊車馬，旌旗招展，塵土飛揚，遠遠望去，見首不見尾，不知有多少里長。御者估摸一下距離，回頭大叫：「主公，主公——」

車上之人正是淳于髡。此時，他正兩眼迷離地坐在篷車裡，一把白鬍子隨著軺車的上下顛簸而左右飄飛。聽到叫聲，淳于髡睡眼惺忪地問：「何事？」

「前面有車馬！」

「有就有唄，你喳呼個啥？」

「主公，」御者急道，「你睜眼看看，那隊車馬不知有多少，若是被他們趕前了，不知要候幾時？」

淳于髡打眼一看，知是蘇秦的合縱車馬，復閉上道：「那你還愣什麼？趕前面去！」

御者得令，揚鞭催馬，四匹駿馬撒開蹄子，篷車如飛般駛向官道，剛巧趕在大隊車馬的前面。御者看了看淳于髡，見他復又睡去，嘿然一笑，再次揚鞭。官道既寬且平，駿馬見到如此好路，分外歡喜，揚首奮蹄，不一會兒，就將大隊車馬遠遠地甩在後面。

趕有十幾里，遠遠可以望見臨淄西門的城樓了，御者陡然看到迎面馳來一隊車馬。御者揉揉眼睛，待看清楚，回頭急叫：「主公！主公——」

淳于髡頭也不抬：「又嗜呼啥哩？」

「前面又有車馬！」

「再超過去就是！」

「小人超不過，那些車馬是迎面過來的，官道全被堵上了！」

「哦？」淳于髡睜開眼睛，朝前面一看，果有一隊車馬轔轔而來，正自低頭思忖，御者驚叫，「主公快看，有王旗！還有王輦！」

淳于髡急又抬頭，果然望見王旗和王輦，知是齊威王駕臨，凝眉有頃，緩緩說道：「王輦算什麼？走你的路就是！」

御者應過，催馬又走，邊走邊嘮叨：「主公，齊王必是迎接那隊車馬的，小人方才看到旗號，好像是蘇相國，嘖嘖嘖，蘇相國可真了不起，是四國特使，這來齊國，連齊王都要郊迎！嘖嘖嘖！嘖嘖嘖……」

淳于髡眼睛閉闔，睬也不睬他。由於是相向而走，不一會兒就碰到一起。距百餘步遠時，御者停下來，回頭望著淳于髡：「主公，別睡了，就要碰面了！」

淳于髡頭也不抬：「讓於道旁！」

御者將車輛趕至官道一側，跳下車，在車旁跪下。距五十步遠時，前面車馬也停下來，齊威王步下王輦，緩緩走來。後面跟著殿下、鄒忌、田嬰、田忌等百官朝臣，再後面是幾個稷下先生。御者眼角瞥到，趕忙揉揉眼睛，見此情景，急叫：「主公，主公——」

淳于髡責道：「又叫啥哩？」

御者小聲說道：「是齊王陛下，朝咱走來了！」

淳于髡睜眼一看，見齊王已經快到跟前，大吃一驚，趕忙跳下車子，迎前幾步，當道跪下，叩首於地：「草民淳于髡唐突至此，不知陛下駕臨，冒犯王駕，請陛下治罪！」

威王急前幾步，雙手扶起淳于髡：「先生，是寡人迎遲了！」

淳于髡一怔，不相信地望著他：「陛下此來，真的是迎草民？」

「當然是迎夫子！」威王點頭笑道，「在這世上，值得寡人郊迎的，除去夫子，還能有誰？」

淳于髡連連拱手：「草民何德何能，敢勞陛下屈尊迎接？」

威王拱手回禮，嘆道：「唉，夫子一別就是數年，只圖自己快活，將寡人和稷下忘個一乾二淨。此番若非彭先生仙去，寡人想見夫子一面，怕也是難！聽說夫子來了，寡人萬分激動，一夜未曾睡好，本欲郊迎十里，不想還是迎得遲了！」

淳于髡再次拱手，聲音哽咽：「陛下——」

遠遠望見塵土飛揚，威王跨前攙住淳于髡之手，笑道：「好了，此地風寒，請夫子隨寡人宮裡敘話！」

淳于髡因手被挽著，只好朝眾臣及稷下諸子掃了一眼，微笑著頻頻點頭，算作招呼，陪威王一道步向王輦。

大隊人馬扭過車頭，原路返回。

*　　*　　*

合縱人馬全看傻了，紛紛停住車子。包括蘇秦在內，眾人無不以為齊國君臣是來迎接他們的，不想齊王竟在眾目睽睽之下撥馬而回。

「前面車上的是何路大仙，有誰看到了？」公子卬大聲喳呼。從冷宮出來之後，公

子卬雖然爵為安國侯，職位卻是參將。此番被詔命為合縱副使，公子卬初時不明白，甚是叫屈，慭悶數日，進宮訴予母妃。母妃訴予惠王，經惠王一罵，公子卬始知此任竟是重用，樂不可支地甘當副使了。

公子章搖頭道：「車上有篷，看不清！」

公子噲接道：「能讓齊王郊迎，斷非尋常之人！」

「管他是誰，待會兒撞見，看不扭斷他的脖子！」公子卬怒道。

眾人皆笑起來，紛紛將目光投向蘇秦。蘇秦亦笑幾聲，回視道：「你們看我幹什麼？還不趕路，打算在此過夜嗎？」

公子章跳上車馬，頭前走去，合縱車馬再次蠕動起來。趕至齊王停車的地方，見有一車恭候於側，一個模樣英俊的白衣青年躬身立於車前。

合縱車馬再次停下，公子章認出是田嬰的世子田文，跳下車子，迎上前去。田文揖道：「在下田文見過韓公子！」

公子章回過一揖，問道：「在下韓章見過田公子！」略頓一下，「田公子緣何候於此處？」

田文再揖道：「在下奉家父之命，特此恭迎合縱使臣！」

公子章遂引田文走到蘇秦車前。蘇秦聞報，亦跳下車子，迎上來揖道：「在下蘇秦見過田公子！」

田文回揖道：「在下田文見過蘇子！在下奉家父之命，恭迎蘇子及諸位公子！」

「有勞公子了！」蘇秦躬身謝道。

「你的家父何在？」公子卬亦趕過來，並不見禮，直問他道。

「回上將軍的話，」田文朝他及諸位公子拱手道，「家父本欲親迎，將行之時，陡接陛下口諭，陪陛下郊迎稷下先生淳于子！家父不敢抗旨，又分身乏術，只好託在下代為恭迎，不到之處，請蘇子及諸位公子寬諒！」

「呵，我道是哪路大仙呢，卻是那個禿子！」公子卬揶揄道。

眾人笑也不妥，責也不妥，面面相覷，誰也不好作聲。倒是田文灑脫，呵呵笑出幾聲，朝他又是一揖：「聽聞上將軍言語幽默，今日信了！」

公子卬不好再說什麼，亦笑一聲，拱手揖道：「公子見笑了！」

田文轉對蘇秦揖道：「家父未能躬迎，甚是抱歉，特別囑託在下，一定要妥善安排蘇子及眾位公子！臨淄狹小，容不下諸多人馬，只好委屈他們暫住郭外。至於諸位特使及隨員，在下已安置在驛館。不便之處，還請諸位見諒！」

蘇秦亦拱手道：「安置甚當，謝公子了！」

田文朝蘇秦及諸位公子拱手揖道：「蘇子，諸位公子，請！」

言訖，田文轉過身去，緩緩走至自己車前，吩咐御者頭前馳去。大隊車馬跟在後面，轔轔馳向臨淄。

* * *

是夜，四國使臣在國驛館住下。從大梁到臨淄，眾人連走十數日，皆是勞頓，早早歇了。蘇秦召來樓緩，議至夜半。樓緩將稷宮之變細細說了，蘇秦嘆道：「大前年在稷下時，在下曾聽過彭先生教誨，受益匪淺。此番復來，在下原還打算再向先生討教，不想他竟先一步去了！唉，天地悠悠，生命卻是短暫，時不我待啊！」

樓緩也是唏噓。二人又議一時，樓緩見蘇秦太累，辭別去了。

翌日晨起，田文復至。蘇秦問及上朝面君之事，田文道：「彭祭酒仙逝，陛下感傷，特別詔命，近日不朝。至於何時上朝，需候陛下旨意！」

蘇秦思忖有頃，拱手道：「既是如此，在下向公子打探一事！」

「蘇子請講！」

「仲尼至齊，聞《韶》三月，不知肉味。請問公子，可知仲尼昔日聞《韶》處？」

田文點頭道：「知道，離此不遠，原是太師高昭子府宅，高氏落敗，此宅轉手三家，眼下被一個古怪的老樂師買下，改作樂坊了！」

「如此甚好，」蘇秦喜道，「煩請公子引在下前去，一來緬懷仲尼，二來也順便聽聽你們齊國的雅樂！」

「在下願效微勞！」田文笑道。

二人起身，蘇秦脫去官服，換上一身乾淨素雅的士子衣冠穿上，剛要走出廳堂，正在附近蹓躂的公子噲看到，急走過來：「二位欲去何處？」

「仲尼聞《韶》處！」蘇秦頓住步子。

「哦！」公子噲大喜，急道，「可否捎帶在下？」

「公子既愛《韶》音，」蘇秦點了點頭，「那就去吧！」

公子噲亦回房中，換過一身素衣，三人有說有笑地走出驛館。高昭子府宅不過數百步遠，談笑間已是到了。田文報過家門，門人進去稟報，不一會兒，一個鬚髮皆白的老樂師迎出來，見是田文，臉色微沉，略一拱手：「老朽見過田公子！」

田文回過禮，指著蘇秦、公子噲道：「老先生，晚生引見兩位貴客！這位是四國特使蘇秦，這位是燕國公子姬噲，聽聞此處是仲尼聞《韶》處，特來祭拜！」

老樂師微微抬頭，掃了二人一眼，略一拱手：「二位稀客，請！」不及蘇秦、公子噲回禮，顧自轉過身去，頭前走了。兩人皆是一怔，因田文前有介紹，也就見怪不怪了。

老樂師引領三人逕直來到孔子聞《韶》處，指著前面一個破舊的樂壇：「兩位稀客，這就是仲尼聞《韶》處，你們祭拜吧！」

蘇秦上前，朝樂壇緩緩跪下，行三拜九叩大禮。公子噲看到，亦走過去。二人禮畢，蘇秦轉對老樂師，深揖一禮：「晚生蘇秦敢問前輩，此處既為仲尼聞《韶》處，可有《韶》音？」

老樂師陡然二目如炬，將他凝視片刻，收回目光，緩緩說道：「既為仲尼聞《韶》處，自有《韶》音！」

蘇秦再揖道：「晚生不才，可否一聽？」

老樂師遲疑有頃，抬頭問道：「老朽敢問蘇子，緣何欲聽？」

「晚生聽說，仲尼至齊，聞此曲三月不知肉味。晚生既來齊地，若是錯過如此好曲，豈不引為終身之憾？」

聞聽此言，老樂師點了點頭，拱手揖道：「此曲陳朽，早不時興了。自仲尼之後，鮮有人聽！蘇子既然有此雅興，可隨我來！」

言訖，老樂師頭前走去，蘇秦三人跟在身後，不一會兒，來到一個巨大的樂廳。老樂師指了指觀賞席位，蘇秦三人見過禮，席地坐了。

樂廳呈穹形，地上鋪著紅色地毯，樂壇上擺著編鐘、鼓、琴、瑟、磬、簫、方響、塤、竽、箏、骨笛等十餘種樂器，氛圍極其高雅。更奇特的是音效，老樂師輕輕擊掌，廳中即起回鳴聲。不一會兒，旁側轉出十餘名樂手，各就各位。老樂師走到眾樂師中央，拿起一管洞簫，微微啟脣，廳中立時餘音繚繞。老樂師又出一聲，眾樂師一齊跟進，一場規模宏大的交響樂《韶》正式起奏。剎那間，金、石、土、木、竹、絲、匏、革八樂齊鳴，餘音迴盪。蘇秦三人全被此曲所挾帶的巨大聲勢震懾了。

蘇秦緊閉雙目，全身心地沉浸於《韶》裡，整個身體隨著音樂的節奏而起伏有致。

《韶》為舜時所作，也叫《大韶》，共分九奏、九歌或九章，主要包括祭天、竽舞、射獵、會同、祈雨、祭火、關雎、缶韻、中和等，鳳凰來儀是其高潮。每章均以洞簫起奏，分別展現前古先王，尤其是帝堯的豐功偉績。

九曲奏畢，在樂聲戛然而止時，蘇秦竟無一絲察覺。

「蘇子，蘇子！」公子噲見老樂師已經揮退眾樂手，緩步朝他們走過來，輕聲叫道。

蘇秦仍無知覺，依舊微閉眼睛，搖動身子，似是與那樂音融為一體。

公子噲急了，伸手就要推他，老樂師止住，在他對面盤腿坐下。有頃，蘇秦從恍惚中醒來，睜眼一看，樂音已畢，老樂師坐在自己對面，急拱手道：「前輩雅樂，晚生受教了！」

「非老朽雅樂，蘇子言大了！」老樂師緩緩說道。

見出口即失言，蘇秦苦笑一聲，不無抱歉地抱拳說道：「謝前輩教誨！是晚生聽得傻了，竟是連話也說不齊整！」

老樂師顏色大懈，呵呵笑出幾聲：「看得出來，蘇子知音了！」

「知音不敢，晚生聽進去而已！」

「蘇子既聽進去，敢問此曲如何？」

「仲尼曾說，君子為學，『興於詩，立於禮，成於樂』，晚生今日悟矣！」

老樂師拱手道：「蘇子能出此語，堪為知音矣！老朽聊備薄茶一壺，欲請蘇子品啜，不知蘇子能賞光否？」

蘇秦拱手揖道：「能飲前輩香茗，晚生幸莫大焉！」

老樂師眉開眼笑，起身攜了蘇秦之手，置田文、公子噲於不顧，逕朝後院走去。田文、公子噲大窘。尷尬有頃，田文聳了聳肩：「看來，香茗是喝不上了，咱們還是走吧！」

公子噲長嘆一聲，望著老樂師和蘇秦遠去的方向，緩緩起身，與田文一道，不無遺憾地走出樂坊。

*　*　*

御書房裡，上大夫田嬰將蘇秦幾日來的動靜扼要稟過。

「哦！」齊威王朝前傾了傾身子，「愛卿是說，蘇子日日去那樂坊，與人談樂？」

「是的，」田嬰點了點頭，「一連三日，每日都去！」

「是何樂坊？」

「是私家樂坊。原是高邵子舊宅，昔日仲尼聞《韶》處，本已敗落不堪，三年前，突然被一個老樂師買下。老樂師甚是有錢，從列國聘來許多樂師，在府中演《韶》！」

「哦？」威王怔道，「有此大樂師，寡人竟是不知！」

田嬰應道：「據犬子所說，樂師來路不明，起初在雍門，浪跡街頭，鼓琴為生，人稱雍門周。後來，雍門周不知何故得到一筆橫財，買下那處宅子，開設樂坊。雍門周為人古怪，雖然開設樂坊，卻從不奏他曲，只演《韶》樂，且三日才演一次，一次只演三刻鐘。此曲陳朽，早已過時，齊人無人愛聽，因而他的樂坊門可羅雀，整個臨淄，除去鄰人，幾乎無人知他。若不是此番蘇秦前去聽《韶》，微臣也是不知！」

「唉，」威王長嘆一聲，「羞煞寡人矣！能演《韶》者，堪為大師。寡人自幼好樂，恨不與伯牙同世，常夢大樂師光顧，後得鄒子演琴，即引為知己，用以為相。今有大樂師光臨數載，寡人卻是一絲不知，堪比楚地那個好龍的葉公了！」言訖，唏噓再三，連連搖頭。

田嬰趕忙起身，跪地叩道：「此事罪在微臣，請陛下降罪！」

「起來吧！」威王再嘆一聲，「這事怎能怪你呢？今日臨淄，靡靡之音不絕於耳，即使伯牙再世，亦足以湮沒矣！」略略一頓，「不說其他，單此一點，蘇子就不一般哪！」

「那……」田嬰遲疑一下，「微臣可否知會蘇子，讓他覲見陛下？」

「不不不，」威王擺了擺手，「讓他去稷下！稷宮何時為彭子送殯？」

「後日！」

「好！可在稷宮為彭子舉辦一場送別論壇，邀蘇子同去！」

「微臣領旨！」

* * *

翌日傍黑，蘇秦從雍門周處聽樂歸來，忽然感覺館中異樣，廳中燈火輝煌，樓緩和幾位公子皆是一本正經地端坐於席，似是有重要客人到訪。公子章眼尖，最先望到蘇秦，笑道：「看，蘇子回來了！」

眾人起身迎候，走在前面的是田文和田嬰。

田嬰急走幾步，朝蘇秦深揖一躬，連連拱手道：「在下來遲了，請蘇子恕罪！」

蘇秦亦回一禮，呵呵笑道：「上大夫客氣了！在下此來，一切都是上大夫安置的，在下謝猶不及呢，何能怪罪？上大夫，請！」

二人攜手同至廳裡，按賓主之位坐了。田嬰長嘆一聲，搖頭道：「唉，蘇子想必也都知道了，這幾日稷宮裡大事不斷，先是彭祭酒仙去，後是淳于子光臨，在下身兼稷宮令，裡外是忙，累得腰都直不起來了！」

「上大夫可得當心貴體！」蘇秦笑道，「上大夫若是累倒了，在下再來臨淄，別是連個落腳之處也尋不到了！」

田嬰尷尬一笑，朝眾人拱手致歉道：「蘇子及諸位公子光臨，在下有所怠慢，還望蘇子及諸位公子多多擔待！」

「呵呵呵！」蘇秦也回一揖，連聲笑道，「上大夫一心要請罪，看來在下連個玩笑也開不得嘍！好好好，咱們不說這個，請問上大夫，稷宮之事進展如何？仲尼聞《韶》不知肉味，在下不及仲尼，聞《韶》數日，嗅到肉味仍是香的，不過，外面諸事倒是一概不知了！」

眾人皆笑起來。

田嬰頓住笑，應道：「謝蘇子念記！彭祭酒明日入殮，陛下頒旨，明日申時為彭祭酒舉辦一場特別的送行儀式，在下剛剛安排妥當，急趕過來看望蘇子及諸位公子！」

「哦，請問上大夫，是何特別儀式？」公子卬問道。

「回公子的話，」田嬰應道，「彭祭酒一生致學，倡導學術爭鳴，開闢一代新風，為今日之昌盛稷下立下蓋世之功。陛下恩旨，以上卿之禮安葬彭先生，同時在稷宮舉辦一場空前規模的學術論壇，以天下學子的真知灼見為彭祭酒送行！」

田嬰說完，掃視眾公子，目光落在蘇秦身上。蘇秦忖知其意，慨然嘆道：「以此方式送別彭先生，可謂是前無古人了！陛下惜才如此，真乃賢君矣！在下雖說學識淺薄，卻受彭先生教誨大恩，有心前去為先生送行，不知上大夫能恩准否？」

「恭迎，恭迎！」田嬰連連拱手，「聽聞蘇子學識淵博，口若懸河，若能光臨稷宮，非但稷下生輝，眾學子得益，九泉之下，彭先生的英靈，亦必寬慰！」

「上大夫美言了！」蘇秦亦拱手道。

田嬰朝在場諸位拱手一圈，轉對蘇秦道：「蘇子，諸位公子，此事就這麼定下，在下告辭了！明日申時，稷宮見！」

*　　*　　*

稷宮位於臨淄之內，宮城西門之外，與宮城僅一牆之隔，有專用的林蔭道與宮城相通。齊王只要走出西門，就可直達稷宮。西門亦稱稷門，稷宮位於稷門之外，因而亦稱稷下。

稷宮占地數千畝，起自西門，延至南門，綿延數里，被阡陌交通、花園草坪、荷塘魚池等切割成許多方塊，每個方塊構成一個院落，院中亭臺樓閣櫛比鱗次，果木花卉相映成趣，遠遠望去，宛若一個巨大的後花園。

凡是投奔稷下的士子，只要學有所長，皆有所居，亦皆有所養。稷宮以學問為上，若是學問得到眾士子的認可，即可由祭酒推薦，通過學宮令轉奏齊宮，由齊王詔命為稷下先生。無論何人，只要被聘為稷下先生，就可在稷宮享受一座院落，得到朝中大夫的薪俸，開宗立派，擇徒授藝。

稷宮中心是一處大宅院，座北面南稍偏，由祭酒居住。院門前面是一個方形廣場，鋪滿地磚，周邊大樹參天，樹下草坪連綿，最多可容數千人。凡大型論壇，即在此場舉辦。

申時，蘇秦一行趕到時，喪禮行將開始，廣場上一片靜穆。正對院門的地方，擺著彭祭酒的楠木棺材，漆得烏黑油亮，棺頭上是個巨大的「奠」字，奠字之上是「大宗師」三字，皆是齊王親筆所題。棺木前面由木板新搭一個論壇，高約三尺，上面鋪一層黑色麻毯。論壇兩側，擺著數十個花圈，顯然是朝中諸臣及稷宮諸先生送的。

磚地上鋪了一層席子，席上站著稷下士子，皆著麻服。眾士子分成若干隊，每隊前面突兀一人，無不器宇軒昂，表情靜穆。毋須再問，即知他們是稷下先生，後面之人，當是門下弟子。新來士子、未及拜師或不願拜師者，則分站兩側，自成縱隊。廣場中央空出約一大步寬的空地，可站兩行，顯然是留給蘇秦他們的。

果然，他們剛一抵達，就有人導引他們步入這塊空場，蘇秦打頭，後面依序站著公子卬、公子章、公子噲、樓緩，再後面是飛刀鄒等隨行諸人，在各自的席位前站定。

看到客人皆到，主持喪禮的田嬰在一聲鑼響之後步入論壇，朝棺材及眾士子各鞠一躬，聲音略顯沙啞：「諸位先生，諸位嘉賓，諸位士子，辛丑日子時三刻，一代宗師、稷下祭酒彭蒙先生乘鶴仙去。今日申時，我們齊集此處，深切哀悼先生，緬懷先生！」頓了一下，咳嗽一聲，掃視眾人一眼，「諸位朋友，祭禮開始，向彭先生英靈叩拜！」轉過身去，在壇上跪下，朝棺材行祭拜大禮。

場上近兩千人皆屈膝而跪，行祭拜大禮。與此同時，跪在棺材兩側的樂手奏起哀樂。

有頃，哀樂停止，田嬰轉過身子，淚水流出，聲音哽咽，緩緩說道：「諸位朋友，彭先生仙去，陛下甚是哀傷，休朝七日，更在宮中布設靈堂，日夜為先生守靈。彭先生一生，治學嚴謹，為人正直，自入稷下後，即將餘生獻予稷下，致力於學術，首倡稷下論壇，鼓勵百家爭鳴，使稷下學風昌盛，領袖天下學問。為了緬懷先生偉績，承繼先生遺願，陛下頒布詔書，在先生英靈之前設立論壇，以學術爭鳴為先生送行！」伸袖抹去淚水，從袖中摸出詔書，站起身子，朗聲宣讀。

田嬰讀畢，在場士子無不以袖拭淚，哽咽四起。田嬰聽憑大家哽咽一陣，朝眾人微微抬手，禮讓道：「論壇開始，諸位請坐！」

眾人原本跪著，此時也就順勢席地而坐。田嬰見大家均已坐好，接道：「諸位朋

友，但凡稷宮正式論壇，皆由祭酒主持。今日論壇，是為彭祭酒送行，在下學識淺薄，不敢僭越，特奉陛下恩旨，請回彭祭酒的生前好友、聞名天下的學界泰斗暫代祭酒之職，主持今日論壇！」轉過身去，朗聲叫道，「有請新祭酒！」

話音落處，棺材後面轉出一個光頭，眾人一看，見是滑稽遊士淳于髡，無不面面相覷。有人早就猜出是他，此時看到光頭，不免得意，朝左右連連點頭。

淳于髡並不急著上壇，而是逕直轉至棺材前面，既不叩拜，也不揖禮，伸開兩手在寫著「奠」字的棺材板上啪啪啪連拍三下，大聲叫道：「老蒙子，莫要睡了！坐起來，支起耳朵，在下為你主持論壇，你可要聽仔細些！若是有人論得好，你就拍拍巴掌；若是有人論得不好，你就放聲響屁；若是有人論得既不好，也不差，你就闔上眼皮，讓他說去！」

在如此靜穆的場合下，淳于髡陡然間晃著個光頭如此說話，眾人皆是一驚，欲待發笑，似覺不妥，欲待不笑，實在難忍。場上現出難言的尷尬。

淳于髡又敲又拍，鬧騰一陣，這才附耳於棺木上，煞有介事地聆聽一時，皺眉搖頭道：「這個老蒙子，睡得像個死人，看我拿錘子敲他！」眼睛四下一掄，瞧見旁邊有一蓋棺敲釘用的錘子，遂朝手心呸呸吐了幾口唾沫，拿過錘子，在棺材板上連敲數下，側耳又聽，有頃，不無驚喜地轉過身來，左右晃動光頭，呵呵樂道：「你個老東西，這下睡不成了，總算爬起來了！」將錘子丟在一邊，朝身上拍了幾拍，走入論壇。

這番表演簡直就像是演一場滑稽戲，眾人再也忍俊不住，不知是誰率先笑出聲來，繼而是哄場大笑，有人更是涕淚滂沱，拿袖子抹眼。即使田嬰，也忍不住破涕為笑。場上氣氛一下子活躍起來。

蘇秦陡然明白了淳于髡的用意，不無佩服地點了點頭。是的，舉辦如此規模的辯論，場上氣氛凝滯如是，沉悶如是，誰能暢言？眾人皆不暢言，何來爭鳴？齊威王和田嬰百密而一疏，而這一疏此時被淳于髡天衣無縫地補上了。久聞淳于髡多智，今日見之，方信傳言不虛。

淳于髡樂呵呵地走到場上，朝眾人鞠躬一圈，拱手致禮，指著田嬰繼續調侃：「老朽正在邯鄲逍遙自在，突然接到上大夫急函，說是老蒙子有事，約老朽速來。老朽以為有何好事，乘了駟馬之車，緊趕慢趕，原本三個月的途程，二十日就趕到了……」

從邯鄲趕至臨淄，駟馬之車走二十日如同蝸牛，淳于髡卻計畫走三個月，且講得一本正經，眾人再笑起來。淳于髡被打斷，只好停頓一下，見笑聲住了，才又接道：「老朽來了，老蒙子卻睡去了。你們說說，老朽與他，好歹也有十年未見，老朽好不容易奔他來了，老蒙子倒好，撒手睡去了！老朽難受幾日，後來也想明白了。人這一生，早睡晚睡，長睡短睡，好睡懶睡，都是個睡，老蒙子玩得睏了，先自睡去，本也無可厚非。這樣一想，心裡也就不難受了，只是多少覺得，老蒙子這樣做，不夠仗義。老友來看他，縱使要睡覺，至少也得打聲招呼才是！」

淳于髡說出這幾句，既情真意切，又透澈脫俗，真正顯出了他的功力。在場諸人無不敬佩，即使公子卬，也是服了，兩眼眨也不眨地直盯著他，不住點頭。

淳于髡看到全場靜寂，所有眼睛無不盯視著他，光腦袋又是一晃，轉過話鋒：「陛下捨不得老蒙子，甚想留住他，陡發奇想，舉辦這個論壇，並要老朽主持。老朽嘴碎，又受不得約束，本欲婉拒，可想起老蒙子，只好應下了。老朽從未主持過論壇，不過，老朽在想，顧名思義，論壇貴在論字，論字貴在爭吵。老蒙子不說爭吵，說是爭鳴，鳴字很妙。此時此刻，既是論壇，既要爭鳴，大家就得直抒胸臆，暢所欲言。爭也好，鳴也好，你論贏了，就是雄的，論輸了，就是雌的……」

「雌」字剛一落下，全場再笑起來，響起掌聲。淳于髡打了個手勢，眾人止住笑，聽他繼續說道：「在下又想，既是爭鳴，就得有個主題，不然東家說驢，西家說馬，扯不到一塊。這場論辯是送老蒙子的。老蒙子一生，為學為人，皆以天下為己任。老朽既為主持，也就獨斷一次，為今日之辯確定一個主題：天下治、亂！」

場上又起一陣掌聲。

「古今天下，不治則亂，因亂而治。不過，」淳于髡再次晃了晃光光的腦袋，轉過話鋒，「老朽所好，不在天下治亂，只在率性逍遙。今日強論治亂，頗是難為。所幸天無絕人之路，老朽正自發愁，忽然看到一人。此人也以天下為己任，這點像是老蒙子。不同的是，此人不僅鼓噪吶喊，更在身體力行，這點勝老蒙子遠矣。老朽興甚至哉，誠意讓賢，隆重薦他登壇主論！諸位有何能耐，盡可與他爭個雄雌！但待雄雌定下，老朽既是祭酒，就得請酒一場，不過，老朽只請雄的，不請雌的。酒是百年老陳，可飄香十里，是老朽特意從邯鄲帶過來的！」

淳于髡嘻笑調侃，一波三折，眾人一邊大笑，一邊將眼珠子四下亂掄，不知他要薦的是何方高人。

淳于髡重重咳嗽一聲，步下論壇，逕直走向人群，在蘇秦面前站定，朝他深鞠一躬：「老朽淳于髡見過四國特使蘇秦先生！」

所有人皆吃一驚，所有目光齊向蘇秦射來。由於這日皆穿麻服，蘇秦諸人又面生，眾人均未看出來者是誰，只是從最後入場及在場心預留空位等跡象推知其身分顯赫，萬未料到他們竟是四國合縱特使，且打頭之人，更是遐邇聞名的蘇秦！

對淳于髡的突然發招，蘇秦似是早有所料，起身回一大躬：「晚生見過淳于子前輩！」

淳于髡拱手道：「老朽唐突，有請蘇子登臺賜教！」

蘇秦回揖道：「前輩抬愛，晚生恭敬不如從命！」

淳于髡呵呵一樂，伸手攙住蘇秦：「蘇子，請！」

蘇秦也不推辭，跟隨淳于髡走至壇上。場上再起一陣掌聲。掌聲過後，淳于髡指了指臺子，笑道：「此臺只能站一人，蘇子上來，老朽就得下去了！」

不及蘇秦答話，淳于髡已自轉身走至臺邊，挽了田嬰的手，走至眾士子前面，在預先留好的席位上盤腿坐下。

蘇秦恭送他們坐定，方才轉身，朝棺材連拜三拜，起身再朝眾子深鞠一躬，朗聲說道：「洛陽士子蘇秦見過諸位先生、諸位學子！」略頓一下，清了清嗓子，「兩年前，在下遊歷稷宮，得蒙先生教誨。此番復來，在下本欲再來登門討教，先生卻先一步乘鶴而去，物是人非，令在下感懷。在下此來，一意只為送行先生，卻蒙淳于子前輩抬愛，要在下登壇主論！在座諸子皆是大方之家，尤其是淳于子前輩，更是學界泰斗，在下才疏學淺，本不敢賣弄，但在彭先生英靈面前，在下也不敢輕易推辭！在下進退不得，只好勉為其難，班門弄斧，在此獻醜了！」

場上靜寂無聲，所有目光都盯在蘇秦身上。蘇秦說完開場白，陡然轉過話鋒：「諸位先生，誠如淳于子前輩所述，一年多來，在下致力於合縱，天下為此沸沸揚揚，多有雜議。今日既議天下治亂，在下就想趁此良機，表白幾句，一來明晰心跡，求教於在座方家，二來訴於先生英靈，求先生護佑！」

「諸位先生，」蘇秦掃視眾人一眼，朗聲接道，「天下合縱絕對不是在下一時之心血來潮，而是大勢所趨。諸位會問：天下大勢所趨何處？在下只有一個答覆——天下大同！那麼，天下如何方能走向大同呢？在下以為，只有兩途，一是天下歸一，大道一統；二是列國共治，求同存異，共和共生。若使天下歸一，只有強強相併，滅國絕祠，推行帝制。在下前年赴秦，即張此說。若使列國共治，天下共和，唯有合縱！」

接下來，蘇秦詳論合縱，從源起到理念再到過程，講他如何說秦遇挫，如何以錐刺股，尤其是聲情並茂地講述了琴師的故事。稷下士子衣食無憂，坐而論道者居多，何曾有過如此經歷，因而人人揪心，個個唏噓。

蘇秦獨論一個時辰，這才收住話頭，抱拳說道：「在下胡說這些，貽笑於方家了！諸位中無論有誰不恥下問，欲與蘇秦就天下縱親、王霸治亂等切磋學藝，蘇秦願意受教！」

言訖，蘇秦微微一笑，目光再次掃向場上諸人。在稷下，似此重大的論辯場合往往是各宗各派彰顯實力的機會，因而各門無不卯足了勁，欲在論壇一展身手，吸引更多的門徒，不料憑空殺出個淳于髡和蘇秦，幾乎將綵頭全都奪去了。

然而，此時見問，眾人並沒有像往常那樣踴躍而出。這是因為，在場士子雖近兩千，卻多是各門弟子。先生不言，弟子自然不敢出頭。而排在前面的十幾位先生，也不敢輕啟戰端，因為此番論辯實在重大，萬一落敗，在稷下的日子就不好過了。再說，蘇秦能言善辯，名揚列國，此時更兼四國特使，氣勢如虹。淳于髡走遍天下，智慧過人，此時又是新任祭酒，在這樣的前輩大師面前逞舌，言語自要掂量。

蘇秦見眾人仍在面面相覷，誰也不肯出頭，抱拳笑道：「諸位先生，蘇秦恭候了！」

話音剛落，果有一人忽地站起，前進幾步，在臺前站定，拱手揖道：「既論天下，在下齊人鄒衍，欲就天下求問蘇子！」

蘇秦拱手復禮：「鄒子請講！」

「不知何為天下，何談天下治亂？在下請問蘇子，何為天下？」鄒衍問畢，挑戰似地望著蘇秦。

鄒衍年不足三十，精演《易》學，近年來致力於四極八荒、陰陽五行研究，頗有心得，論辯中言詞犀利，海闊天空，在稷下被人戲稱「談天衍」。鄒衍剛來稷下，因學有專攻而得彭蒙賞識，年前被破格聘為稷下先生，但所論過奇，門下僅有三名弟子。今逢良機，鄒衍自是不願錯失，故而首先發難。

蘇秦思忖有頃，拱手答道：「天下者，顧名思義，地之上，天之下也。在下以為，凡天之所覆，地之所載，六合所包，陰陽所化，雨露所濡，道德所扶，皆可稱為天下！」

「蘇子所言雖是，卻過於概括。在下想問的是，天地六合，究竟有多大？」

蘇秦拱手笑道：「在下早就聽聞鄒子有大九州之說，未得其詳，今日正好討教！」

「蘇子過謙了！」鄒衍嘴上這樣說，心中不免得意，拱手應道，「在下以為，天如穹蓋，地有四極，〈禹貢〉所載九州並非天下全部，實為天下一州，可稱赤縣神州。穹蓋之下，四極之內，赤縣神州當為九分之一，另有八州，不為〈禹貢〉所載，因而世人不知！」

蘇秦微微一笑，點了點頭：「請問鄒子，天下當有地，地上當有天，此理是否？」

鄒衍思忖有頃，點頭道：「當然！」

「請問鄒子，」蘇秦抓住一點，進而論道，「天是穹蓋，必是圓的，地有四極，必是方的。若依此說，地之四角，勢必無天！地上無天，還叫地否？」

眾人皆笑起來。

「這……」鄒子不能自圓自說，面色大窘，連連抱拳道，「蘇子高見，在下受教了！」轉身大步退下，在自己席位上盤腿坐下，閉目冥思。

談天衍一向咄咄逼人，此番僅戰一合即敗下陣來，實讓稷下學子震驚。有頃，人群

中站起一個中年人，眾人一看，是稷下先生慎到。慎到治黃老之學，為人厚實，學風嚴謹，多有著述，聲譽可追彭蒙，從者兩百餘人，場地上，就數他身後的隊伍最長。

慎到走至臺下，躬身揖道：「趙人慎到求教蘇子！」

蘇秦還禮道：「慎子請講！」

「蘇子欲在兵不血刃中尋求天下大同之道，在下敬服。不過，在下甚想知道，假定蘇子合縱成功，天下如何共治？列國如何共生？」

「慎子所問，正是在下未來所求！共治、共生之道，先王早已有之。三皇五帝時代，大道貫通，德化天下，無為而治，天下諸侯數以萬計，同生共存，並無爭執。自夏入商，自商入周，道德式微，天子以禮樂治世，諸侯皆能循規蹈矩，和睦共處。自春秋以降，禮崩樂壞，天下始不治矣。世風日下，若使天下大同，當從治風伊始。因而，在下合縱，可分三步走，第一步，山東列國縱親，化干戈為玉帛，共制暴秦；第二步，與秦和解，使天下縱親，諸侯共坐一席，求同存異，教化人民，恢復禮樂；第三步，揚善抑惡，化私去欲，復興道德，使天下歸於大同！」

蘇秦講完合縱的未來遠景，眾人既驚且疑，無不面面相覷，以為是在聽天書。慎到微微抱拳，再揖道：「蘇子壯志苦心，無論成與不成，在下皆是敬服！以蘇子之論，天下若行大同，可有天子？」

蘇秦思忖有頃：「有！」

「天子與民，孰貴？」

「皆貴，亦皆不貴！天下為天下而立天子，非為天子而立天子。民之所以立天子而貴之，不為利天子一人，而為利天下！」

「天子何以治諸侯？諸侯何以治民？」

「以道治之。天道貫通，聖人無事。聖人且無事，天子又有何事？天子無事，諸侯亦無事，民亦無事，故聖道之世，無為而治！」

「以道治天下，能詳述否？」

「道有諸德，德有諸術。三王五帝之時，聖君行仁、義、禮、樂、名、法、刑、賞八術。仁以育民，義以導民，禮以化民，樂以和民，名以正民，法以齊民，刑以威民，賞以勸民，天下因此而治，大道因此而通！」

慎到心悅誠服，拱手道：「蘇子所論，言之成理，在下嘆服！」轉身退下，盤腿坐回原處。

接著上場的是田駢。田駢是彭蒙的得意門生，亦是稷下先生，善於雄辯，素有「天口駢」之稱，弟子甚眾，在稷下直追慎到。

見慎到退場，田駢趨前，抱拳問道：「蘇子既論道、德八術，齊人田駢有問！道、德八術，雖有其所利，亦有其所弊。仁者，可施博愛，亦可生偏私；義者，可慎言行，亦可生虛偽；禮者，可倡恭敬，亦可生惰慢；樂者，可和情志，亦可生淫逸；名者，可正尊卑，亦可生矜篡；法者，可齊眾異，亦可生奸詐；刑者，可服不從，亦可生暴戾；賞者，可勸忠能，亦可生陰爭！」

「是的，」蘇秦回過禮，侃侃應道，「夏啟、商湯用八術而天下治，夏桀、商紂用八術而天下亡！原因何在？在於道統。術為道用，亦為道御。天下有道，術得善用，可治天下；天下失道，術得濫用，可亂天下！」

田駢點頭：「蘇子既倡大道，又以天子御民，以法齊民，請問蘇子，道與法孰重？」

「道行於世，則貧賤者不怨，富貴者不驕，愚弱者不懼，智勇者不欺，諸民心悅誠服；法行於世，則貧賤者不敢怨，富貴者不敢驕，愚弱者不畏懼，智勇者不敢欺，諸民

因懼而服。在下由此認為，法不及道！」

田駢再次點頭，追問道：「春秋之時，仁義並未全廢，禮樂並未全亂，孔丘卻不可忍，遊走列國，倡道德，行仁義，結果是處處碰壁，惶惶如喪家之犬。今蘇子再倡大道，豈非步孔丘後塵嗎？」

蘇秦輕嘆一聲，緩緩應道：「孔丘碰壁，非道德、仁義之過，是用方不當也。道德仁義行於太平之世，不行於亂世。行於亂世者，唯力與勢也。在下今日倡導合縱，旨在制衡、導引天下勢力，使天下息爭歸靜，而後再以禮、樂、名、法、刑、賞諸術使天下歸治，然後再歸於仁義、道德，復建太平聖世。工有次第，事有緩急，當下急務，不是倡導道德，而是制衡天下勢力，消弭戰亂，使天下不敢起爭！」

田駢敬服，抱拳揖過，回身坐下。挨他而坐的尹文子起而揖道：「齊人尹文求教蘇子！蘇子既以道御天下，在下就與蘇子論道。依據天道，圓者之轉，非能轉而轉，不得不轉也；方者之止，非能止而止，不得不止也；世風日下，非能下而下，不得不下也；人存私欲，非能存而存，不得不存也。自春秋以降，人心不古，私欲橫溢，道德式微，皆為天道運動。蘇子合縱以求大同，而大同必祛私欲。蘇子以強力克制私欲，豈不是逆道而動嗎？」

蘇秦回過一揖，微微笑道：「在下久聞尹先生大名，今日得見，幸甚！在下以為，尹先生所論，有失偏頗。以在下所知，天行健，道生萬物而不彰功。先師老聃曰：『萬物恃之以生而不辭，功成而不有。衣養萬物而不為主，常無欲，可名於小；萬物歸焉而不為主，可名為大。以其終不自為大，故能成其大。』在下是以斷之，天道並不存私。存私者，人也。再說，上古之人可守天道，今世之人為何不能？」

尹文子嘆服，揖首而退。再後面，接子、季真子、許行等各派稷下先生及一些暫無門派的遊士依序上場，就天下合縱及治亂等各有所問，蘇秦見招拆招，見式拆式，應對如流，在場的先生與學子無不嘆服。

看到再也無人上場，淳于髡晃了晃油亮的光頭，緩緩走至臺前，拱手揖道：「齊人淳于髡向蘇子求教！」

看到淳于髡出場，眾人皆笑起來，場上氣氛輕鬆起來。同時，所有目光也都盯視過來，因為誰都知道，這是壓軸戲。

「前輩請講！」蘇秦回了一揖。

「蘇子學問高深，善講大道，老朽說不過你。老朽粗淺，就以俗人俗物出對，蘇子須以治世之道應答，可否？」

聽到此話，眾人皆是一震，意識到淳于髡要說隱語了。隱語即問此答彼，手法上有點類同於《詩》中的比和興，要求即問即答。齊相鄒忌善玩隱語，當年以琴喻政，博得相位。隱語玩的是急智，甚難應對，何況是當眾回答隱語大師淳于髡！

被逼到此處，蘇秦已無退路，只好斂神說道：「晚生願意受教！」

淳于髡緩緩說道：「子不離母！」

眾人無不深吸一口氣，紛紛將目光盯向蘇秦。蘇秦微微閉目，思忖有頃，沉聲應道：「君不離民！」

「上梁不正下梁歪！」

「天道不健人道艱！」

「狐白之裘，不敢補以羊皮！」

「德和天下，不可雜以淫邪！」

「萬獸逐一鹿，鹿不得生，獸不得食！」

「百主爭一天，天不得寧，主不得安！」

後面幾句，蘇秦幾乎是不假思索，脫口對出，且在意境、用詞、對仗等方面皆是精妙，眾人無不喝采。

淳于髡微微一笑，深深揖道：「蘇子果然是曠世奇才，老朽佩服！」轉對眾士子，「諸位先生，諸位士子，老朽問完了，你們還有何問？」

眾人面面相覷，再也無人起身。淳于髡呵呵笑道：「看來，今日之辯，雄雌已敲定了！」轉對蘇秦拱了拱手，「洛陽人蘇秦，走，隨老朽陪老蒙子喝酒去！」

場上爆出雷鳴般的掌聲。

* * *

翌日辰時，彭蒙出殯，葬於十多里外的稷山。數千學子及朝中官員，外加看熱鬧的臨淄市民，送葬隊伍熙熙攘攘，從稷宮一直拖拉到稷山，排場勝過宮室。

葬過彭蒙，田嬰與淳于髡推開一切雜務，急至宮中，正巧殿下也在。田嬰遂將論辯及葬彭蒙之事細細奏報，齊威王兩眼微閉，聚精會神地聽完，思忖有頃，轉對淳于髡笑問：「老夫子，依你慧眼觀之，蘇子之才如何？」

淳于髡晃了一下光腦袋，緩緩說道：「蘇子之才，草民不敢妄忖。不過，草民有個比照，陛下或感興趣！」

「哦，是何比照？」

「當年鄒子以琴喻政，得陛下賞識，用其為相。草民素知鄒子善琴，對其為政之才卻放心不下，特別登門，以隱語問政！」

威王大感興趣，傾身說道：「此事倒是新鮮，寡人還未聽你說起過呢！」

淳于髡笑道：「雕蟲小技，口舌之逞，不足道矣！」

「快說，夫子是如何問的？」

「草民問他：『子不離母！』」

「子不離母？」威王輕聲重複一聲，凝眉苦思，有頃，抬頭問道，「鄒愛卿對以何語？」

「民不離君！」

威王一拍大腿：「對得好！還有何問？」

「草民又問：『上梁不正下梁歪，』鄒子對以：『君上不明天下暗。』草民再問：『狐白之裘，不敢補以羊皮，』鄒子對以：『治國之臣，豈可混以不肖！』」

「好好好！」威王連聲誇道，「就這些了？」

「草民的最後一問是：『萬獸逐一鹿，鹿不得生，獸不得食！』」

「鄒子何對？」威王急問。

「百官治一隅，民不得安，官不得養！」

威王在几案上重重地擂了一拳：「好鄒子，對得好哇！」

「是的，」淳于髡點頭道，「鄒子之對，草民心悅誠服，知他不僅擅琴，亦擅政治，陛下用他，是用對人了！」

「是啊，」威王油然嘆道，「沒有鄒子，就沒有齊國今日之治啊！」略頓一下，「咦，方才夫子說有個比照，比照呢？」

「昨日論辯時，草民以同樣言詞再問蘇子，亦想試一試他的才具……」

「好夫子，絕了！」淳于髡的話音未落，威王就已不無興奮地截住他的話頭，「先說『子不離母』，蘇子何對？」

「君不離民！」

威王長吸一口氣，仰頭思忖有頃，點頭道：「嗯，好對！水可載舟，亦可覆舟，聖君不可離民！下面一句『上梁不正下梁歪』，他怎麼應對？」

「天道不健人道艱！」

「狐白之裘，不敢補以羊皮呢？」

「德和天下，不可雜以淫邪！」

「最後一句呢？萬獸逐一鹿，鹿不得生，獸不得食！」

「百主爭一天，天不得寧，主不得安！」

「百主爭一天，天不得寧，主不得安！」威王喃喃重複一聲，微微閉眼，陷入深思，有頃，抬頭望向淳于髡，「蘇子與鄒子所對迥然不同，兩相比照，夫子以為孰勝一籌？」

「草民只言比照，不敢妄斷！不過，昨日論辯，蘇子已中綵頭！」

「嗯，蘇子當中綵頭！」威王點了點頭，看一眼辟疆，轉對田嬰道，「愛卿可以知會四國特使，就說寡人已得空閒，明日請他入宮，討教縱親擯秦之事！」

田嬰拱手道：「微臣領旨！」

淳于髡、田嬰雙雙告退。望著他們的背影漸去漸遠，威王思忖有頃，轉對辟疆，問道：「疆兒，你也說說，老夫子的隱語，鄒子與蘇子所對，孰勝一籌？」

「老夫子、父王方才不是皆有明斷了嗎？」辟疆應道。

「寡人是在問你！」

「兒臣以為，蘇子之對更勝一籌！」

「蘇子為何更勝一籌？」

「鄒子只以齊國為念，當是國才，蘇子以天下為念，當是天下之才，兒臣是以認為，蘇子之見勝過鄒子！」

「你說得不錯，」威王緩緩說道，「二人之中，若是只選一人，何人堪用？」

「蘇子！」辟疆不假思索。

「不不不，」威王連連搖頭，「當是鄒子！」

「父王，此為何故？」辟疆大惑，瞪眼問道。

「若是天下為公，誰為我們田氏？若是天下無爭，何能光大祖宗基業？蘇子之論，過於高遠，可在稷宮議論，不堪實用！」

「這……」辟疆越發不解，「既然不堪實用，父王為何還要約見蘇子，加入縱親？」

「因為黃池之恥！」威王幾乎是一字一頓，聲音從牙縫裡迸出。

辟疆仍是一頭霧水，迷茫地望著威王：「父王……」

「疆兒，」威王換過臉色，微微一笑，「這件事，你慢慢悟去吧！」

* * *

三日之後，齊國大朝，齊王當廷宣詔，齊國加入列國縱親，依前面四國慣例，拜蘇秦為上卿、齊王合縱特使，賜稷宮府宅一座，黃金五百，僕役三十名，使上大夫田嬰世子田文為合縱副使，晉爵大夫。

由於事發陡然，眾多朝臣為之愕然，尤其是相國鄒忌、上將軍田忌等反對合縱的，一時回不過彎來，在朝堂上面面相覷。

在一聲「退朝」之後，齊威王在內臣的陪伴下逕出偏門而去。蘇秦隨眾臣一道走出殿門，正欲跨下石階，忽聽身後傳來一聲：「蘇子！」

【第四十章】

淳于髡智計盜孫臏
蘇特使擒楚縱六國

蘇秦回身一看，是田嬰，趕忙揖道：「在下見過上大夫！」

田嬰回過禮，笑道：「蘇子大功告成，在下恭賀了！」

「說起此事，」蘇秦亦笑一聲，再次抱拳，「還不都是上大夫玉成的？在下方才還在忖思，何時尋個機緣，向上大夫表達謝意才是！」

「哦，蘇子打算如何表達呀？」田嬰笑問。

「世上美物，上大夫一樣不缺，在下尋思許久，真還想不出個表達，正自絕望，陡然想起一個人，上大夫或感興趣！」

「一個人？」田嬰撲哧笑道，「不會是個天下絕色吧？」

「聽聞上大夫府上佳人摩肩，再來美女，豈不是添亂嗎？」

「哦，這麼說，是個男人？」

蘇秦大笑起來：「不是女人，自是男人了！」

「呵，能讓在下感興趣的男人……」田嬰思忖有頃，望蘇秦樂道，「我說蘇子，不要繞彎子了，誰？」

蘇秦看了看三三兩兩正從身邊走過去的朝臣，壓低聲音：「上大夫若有雅興，可與在下前往一處地方！」

出宮門之後，田嬰揮退自己的軺車，跳上蘇秦的，御者揚鞭，逕往稷下馳去。不一會兒，二人來到稷宮，在祭酒淳于髡的門前停下。

田嬰大怔，不解地望著蘇秦：「蘇子，你說的男人，不會是老夫子吧？」

蘇秦呵呵笑道：「是與不是，上大夫且請進去！」

稷宮不比別處，為方便士子出入，交流學藝，所有庭院不設門房。田嬰一頭霧水地跟著蘇秦直走進去，淳于髡聽到聲音，迎出來，呵呵笑道：「蘇子今日大功告成，看來

是請老朽喝謝酒哩！」
蘇秦揖道：「正是！」
「酒呢？」淳于髡打量一下蘇子，問道。
「哪兒的酒，都不及先生的酒好喝，是以晚生不敢帶酒！」
淳于髡搖頭笑道：「你拿老朽的酒答謝老朽，還要請個陪喝的，這是明擺著打劫！」
眾人皆笑起來。三人進廳，分賓主坐下。田嬰的眼珠子四下裡一掄，見到並無他人，急不可待地望向蘇秦：「人呢？」
蘇秦笑道：「不在這兒！」
「他在何處？」
「遠在大梁！」
「誰？」
「孫臏！」
田嬰呆若木雞，許久，方才回過神來，倒吸一口涼氣，小聲問道：「那人不是瘋了嗎？」
蘇秦淡淡笑道：「有時候不瘋！」
田嬰豁然明白過來，忽身站起，在廳中來回踱步，有頃，頓步說道：「蘇子，說吧，如何讓他來齊？」
「偷！」
「偷？」田嬰又是一怔，「何人去偷？」
蘇秦將頭緩緩扭過去，一點一點地轉向淳于髡。田嬰的目光也跟著轉過去，盯在淳于髡的光頭上。淳于髡初時不明所以，此時似也聽出味來，又驚又乍：「什麼？要老朽去做小偷？偷人？」將油光油光的腦袋搖得如同貨郎鼓似的，「不幹！不幹！老朽死也不幹！」

蘇秦長嘆一聲：「唉！」

淳于髡將頭轉過來：「咦，你嘆什麼氣？」

蘇秦又嘆一聲：「晚生是在為前輩惋惜！」

「老朽不做小偷，你惋何惜？」

蘇秦緩緩說道：「人生在世，莫過於驚世駭俗，尋求刺激！在光天化日之下，在森嚴壁壘的大梁城中，在魏王陛下的眼皮底下，巧設機謀，偷出一個兩腿皆不能動的瘋子，且這瘋子是春秋兵聖孫武子的嫡傳後人，是當今列國無人可及的一代兵家，請問前輩，方今世上，還有什麼能比此偷更富刺激呢？還有……」微微一笑，「此段佳話，史家會怎麼寫？」

「這……」淳于髡凝緊眉頭。

「前輩若是不樂意，晚生只好另求他人了！」蘇秦說完，作勢欲走。

「哎哎哎，」淳于髡急忙攔住，「不瞞兩位，老朽也曾偷人，是夜裡偷，偷女人，不過，老朽不說偷人，只說偷香。蘇子提議在大白天裡偷男人，於老朽倒是新鮮，想必刺激，容老朽細想想！」抓耳撓腮，裝模作樣地苦想起來。

看著他的滑稽樣子，蘇秦、田嬰皆笑起來。

* * *

半月之後，齊威王詔命淳于髡為使臣，載食鹽五十車使魏，慶賀齊、魏縱親。飛刀鄒夾在使團中，隨侍淳于髡左右。蘇秦亦在稷宮住下，或從雍門周習《韶》，或與稷下諸先生、學子及齊國朝臣商討在天下縱親的框架內，如何行施聯邦共治、天道貫通之道。

時下春節早過，天氣回溫，春暖花開，大梁人開始到戶外放風箏。魏惠王看到，童心大起，使毗人做出一個巨大的鷹狀風箏，在御花園裡親手放飛。望著風箏漸起漸高，惠王的心境亦如這風箏一般，隨暖風飄升。

「陛下，」毗人以手罩眼，遙望著高高在上的風箏，「都成小黑點了。即使真的蒼鷹，怕也飛不了這麼高！」

「呵呵呵！」魏惠王又鬆了兩圈手中的絲線，樂道，「看這勁頭，它還要升呢！」

「陛下，」毗人笑道，「幾年大治，大魏的國勢就如此鷹，直上九霄了！」

「嗯，」惠王點頭道，「說得好！它飛得越高，向下俯衝的力量就越大！聽說嬴駟養了只黑雕，寡人倒想看看，是他的黑雕厲害，還是寡人的蒼鷹厲害！」

「哦，陛下又要伐秦了？」毗人輕聲問道。

「這還用說，」惠王朗聲說道，「河西在寡人手裡失去，自也要在寡人手裡奪回來。若是不然，百年之後，寡人何以面見列祖列宗？」

「陛下之願就要實現了，」毗人不無高興地接道，「眼下齊國亦入縱親，若是楚國亦入，山東列國真被蘇子合成一體，秦國縱有銅牆鐵壁，怕也頂不上半年！」

惠王應道：「縱使列國沒有縱親，寡人也要伐秦。寡人勵精圖治數年，今已庫糧充棟，武卒復興，賢臣盈朝，更有龐將軍威服列國，虎賁之師無人可敵，寡人怕誰來著？」略略一頓，「不過，話說回來，蘇子合縱，六國縱親，是好上加好，可謂天助我也！」

正在此時，值事內臣引朱威急步走來，在惠王面前叩道：「啟奏陛下，燕使來朝，送陛下千里馬一匹，陪送良馬五十匹；趙使來朝，送陛下謳伎一人，舞伎十人，樂伎十人；齊使來朝，贈精鹽五十車，以賀縱親！」

「呵，」惠王喜道，「列國縱親，好事連連哪！」頓一下，「田因齊使何人來了？」

「淳于髡！」

「哦，是老夫子！」惠王呵呵笑道，「他不是在邯鄲嗎，何時去臨淄了？」

「稷宮祭酒彭蒙謝世，淳于髡趕去追悼，齊王差他來了！」

「好好好，」惠王又笑兩下，轉對毗人，「得道多助啊！列國使臣紛紛來朝，寡人也不能慢待，你排個日程，寡人分別召見！」

「臣領旨！」

惠王甚是喜歡淳于髡，叮囑毗人將他排在後面，以便留出時辰暢聊。翌日後晌，毗人首先安排燕使覲見，然後是淳于髡。燕使好馬，自比伯樂。惠王聞言大喜，順口向他討教識馬之道，相談甚篤，惠王竟然忘了時間。毗人趕至，報稱齊使淳于髡已至，在殿外候見。燕使起身告退，不一會兒，毗人引領淳于髡覲見。

淳于髡叩見已畢，惠王請他坐下，心中卻在回想方才的識馬之道，表情恍惚。淳于髡凝視惠王，有頃，起身叩道：「陛下，草民告退！」

「哦，」惠王一怔，點頭道，「好好好，那就明日後晌吧！」

第二日後晌，淳于髡依約再至，叩見之時，見惠王仍在恍惚，迅即叩道：「陛下，草民告退！」不及惠王說話，再次起身退去。

惠王打個驚愣，不無尷尬地掃一眼毗人。毗人急追上去，不無抱歉地對淳于髡道：「先生，明日後晌復來如何？」

第三日後晌，淳于髡如約叩見。惠王起身，親手扶他坐下。淳于髡落席，再次凝視惠王，見其精神氣色已與前兩日判若兩人，拱手揖道：「陛下，草民又來打擾了！」

惠王擺了擺手，呵呵笑道：「先生，不說這個了，寡人存有一事，甚想問你！」

「陛下請講！」

「先生兩番覲見寡人，皆是未發一言，起身即走，是寡人不足與語呢，還是另有緣故？」

「非陛下不足與語，實乃陛下心猿意馬，無意會見草民！」

「哦？」惠王大奇，「你且說說，寡人怎麼心猿意馬了？」

「回稟陛下，」淳于髡拱手說道，「髡前日求見陛下，陛下意在馳騁；髡昨日求見陛下，陛下意在音聲，草民是以告退！」

惠王驚駭，油然讚道：「嘖嘖嘖，先生真是神了！不瞞先生，前日先生來，碰巧燕使獻千里馬，寡人好馬，雖見先生，心實繫之！昨日先生來，碰巧趙使獻謳伎，寡人聞其聲美，未及試聽，雖見先生，心實繫之！」轉對毗人呵呵笑出幾聲，「看見沒，淳于子就像鑽進寡人心裡的蟲子一樣，連寡人想啥，他都知道！」

毗人亦笑起來，轉對淳于髡，隨口問道：「先生既是陛下心裡的蟲蟲，可否說出，陛下這陣兒所想何事？」

淳于髡微微一笑，點頭道：「待草民試試！」果真面對惠王，緊閉雙目，煞有介事地提精運氣，似乎真要將他的元神鑽進惠王心裡。

惠王心裡陡然一震，如臨大敵，全神貫注地緊緊盯住淳于髡。約過三息（一呼一吸為一息），淳于髡長出一口氣，睜開眼睛。惠王既緊張，又好奇，兩眼眨也不眨地緊緊盯視著他，試探著問道：「先生，寡人在想什麼？」

淳于髡晃了晃光腦袋：「陛下在想，這個老禿頭，難道他還真能變成一條蟲蟲，鑽進寡人的心窩子裡？」

「神了！神了！」惠王似是不可置信，連聲驚呼，「寡人方才真就是這麼想的！」

淳于髡大笑起來。毗人已經看出淳于髡是在故弄玄虛，佯作嘆服，盛讚幾句。惠王興致大起，與淳于髡海闊天空，從天下大事到養生之道，從治民方略到御女之術，暢談兩個時辰。淳于髡見天色昏黑，起身叩道：「陛下，時辰不早了，草民告退！」

魏惠王似也累了，拱手道：「與先生說話，真是快意。近些年來，田因齊處處事事與寡人作對，順寡人心思的，推來算去，唯此一事，就是選先生來使！」

淳于髡叩道：「謝陛下抬愛！」

「來而不往，非禮也！」惠王轉對毗人，「田因齊贈送寡人鹽巴五十車，寡人回贈他乾菇四十車，春茶十車，免得他空車回去，取笑寡人！至於先生，賞安車一輛，寶珠十枚！金子就免了，反正先生也不稀奇！」

「陛下說笑了！」淳于髡急忙拱手，「莫說是金子，陛下即使賞賜一根青草，草民亦會視為珍寶！」

「好！」惠王呵呵一樂，「先生既有此說，就加賜青草一根！」

在魏國方言裡，青草的「青」字與「金」字發音接近，魏惠王本是戲言，豈料話音剛落，淳于髡即叩首於地，咬字清楚：「草民謝陛下金草！」

青草於眨眼間竟然變成金草，惠王眼睛眨巴幾下，呵呵笑道：「先生真急智也！」轉頭吩咐毗人，「傳旨金匠，化五十金鑄一株金草，賞賜先生！」

「臣領旨！」

* * *

在魏王的回賜禮品中，乾菇是現成的，庫裡就有，只是春茶十車，卻有難度，因時下清明剛過，新茶初摘，十車之數，實難一下徵齊。朱威看過詔書，只好打車前往館

驛，懇請淳于髡暫候數日。因要籌劃偷竊孫臏，淳于髡求之不得，當即允諾。

朱威剛走，淳于髡即召來飛刀鄒：「見到那個瘋子了嗎？」

飛刀鄒點頭道：「見過了。孫子聞訊，甚是高興，問小人何時可走，小人回覆說，具體哪一日，要由先生決定！」

「你見孫子時，有人看到沒？」

「沒有！」

淳于髡思忖有頃：「沒有老朽吩咐，不可再見孫子，也不可使人打擾他。你就待在驛館裡，不到關鍵時刻，不可露面！」

飛刀鄒答應一聲，轉身離去。

淳于髡在廳中悶頭又坐一會兒，召來御者，乘車直驅相國府。淳于髡比惠施年長十歲，無論在學識上，還是在知名度上，惠施均是不及。聞知淳于髡駕臨，惠施急忙出迎，長揖至地：「淳于子光臨，惠施受寵若驚！」

淳于髡回過一禮，呵呵笑道：「傳聞惠子治名、實之學，頗有所得，老朽慕名已久。三年前，老朽為趙侯說情，來梁覲見陛下，本欲登門求教，聽聞惠子忙於國事，沒有閒暇與老朽磨牙，只好作罷！此番復來，老朽左右尋思，再不上門請教，就老朽這把年紀，不定就會抱憾終生了！」

惠施笑道：「惠施這點學識，豈敢在淳于子跟前賣弄？」伸手禮讓，「淳于子，請！」

淳于髡跟隨惠施走進府中，遠遠望見客廳裡端坐一人。見他們近前，那人起身迎出。淳于髡正自打量，那人先一步躬身揖道：「魏申見過淳于子！」

淳于髡忙回一揖：「草民淳于髡見過殿下！」

「殿下也是剛到！」惠施笑了笑，介紹道，「席子還沒暖熱呢！今兒真是湊巧，一個是當朝殿下，一個是學界泰斗，在下這處陋室，算是生輝了！」

「這個自然！」淳于髡拍了拍自己油亮的光頭，呵呵笑道，「只要老朽這顆光頭一到，你想不生輝，怕也難哩！」

三人皆笑起來。惠施讓座，太子申推托不過，只好居中坐了，淳于髡、惠施分坐於兩側。閒聊一時，淳于髡再次打量魏申，見其眉頭不展，氣色不暢，傾身笑道：「觀殿下氣色，似有心事。草民在此，別有不便吧！」言訖，作勢欲起。

太子申伸手攔住，苦笑一聲，抱拳道：「聽聞淳于子善於揣摩，能夠忖知他人之心，魏申原本不信，今日倒是領教了！」

惠施亦笑一聲，轉對太子申道：「無論何事，料也瞞不過淳于子。殿下不妨說出來，淳于子足智多謀，不定會有妙策呢！」

「唉，」太子申長嘆一聲，「魏申此來，只為梅妹一事！」

「梅公主，她怎麼了？」惠施淡淡問道。

「自孫將軍瘋後，」太子申緩緩說道，「梅妹像是換了個人，每日躲在深宮，除去貼身宮女，誰也不見，誰也不睬。眼見梅妹年齡日高，父王著急起來，甚想為她尋個主家。去年韓室前來為公子章聘親，願娶梅妹，父王當即准允婚事。梅妹聞訊，當夜懸梁自盡，幸被她的宮女及時救下。父王甚是愛她，見她如此執拗，只好作罷！前日後晌，梅妹突然出來見我，跪求一事，讓魏申左右是難！」

「梅公主所求何事？」惠施又問。

「梅妹說，她不想住在宮裡，只想搬進魏申府中，還要魏申把孫將軍也接進府中，由她照料一生！」

惠施似吃一驚，長吸一口氣，緩緩地閉上眼去。

「先生，」魏申的目光緊盯惠施，急道，「你說，魏申該怎麼辦？若是不准，梅妹苦求，不定還會出事；若是准允，此事必傳出去，天下怎麼議論？再說，父王那裡，又如何交代？」

惠施雙目閉闔，一動不動，顯然是在思忖此事。

太子申見狀，長嘆一聲，垂下頭去。淳于髡聽出了大要，探身問道：「請問殿下，孫將軍可是孫臏？」

「正是！」

「唉。」淳于髡晃了晃光頭，亦嘆一聲。淳于髡嘆氣時，中氣十足，聲音拖得極長，且抑揚頓挫，富有樂感，顯然是故意嘆出。

惠施陡然睜開眼睛，抬頭問道：「淳于子為何而嘆？」

「唉，」淳于髡又嘆一聲，「說起來，這個孫臏還是當年老朽所薦。老朽看他有些才具，在魏或可有所馳騁，誰想這才幾年光景，好端端一個才子，竟然成了個瘋子！惠子你說，世道如此，老朽能不感嘆？」言訖，將光頭又搖幾搖。

惠施苦笑一聲，亦搖了搖頭。

淳于髡將頭扭向太子申：「方才，聽殿下的語氣，孫將軍似是又跟梅公主扯在一起了，這又是怎麼回事？」

太子申見也瞞不過去，只好將孫臏與梅公主的婚約扼要講述一遍。講到動情處，太子申的眼圈已是紅了。淳于髡聽畢，思忖有頃，頓時有了主意，呵呵笑道：「殿下，這事訴於老朽，算是訴對人了！」

「哦，淳于子有何良策？」太子申急問。

「請問殿下，是想讓梅公主得到終身幸福呢，還是讓她陪伴一個瘋子？」

「當然是要梅妹得到幸福！」

「嗯！」淳于髡晃了晃光頭，緩緩說道，「若是此說，老朽倒是有個妙招！」

「先生快講！」

「老朽最愛拉郎配，混碗喜酒喝。梅公主若是待字閨中，老朽願意保媒，為她覓個如意郎君，保管她一生幸福！」

聽聞此言，太子申一下子洩了氣，長嘆一聲：「唉，原還以為先生有何妙策，不想卻是這個！先生有所不知，梅妹心中，只有孫將軍一人，縱使蕭郎再世，她也不會動心！」

「這倒未必！」淳于髡呵呵笑道，「殿下若是放心，此事交由老朽去辦。老朽擔保你的梅妹心甘情願地聽從老朽，嫁予如意郎君！」

「嫁予何人？」太子申急問。

「這個……」淳于髡囁嚅一下，臨時編道，「子虛！」

「子虛又是何人？」

「是齊國公子！」

「齊國公子？子虛？」太子申不無納悶，自語道，「魏申好像不曾聽說此人！」

淳于髡呵呵笑出幾聲：「這個世界無奇不有，殿下不曾聽說也是常情！再說，殿下眼下所慮，只是公主的婚事、公主的幸福、公主的如意郎君，至於什麼虛不虛的，只要公主樂意，殿下何必較真！」

太子申一怔，點頭道：「嗯，先生所言甚是。無論何人，只要梅妹願意，魏申絕無話說！」

「這就成了！」淳于髡呵呵笑道，「老朽明日即去向陛下提親，只是……」看一眼惠施，「這席喜酒，老朽也不能獨飲，惠子，大媒得算你一份！老朽做男家的，你做女家的，何如？」

惠施忖不出淳于子是何主意，甚想觀看下文，拱手笑道：「惠施願意效力！」

*　　*　　*

第二日，淳于髡花費重金置辦采禮，後晌申時，驅車叫上惠施，進宮求見惠王。一見淳于髡，惠王就呵呵笑道：「老夫子，寡人正在想著你呢！」

「陛下想草民是客套話，草民想陛下卻是真的！」淳于髡叩道。

「老夫子快起！」惠王招呼二人坐下，「這次你可沒有忖對，寡人真是在想你！」轉對毗人，「不信你可問他！」

毗人接道：「老夫子，這是真的，方才陛下一直在念叨你！」

「敢問陛下，為何念叨草民？」淳于髡笑問惠王。

「不瞞夫子，」惠王斂起笑容，一本正經地說，「寡人身邊，真還缺少一個像夫子這樣的人。自夫子走後，寡人越想越覺得離不開夫子，實意求拜夫子為國師，常住宮裡，時刻陪伴寡人，司寡人之過。寡人正與毗人念叨此事，打算召請夫子，夫子可就來了！」

淳于髡哈哈大笑起來。惠王一怔，急問：「夫子不願意？」

淳于髡指了指自己的光頭，呵呵樂道：「宮中佳麗如雲，早晚見到草民這顆光頭，還不花容失色，東躲西藏？」

惠王亦借題打趣道：「若是此說，倒不打緊！寡人送你美女五十名，只要老夫子精氣足，莫讓她們失望就行！」

「果真這樣，」淳于髡順口接道，「草民更不敢了！宮中佳麗，皆是玉體，草民身賤，豈不是糟踐了？」

惠王知他不肯，思忖有頃，輕嘆一聲，轉過話題：「說吧，老夫子此來，有何指教？」

淳于髡拱手道：「豈敢指教？草民只是討賞來了！」

魏惠王轉向毗人：「老夫子的那棵金草，可鑄好了？」

毗人點了點頭，從旁邊拿過一只盒子，打開來，裡面果是一株金光燦燦、栩栩如生的春草。惠王欣賞一會兒，使毗人遞給淳于髡：「你的賞物，可以拿走了！」

淳于髡接過金草，拱手謝道：「草民謝陛下厚賞！不過，草民此來，不是討此賞的！」

「哦？」惠王略吃一驚，「夫子還討何賞？」

「喜酒！」

「喜酒？」惠王大奇，「何人的喜酒？」

「梅公主的喜酒！」淳于髡侃侃說道，「臨行之際，齊王特別吩咐草民，要草民打探陛下跟前可有公主待字閨中，若有，齊王有意向陛下攀親！草民昨日向惠相國打探此事，得知梅公主尚未訂婚。草民竊喜，特拉惠相國保媒，代齊王向陛下求婚！」言訖，從袖中摸出一張禮單，雙手呈上，「這是禮單，采禮已經置於偏殿，請陛下驗看！」

毗人接過，遞予惠王。惠王掃過一眼，置於几上，抬頭緩緩問道：「田因齊求婚？他為何人求婚？」

「公子虛！」淳于髡又從袖中摸出一帛，雙手呈上，「這是公子的生辰！」

「公子虛？」惠王接過八字，細看一時，輕輕放下，點頭道，「年齡倒是不錯，不

知此人品性如何？」

「若問品性，倒是沒個說的，」淳于髡呵呵笑道，「草民只用八個字：才氣橫溢，器宇軒昂。不過……」話鋒一轉，「公子也有不足之處，草民不敢隱瞞！」

「哦，有何不足？」

「據髡所知，公子性格內向，不諳名利，與世無爭，喜歡獨處，尤其是喜歡養花育草，且在百花之中，尤愛梅、菊，幾年前甚至賭氣欲往東海仙山，在那裡養梅育草，修道煉仙！不知多少人家提親，公子皆未看上。這些秉性，與時下年輕人所求格格不入，齊王甚是頭疼，卻也拿他毫無辦法。這些弱項，草民特別稟明陛下，萬不可屈了公主！」

魏惠王大喜過望，急道：「哦，若是此說，倒是匹配梅兒！田因齊若是真有誠意，這門親事，寡人可以准允！」忽又想起什麼，眉頭皺成一團，「只是梅兒與那公子一般性情，甚是執拗，不願嫁人。她若不從，就會死裡活裡鬧騰，即使寡人，也不能硬逼！」

「陛下放心，」淳于髡接道，「草民得授通心之術，梅公主所想，草民皆可忖知。只要得見公主，草民或可因情勸導，使她樂意歸門！」

惠王連聲說道：「好好好，先生果能玉成此事，寡人另有重賞！」轉對毗人，「傳梅兒！」

毗人欲走，淳于髡急道：「不不不，草民不可在宮裡見她。聽說公主與殿下甚親，草民可去殿下府中見她一面！」

惠王思忖有頃，點頭道：「好，一切皆聽夫子！」

＊　＊　＊

太子申府中，後花園的梅園，百餘株梅樹上掛滿了如葡萄般大小的青梅。一身素衣的瑞梅公主盤腿坐在梅亭裡，兩眼痴痴地望著樹上的梅子，想著心事。園中別無他人，只有幾隻小鳥在梅枝間上躥下跳，喳喳歡叫。

園門打開，淳于髡晃著油亮的光頭走過來。瑞梅過於專注，竟然沒有聽到越來越近的腳步聲。淳于髡走到亭下，頓步腳步，故意咳嗽一聲。瑞梅扭過頭來，陡然見到一個光頭，花容失色，驚問：「你是何人？」

淳于髡深揖一禮：「老朽淳于髡見過公主！」

瑞梅早就聽說過淳于髡的大名，鬆出一口長氣，微微欠了欠身子，拱手復禮：「小女子見過先生！」

淳于髡將她細細打量一番，點頭讚道：「公主好標緻啊！」

瑞梅平素不願見人，更不喜在此被人打擾，又聽淳于髡說出此語，頓時臉色一沉，冷冷說道：「先生至此，可有要事？」

淳于髡呵呵笑道：「沒有，沒有，賞梅而已！」不睬瑞梅感覺，顧自走上亭子，在瑞梅對面盤腿坐下，「老朽坐在這裡，公主不介意吧！」

瑞梅忽地起身，不無慍怒地說：「先生要賞，自賞就是！」拂袖走下亭子，沿小徑而去。

淳于髡緩緩說道：「梅公主留步！」

聽到淳于髡直呼她的名諱，瑞梅一怔，不由自主地頓住步子，扭回頭來，語氣依舊冷冰：「先生何事？」

「方才老朽路過街頭，碰巧遇到一個瘋漢，公主想不想聽聽他的趣事？」

瑞梅心頭一顫，知他是為孫臏而來，且能來此園中，必是經過胞兄太子申同意了的。看這樣子，許是她的要求有個眉目了，既驚且喜，復上涼亭，語氣微微緩和，輕聲問道：「請問先生，那瘋漢有何趣事？」

「公主不能站著聽，」淳于髡微微一笑，指著對面的席位，「請坐！」

瑞梅凝視他一會兒，復坐下來，兩眼眨也不眨地直望著他。

「公主，」淳于髡陡然斂起微笑，語氣嚴肅，開門見山道，「妳與孫將軍的事，殿下都對老朽說了！聽殿下說，公主欲將孫將軍接至府中，照料他一生，可有此事？」

瑞梅臉色緋紅，勾下頭去，輕咬下唇，默不作聲。

「老朽正為此事而來，有話欲問公主！」

瑞梅思忖有頃，喃喃說道：「先生請問！」

「公主只是喜歡孫將軍呢，還是愛他？」

瑞梅將頭垂得更低，許久，方才喃出一字：「愛！」

「是愛他的人，還是愛他的身？」

「人！」

「若是愛他的人，公主願意為他犧牲一切嗎？」

瑞梅不再羞怯，落落大方地抬起頭來，鄭重地點了點頭。淳于髡看到，瑞梅的眼中盈出晶瑩的淚珠。

「看公主的淚珠，當是真心的，老朽願意幫忙！」淳于髡點了點頭，緩緩說道。

「謝先生成全！」瑞梅拱手謝過，以袖拭淚。

「老朽幫忙，可有兩種幫法，一是如公主所願，說服陛下，將孫將軍或接入宮中，或接至此處，由公主悉心照料，守候一生。二是治癒孫將軍瘋病，除去兩個膝蓋骨老朽愛莫能助之外，老朽擔保能使孫將軍如常人一樣。這兩種幫法，公主可以任選一種！」

「真的！」瑞梅喜極而泣，大睜兩眼，不可置信地望著他的光頭，「孫將軍的病，先生真能治癒？」

「能不能治癒，還要取決於公主！」

「我？」瑞梅大怔，「小女子能有何用？」

「有有有，」淳于髡接道，「只要公主允准一事，孫將軍的瘋症即可痊癒！」

「說吧，只要能夠治癒孫將軍，要小女子做什麼都成！」

「嫁人！嫁給齊國公子！」

瑞梅兩眼發直，驚得呆了！好一會兒，她才回過神來，從牙縫裡擠道：「原來，先生是變了法子提親來的！」

「是的。」淳于髡晃了晃腦袋，「老朽此來，正是為齊國的公子虛提親！」

瑞梅冷冷說道：「小女子此生，除去孫將軍，誰也不嫁！」言訖，再次起身。

淳于髡呵呵笑道：「看來，公主愛的並不是孫將軍這個人，而是他的身子了！」

瑞梅一怔，思忖有頃，復坐下來，緩緩說道：「先生如何保證治癒孫將軍？」

「是這樣，」淳于髡侃侃說道，「老朽遊走列國，愛好獵奇，化內方外無所不知。齊國東海有仙山，山上有仙草，可治此症。仙山飄浮於大海之上，霧氣籠罩，游移不定，非常人所能至。能至此山之人，據老朽所知，唯有齊國的子虛公子。老朽受殿下之託，求子虛討要仙草，子虛只提一個條件，就是娶公主為妻！」

「那……」瑞梅顯然相信了這個故事，瞪眼問道，「公子虛為何一定要娶小女子？」

「待出嫁之後，公主可以直接責問公子！」淳于髡兩手一攤，顯出一副愛莫能助的樣子，以手撐地，站起身子，「公主好好想想，是終生守住一堆瘋肉呢，還是得到仙草，澈底治癒孫將軍之病？公主何時想明白了，可以告訴老朽，老朽既已允諾，一定兌現諾言！」

淳于髡轉過身去，晃著光頭，搖搖晃晃地沿來路走去。走有幾步，身後飄來瑞梅的聲音：「先生，您可告訴那位齊國公子，就說小女子願意出嫁！」

淳于髡頓步住子。

「不過，」瑞梅冷冷說道，「小女子也有一個條件，子虛公子必須首先拿回仙草，治癒孫將軍之病！」

「呵呵，」淳于髡撲哧笑道，「你們真還是一對！不過，你們二人，一個要先出嫁，一個要先治病，實讓老朽為難！這樣吧，老朽折中一下，公主可先嫁往齊國，舉行個儀式，待孫將軍之病徹底痊癒，由公主親自驗明，再入洞房，公主意下如何？」

瑞梅沉思良久，含淚答道：「就依先生！」

* * *

得到瑞梅願意出嫁，魏惠王大喜過望，親至太廟，為她的婚事問卦，抽到一籤，是六五坤卦，上上籤，爻詞是「黃裳元吉」，意思是，這樁婚事可以保持柔順本色，大吉大利。惠王樂不可支，當即定下吉日，吩咐毗人準備嫁女。

自孫臏瘋後，武安君夫人瑞蓮公主不忍目睹梅姐傷心欲絕的樣子，很少回宮。聽說這樁婚事是梅姐自己願意的，瑞蓮不勝欣喜，急回宮裡看她，不想梅姐仍在太子申的宮中。瑞蓮正欲前往東宮望她，陡然想起臨走之時，龐蔥交代她早點回來，因為武安君今日可能回來。瑞蓮看看天色，急叫御者撥馬回府。

果然，瑞蓮剛到府門，就聽門人說龐涓回來了。自入縱之後，魏惠王全力以赴，號召眾臣光復河西，龐涓也陡然明白了合縱的好處，興奮異常，將全部身心投入到練兵備戰之上，幾乎每日都住逢澤大營，很少回府。

瑞蓮下車，急步走回，遠遠看到龐涓端坐廳中，正在聽從龐蔥稟報府中諸事。瞥見瑞蓮，龐蔥識趣地站起，笑對龐涓道：「大哥，前院裡還有點小事，蔥弟待會兒再來稟報！」

龐涓點了點頭，龐蔥退出，在門口遇到瑞蓮，哈腰見過禮，匆匆走開。瑞蓮急趨過來，在龐涓前面跪下，深情叫道：「夫君——」

龐涓輕輕一拉，瑞蓮順勢倒入他的懷中。二人正在擁抱，門外忽然傳來腳步聲，瑞蓮掙脫開來，在對面坐下。看到並無別人，是侍候茶水的婢女，二人皆笑起來。

瑞蓮喜形於色，急不可待地說：「夫君，奴家有個天大的喜訊！」

「哦！」龐涓微微一笑，「是何喜訊？」

「梅姐要出嫁了！」

「梅姐出嫁？」龐涓陡吃一驚，「嫁予何人？」

「齊國的一個公子，聽宮人說，他跟梅姐一個秉性，二人甚是般配！」

「叫何名字？」

「說是叫公子虛！」

「公子虛？」龐涓眉頭微皺，「在下未曾聽說齊國有個公子虛！宮人還說什麼？」

「宮人還說，父王甚是高興，前兩日到太廟求籤，是上上籤，當即定下吉日，就是後日。宮中這幾日都在忙活此事，為梅姐準備嫁妝！」

「那……梅姐願意？」

「當然了！梅姐若是不願，誰敢逼她？」

龐涓思忖有頃，微微笑道：「嗯，的確是好事。梅姐遠嫁齊國，我們當送份大禮才是！」

「夫君所言甚是！」瑞蓮高興地說，「奴家一直在琢磨此事，可思來想去，竟是想不出送什麼才好！」

「梅姐不同凡俗，送她何物，容在下好好想想！」龐涓果真閉上眼睛，進入冥思，似是在想送何禮物。

不過，瑞蓮公主有所不知的是，此時的龐涓，壓根就沒去冥想禮物，而是在揣摩整個事件。依他的本能判斷，瑞梅不可能說變就變，她肯願意，裡面必有文章！冥思有頃，龐涓陡然打了個寒噤，脫口而出：「淳于髡！」

龐涓這一聲既突然，又怪異，瑞蓮吃此一驚，花容失色，打了個哆嗦，顫聲問道：「夫君，淳于髡怎麼了？」

龐涓這也意識到失態，笑道：「沒什麼！夫人可否知道，這樁好事，媒人可是淳于髡？」

「正是此人！」瑞蓮應道，「聽宮人說，他是男方大媒，梅姐的大媒是惠相國！」

龐涓正欲再問，龐蔥急急走進，在門外站定，小聲稟道：「大哥，淳于髡求見！」

龐涓一怔，望一眼瑞梅，撓撓頭皮道：「呵，說有鬼，鬼就來了！」對瑞蓮笑了笑，「夫人，大媒邀功來了，在下要好好謝他，妳且迴避一下！」

龐涓起身，跟龐蔥快步走出門。不消一刻，龐涓已笑容滿面地攙著淳于髡之手，二人有說有笑地走回廳中，分賓主坐下。龐蔥倒過茶水，轉身退出。

龐涓指了指茶水，笑道：「清茶一杯，請老前輩品嘗！」

淳于髡端過茶杯，品了一口，點頭讚道：「嗯，好茶！」

龐涓亦品一口，笑問：「聽聞老前輩見多識廣，可知此茶出自何處？」

淳于髡端起茶杯，細細察看茶葉的顏色，而後輕啜一口，在口中含了一小會兒，方才噍下，抬頭笑道：「回武安君的話，老朽若是沒有猜錯的話，此茶採自雲夢山，是清明茶！」

龐涓大吃一驚，急抱拳道：「老前輩真是神了！」

「呵呵呵，」淳于髡晃了晃光頭，亦抱拳道，「喝多而已！」

二人談了一會兒茶道，龐涓決定先入為主，抱拳笑道：「老前輩乃百忙之身，今日光臨寒舍，定有教誨晚生之處！」

「教誨不敢！」淳于髡呵呵笑道，「聽聞武安君精通兵法，老朽心嚮往之，早想請教。也是不巧，前幾年來，趕上武安君大喜，老朽雖然登門，卻難以啟齒。此番復來，武安君竟又不在府中。聽聞大人今日回府，老朽特別使人盯在府外。呵呵呵呵，此招甚妙，老朽果然一舉而逮大人了！」

「這倒奇了！」龐涓呵呵笑道，「據晚生所知，老前輩以隱語見長，靠利舌遊走列國，怎麼突然又對兵法感興趣了？」

淳于髡再次晃了晃光頭，呵呵笑道：「常言說，話不投機半句多。老朽求見大將軍，不說兵法戰陣，何能起勁？」

「好好好！」龐涓哈哈大笑，「與老前輩說話，真是開心！自古迄今，兵家林林總總，不可勝數，敢問老前輩，您都想問哪家兵法？」

淳子髡思忖有頃，緩緩說道：「尋常兵法，不足為奇。天下盛傳大將軍在宿胥口夢見吳子，得授吳起用兵絕學，可有此事？」

龐涓一怔，稍顯尷尬地笑了笑，抱拳說道：「確有此事。不過，晚生所學，不過是吳子的一層皮毛，不足掛齒！」

「大將軍不必過謙！」淳于髡斂住笑，正了正衣襟，抱拳說道，「說起吳子，老朽

與他還有一面之交！」

一聽此話，龐涓頓時來了精神，抱拳急問：「此事可真？」

淳于髡白他一眼：「老朽何曾打過誑語？」眼睛瞇起，似入回想，「那年老朽十歲，跟娘討飯，討至魏地，碰巧遇到大將軍吳起凱旋歸來，呵，那個威勢，將老朽嚇得當場尿了襠子！」

淳于髡講得一本正經，講出的卻是這個典故，龐涓忍俊不住，捧腹大笑，連聲說道：「好好好！世人皆言老前輩滑稽，晚生今日信了！」

「這是真的！」淳于髡指天發誓，「大將軍不信，可去齊地問老朽胞妹。她當時在場，迄今仍拿此事耍笑老朽。這個世上，老朽若怕一人，就是她了！」

見淳于髡如此認真，龐涓笑得越發開心，手指淳于髡，上氣不接下氣道：「老前輩，真有您的，連謊也編得這麼圓，實讓晚生……」

「不不不，」淳于髡截住他的話頭，「編謊的不是老朽，是大將軍！」

龐涓的笑容一下子僵住，愣怔半晌，方才結巴道：「老……老前輩，此……此言何意？」

淳于髡一字一頓：「若是老朽沒有料錯，此事必是大將軍故意編的。依老朽所斷，大將軍若修吳子之學，必在鬼谷！」

「這……老前輩由何判知？」

「精靈託夢，斷不會在大將軍懷中塞上一部兵書！」

龐涓沉思有頃，不無嘆服地拱手說道：「老前輩果是慧眼，晚生不敢隱瞞。吳子一書確是在鬼谷時，由先生親授。至於託夢一說，也的確是晚生用來蒙騙三軍的。當時，三軍僅有三萬疲弱之卒，連戰皆敗，士氣委靡，晚生不得已，方才編出這個故事，讓前輩見笑了！」

「見笑？」淳于髡微微抱拳，由衷讚道，「大將軍只此一舉，即勝吳起多矣！縱觀黃池之戰，朝歌之戰，更有後來的陘山之戰，大將軍智勇皆占，即使吳起在世，也不過如此！」

龐涓連連抱拳：「前輩如此抬愛，晚生愧不敢當！」

「說起吳子兵法，」淳于髡話鋒一轉，「老朽想起一事，甚是追悔！」

「哦，前輩有何追悔？」

「當年聽聞鬼谷子將吳子用兵之術傳授將軍，而將孫子用兵之術傳授孫臏，老朽甚覺好玩。後蒙魏王召見，老朽也是嘴快，順口聊及此事。誰想說者無意，聽者有心，魏王厚禮聘請孫臏。結果，孫臏至魏，不過一年，竟被處以臏刑，應了他的名諱！老朽得知此情，覺得對不住孫臏，也對不住鬼谷子。聽說龐將軍也為此事蒙受不少委屈，甚至還捨身相救，令人感動！唉，都怪老朽這張臭嘴，一句閒言，竟然惹出禍端！」

龐涓忖道：「老禿頭繞來繞去，這才繞到點子上。」眼珠一轉，當下以襟抹淚，小聲泣道：「孫兄之事，是晚生之傷，前輩還是不要提了！」

「唉，」淳于髡輕嘆一聲，點頭道，「好吧，既然此事是將軍之痛，不提也罷。不過，老朽生性好奇，話及此事，由不得想起一個假定，順便問問將軍！」

「晚生願聞！」

「孫子也好，吳子也罷，都是一等一的用兵好手。龐將軍習得吳子之術，孫將軍習得孫子之術，老朽在想，如果孫將軍沒有受刑，也沒有發病，龐將軍與孫將軍各領一軍，在沙場上兵戎相見，最終獲勝的會是誰呢？」

龐涓沉吟一時，鄭重說道：「歷史，是沒有如果的！」

「歷史當然沒有如果，」淳于髡笑了笑，「可老朽說的不是歷史，只是如果！」

「那……依前輩之見，會是誰呢？」

「是老朽在問大將軍！」

「回前輩的話，」龐涓拱手道，「沙場上的事，瞬息萬變，晚生不敢斷言！」

「好好好，」淳于髡呵呵笑道，「不愧是大將軍，這也算是回答了！大將軍剛回府中，一路勞頓，老朽就不打擾了！」起身揖禮。

龐涓也不挽留，客氣地送他出門，拱手作別。望著他的車馬漸行漸遠，再也不見蹤影，龐涓方才長吸一口氣，眉頭皺起，撓頭自語道：「這個禿頭，上門即無好事！只是……此人毫無來由地擱下此話，究竟是何用意呢？」

又過許久，龐涓仍然不得其解，悶悶地轉過身去，走回府裡。

淳于髡回到驛館，思忖有頃，召來飛刀鄒，吩咐道：「你可以活動了。做三件事，一是尋到瘋子，要他明日午夜溜至廟外，你約個地方，在那裡候他，將他背進驛館；二是將他的衣冠等物拋於汴水，做出溺水自斃的假象；三是改裝迎娶公主的車乘，在車底增設一個暗廂，讓那瘋子躺在裡面，聽他媳婦一路啼哭地嫁到齊國！」

飛刀鄒應過，召來骨幹，分頭實施去了。

* * *

翌日午後，范廚為孫臏送飯，剛從廟裡出來，就有一人將他攔住，耳語數聲。范廚點了點頭，繞道走進皮貨店，早有人迎住他，引他走入內室。

公子華端坐於席，范廚進來，哈腰小聲問道：「公子急召小人，可有要事？」

公子華點了點頭，指著對面的席位：「范兄，坐！」

范廚坐下，急切地望著公子華。

「齊人要動手了，」公子華緩緩說道，「昨夜人定時分，有人前去小廟，偷偷會了孫臏！」

范廚吃了一驚，小聲問道：「請問公子，我們怎麼辦？」

「這就動手！」

「這就動手？」范廚喃聲重複一句，不無緊張地望著公子華，「何時？」

「就在今晚！」公子華斷然說道，「公主明日出嫁，齊人必於今夜將孫臏背出，藏於車中，明日即隨公主至齊，因而，我們必須趕在齊人前面！」

范廚思忖有頃，咬牙道：「公子說吧，如何動手？」

公子華緩緩說道：「孫將軍不肯赴秦，我們只能來硬的。」從几案下摸出一只竹筒，遞給范廚，「這是蒙汗藥，晚上送飯時，你可混進食物中。待孫將軍昏迷，我們迅即動手，將他背回店中，明日凌晨，待城門打開，我們就離開大梁，趕赴秦地！」

范廚接過竹筒，兩眼猶疑地望著公子華。

「還有，」公子華早已猜出他的心事，接著說道，「范兄的家小，今日即走。本公子這就安排車馬，范兄馬上回家安頓。除了那罈陳酒，范兄什麼都不可帶，若有鄰人問，就說串親戚去了。待到秦地，一應物什，皆有本公子照應！范兄若不嫌棄，亦可住在本公子府中，本公子聘請范兄為大廚！」

范廚趕忙起身，連連叩道：「小人謝公子了！」將竹筒置入飯盒，告辭出去，走有幾步，復退回來，「公子，小人想起一事！」

「范兄請講！」

「食物是否也讓幾個丐兒吃？」

「嗯，」公子華點頭道，「還是范兄想得周到！藥全放上，讓那幾個丐兒睡上兩日，免得明日醒來，壞我大事！」

范廚應過，急回家中。不一會兒，果有馬車趕至。范廚將酒罈搬入車中，騙婆娘說，她的阿大病危，希望見她最後一面。婆娘是韓國人，自入門之後，從未回過家門，得知此訊，信以為真，急不可待地領了兩個孩子，坐上馬車，哭哭啼啼地出城去了。

黃昏時分，范廚熬好一罐稀粥，將藥倒入粥中，烙出兩張蔥油大餅。為使他們多喝稀粥，他特地在蔥油裡稍稍多放了些鹽巴，又鹹又香，甚是誘人。

天色蒼黑，范廚妥善安排好龐涓一家的飯食，挎上飯籃，直去南街口。這些日來，因有孫臏在，幾個乞兒也被養得刁了，無論天晴天陰，皆不乞討，一到吃飯時候，就會眼巴巴地坐等范廚上門。

這一晚也是。遠遠望到范廚在暮色蒼茫中搖晃過來，幾個乞兒無不歡叫一聲，迎上前去，搶奪他手中的籃子。范廚護住籃子，朝每人手中塞一塊烙餅，直進廟中，在孫臏面前放下籃子，拿出一塊香餅，雙手遞上，笑道：「孫將軍，看小人做了什麼好吃的！」

孫臏沒有去接，頭也不抬，不無傷感地長嘆一聲：「唉，有好吃的，就讓娃子們吃吧！」

范廚怔道：「孫將軍？」

聽到喊聲，孫臏微微抬起頭來，望向范廚。范廚見孫臏的眼裡閃著淚珠，大是驚異：「孫將軍，您怎麼了？」

孫臏搖了搖頭：「范廚啊，這幾年來，在下能活下來，得虧你了！在下……在下……」哽咽起來，以袖抹淚。

因有公子華的預言，范廚忖知孫臏將要遠赴齊國，是在向他訣別，當即跪下，泣道：「將軍，您不要說了。小人這一生，能夠侍奉將軍，是祖上修來的福分。」抹去淚水，舀出一碗稀粥，雙手捧上，「將軍，這是小人特意為將軍熬的稀粥，請將軍喝下！」

孫臏接過來，端在手上，望著稀粥，淚水滴入碗中，怔了一時，再次搖頭，將碗放下，輕嘆一聲：「范廚啊，在下實在喝不下。你起來，讓在下好好看看你！」

范廚見狀，甚是著急，卻也不好硬勸，只好坐起來，望著孫臏。旁邊是個油燈，上面因有燈花，不太明亮。孫臏摸到一根剔牙用的小竹籤，撥去燈花，端過油燈，輕聲說道：「來，近前一點，讓在下好好看看范廚！」

范廚朝前挪了挪。孫臏將燈移近范廚，細細端詳。范廚心裡一陣感動，眼裡盈出淚花。正在此時，幾個乞兒走進來，因吃下鹹餅，口中乾渴，各自拿出破碗，爭搶著舀那稀粥。

許是稀粥熬得太好，幾個孩子不消幾口就已喝完，再次來舀。范廚急了，脫身護住粥罐，拿出幾塊大餅：「去去去，一人吃一塊餅，吃完再來分粥！」

幾個孩子拿過餅，咬過幾口，又要舀粥。范廚再次制止，孫臏說道：「范廚，他們願喝，就讓他們喝吧！」

幾個孩子得到指令，不及范廚回話，將罐子硬搶過去，紛紛倒去。稀粥倒空了，最小的一個沒有舀到，哭叫起來。孫臏說道：「孩子，來，阿大這裡還有一碗！」

那孩子不由分說，上來就端，范廚一手將他推開，護住碗道：「去去去，你們都喝了，孫將軍喝什麼？」瞪眼責備幾個大的，「瞧你們這點德性，給弟弟勻點！」

幾個大的只好蹭過來，勻出稀粥給小乞兒。范廚將稀粥雙手捧上，跪求道：「孫將軍，喝吧，再不喝，粥就涼了！」

孫臏接過來，再次放在席上，搖頭道：「范廚啊，你別勸了，在下不餓，喝不下！」

范廚大急，叩頭道：「孫將軍，范廚求您了，喝吧，你若不喝，范廚……范廚……」

見范廚表現怪異，孫臏倒是一怔：「范廚，你……你怎麼了？」

「小人……」范廚抹去淚水，緩緩泣道，「小人沒什麼，小人只求將軍喝粥，是小人特意為將軍熬的，將軍不喝，小人……小人心裡難受！」

孫臏點了點頭，輕嘆一聲：「好吧，在下喝，你快起來，待會兒在下一定喝！」

范廚不依，雙手端起來，懇求他當場喝下。孫臏拗不過，只好接過粥碗，肚子真也餓了，放在脣邊，咕咕幾聲一氣喝下。范廚拿袖子抹了一把額上滲出的汗珠，長長地吁出一氣。

孫臏喝完，放下粥碗，拱手欲謝范廚，忽見一個孩子扔下飯碗，歪倒於地。孫臏大是驚愕，尚未反應過來，另外幾個孩子也相繼倒下。孫臏大驚，急對范廚道：「范廚，快，孩子們這是怎麼了？」

范廚扭頭一看，也是呆了。孩子們橫七豎八，一一歪倒於地，碗中稀粥早被他們用舌頭舔了個乾乾淨淨。想是藥料下得太猛，孩子年齡又小，經受不住，因而反應過快了。

孫臏不無疑惑地望向范廚：「難道粥裡有毒？」

范廚哪裡還敢說話，全身打著顫，結巴道：「將……將軍，小……小人……」

眼下救人要緊，孫臏顧不上查究，急急吩咐：「快，快去請醫生！」

范廚似也回過神來，急急爬起，飛身出門，一溜煙似地跑了。孫臏匆匆挪到幾個孩子前面，摸過他們的脈搏，擋了他們的鼻息，見一切尚好，仔細驗看，也不似中毒症狀，頓時鬆下氣來，細細思忖，斷知粥裡有迷藥。孫臏大驚，回想范廚這日表現，豁然明朗，搖頭輕嘆一聲，閉目思索應策。

孫臏正自冥思，一道黑影從屋頂飄入院中，閃進門內。孫臏驚覺，未及說話，黑影已到跟前，小聲稟道：「孫將軍，是在下！在下為防不測，早已伏在屋頂，方才聽到聲音不對，放心不下，特意下來看看！」

孫臏見是飛刀鄒，長吁一氣，吩咐他道：「來得正好，快，秦人就要來了！」

飛刀鄒瞧一眼橫七豎八的孩子，彎腰背上孫臏，剛欲走出，廟門外傳來一陣急急的腳步聲，緊跟著，七、八個人破門而入，直奔正殿。飛刀鄒欲避不及，只好放下孫臏，閃身隱入廟中泥塑後面。

眾人衝進殿門，為首一人，正是公子華。

孫臏端坐於地，神態甚是安祥。公子華朝孫臏深深一揖：「孫將軍，情勢緊急，在下別無良策，只好得罪了！」

孫臏輕嘆一聲，閉上眼去。恰在此時，藥力發作，孫臏頭上一陣發暈，身子連晃幾晃，歪倒於地。公子華揮手，一人蹲下，另一人將孫臏抱起來，放在那人背上。眾人護衛於後，奔出殿去。

外面早有一輛大馬候著，范廚與另外幾人守在車側。公子華吩咐他們將孫臏輕放於車上，范廚跳上車，護住孫臏，朝皮貨店方向急馳而去。

不一會兒，眾人就已趕回店裡，車馬直馳院中，關上店門，將孫臏塞入一輛早已改裝好的駟馬貨車底層，上面裝上貴重毛皮。

做好這一切，公子華又使人前去小廟探看，見廟中靜無一人，幾個丐兒仍舊沉睡，一切皆無異常，方才放下心來，吩咐眾人各自回房歇足精神，明晨趕路。

雄雞剛啼，公子華等全員出動，或趕車，或騎馬，出店逕投西門。城門尉仔細驗過，見是皮貨生意人，當即放行。

*　　　　*　　　　*

這日晨起，整個大梁歡天喜地，歡送梅公主出嫁。果如淳于髡預言，梅公主是抹淚上車，在車中猶自嗚嗚咽咽，悲泣不絕，前來送行的龐涓夫婦、太子申、朱威、白虎等眾臣聽了，莫不嘆喟。

鼓樂聲中，齊人的迎親車馬絡繹出城，前面是樂隊、旗手和嫁妝車，中間是齊人迎娶梅公主的特大婚車，後面是五十輛載滿乾菇、春茶的禮品車，浩浩蕩蕩，拖拖拉拉，竟有數里之長。

早餐時間早過，武安君府中仍舊無人主廚。瑞蓮遲遲候不到早餐，使侍女問詢，使女尋不見范廚，稟報龐蔥。龐蔥大急，派人趕往范廚家中，竟見院門落鎖，再一打聽，得知其家小早於昨日出城，前往韓國去了。

龐蔥聞報大驚，想起范廚昨晚尚在，且舉家赴韓是何等大事，竟是未打一聲招呼，其中定有蹊蹺。思忖有頃，龐蔥陡然想起孫臏，急急趕往南街口小廟，見廟中橫七豎八地躺著幾個乞兒，孫臏卻是不在。

龐蔥急稟龐涓。龐涓臉色立變，趕往小廟，驗知乞兒中了蒙汗藥，使疾醫灌藥解之，果然問知是范廚所為。

龐涓起初懵了，愣怔許久，方才趨於冷靜，細細思忖，一條線索在心底漸次明晰起來：孫臏夙願入齊——蘇秦跪見孫臏——蘇秦縱齊成功——淳于髡獻鹽、提親——梅公主願嫁——范廚下藥——公主出嫁——孫臏失蹤……

想至此處，龐涓不由驚出一身冷汗，正在思忖應策，龐蔥急急走進，向他稟報新的線索：幾年來，范廚與秦氏皮貨店的掌櫃秦公子過往甚密，而該店今晨突然關門，所有人眾不知去向。龐蔥盤查鄰居，皆說秦公子及店中夥計似是關中人。

關中人？龐涓心中不免一動。淳于髡與范廚並無瓜葛不說，齊人若偷孫臏，根本不用下迷藥，而孫臏是在吃下迷藥後被人劫走的。想是孫臏不願入秦，秦人勸誘不成，乾脆用強，既偷走孫臏，又栽贓齊人。再說，觀瑞梅出嫁時的傷心之狀，必也不知細情。瑞梅不知情而嫁，必也是澈底斷了對孫臏的念想。

對，是秦人！龐涓牙關咬起，正欲說話，又有僕從飛步稟報，說是汴水岸邊發現孫臏的衣冠、鞋子等物。龐涓引領僕從前去察看，龐蔥正欲使人打撈，龐涓攔住：「不必了！」嘴角撇出一聲冷笑，一字一頓，「傳令，全力追捕秦公子、范廚及皮貨店所有夥計！」

龐涓令下，無數快馬朝西急馳而去。大梁離韓境不足兩百里，龐涓親自引兵追擊，及至後晌，追至邊關，得知公子華等人的車乘出關不足半個時辰，估計已入韓境。龐涓一咬牙關，引軍又追，追不多時，果然望見前面一彪人馬，已入韓境。

龐涓顧不上韓境不韓境了，揮軍直追上去。那幫人似是急了，一邊縱馬急馳，一邊將大車上的皮貨一捆捆扔下，減輕車上負荷。看到那幫人始終不棄大車，龐涓心中更加篤定，策馬追得越緊。

許是慌不擇路，大車在轉彎時偏離車轍，一陣劇烈顛簸，歪入路邊土溝裡，車輪卡住，轅馬嘶鳴。那幫人遠遠望見龐涓親自追來，魏人數量也實在太多，再不敢留戀，御者割下轅馬繩套，翻身騎上，與眾人飛馳而去。

龐涓追上大車，因在韓境，也就吩咐不再追人了。

眾兵卒將剩餘皮貨全部搬下，龐涓仔細審察，果見下面有個夾層，長出一口氣，見夾層旁邊有處暗門，吩咐龐蔥打開。

龐蔥扭開暗門，伸頭進去，拉出一物，打眼一看，臉色陡變，因為那物根本不是孫

臏，而是一只裝著皮貨的麻袋！龐蔥再次伸頭進去，夾層裡空空蕩蕩，再無一物。
龐蔥大急，轉對龐涓道：「大哥，孫將軍不在車裡！」
龐涓仔細查過麻袋，伸頭進入夾層驗過，頹然說道：「我們中計了！」
龐蔥急問：「大哥，中何計了？」
「秦人的金蟬脫殼之計！」
「金蟬脫殼？」
「秦人故意弄出這輛大車，孫兄必是被他們先一步移走了！」
龐蔥想了一下，點了點頭，勸慰道：「大哥，孫將軍病成那樣，秦人縱使搶去，也是無用！再說，孫將軍與大哥情同手足，即使病癒，也未必肯為秦人效力，與大哥作對！」
「唉，」龐涓苦笑一聲，搖頭嘆道，「蔥弟有所不知，大哥是在為孫兄的安危掛心。陛下入縱，旨在伐秦。孫兄今被秦人劫去，什麼事都會發生。蔥弟試想，秦人若是治不好孫兄，絕不會如大哥一樣待他，孫兄必將流落街頭，餓死凍死。秦人若是治癒孫兄，孫兄將會面臨兩個選擇，一是為秦效力，與大哥在沙場上兵戎相見。二是如蔥弟所言，孫兄若是不為秦效力，秦必不容孫兄，孫兄必難活命！」
龐蔥不曾想過這些，頓時傻了。愣怔有頃，他回過神來，輕聲問道：「依大哥之見，該當如何？」
龐涓思忖有頃：「你馬上安排可靠之人前往咸陽，打探孫兄音訊。待確證孫兄在秦，大哥另作處置！」
龐蔥應允一聲，轉身而去。

*　　　　*　　　　*

淳于髡的迎親隊伍快馬加鞭，不出兩日，已至馬陵，出魏國邊關，進入衛境，又走半日，抵達齊境，於後晌來到鄄城地界。車馬正行之間，淳于髡遠遠望到大隊甲士照面馳來，近前一看，竟是齊國主將田忌親引五千軍士前來迎接。

更令淳于髡驚訝的是，與田忌同車而來的是合縱特使蘇秦及上大夫田嬰。三人與淳于髡見過禮，蘇秦傳令前往鄄城。

到鄄城時，天色已晚。田忌傳令全城戒嚴，與蘇秦諸人引著婚車直馳一家院落，在門前停下。淳于髡看了看這個剛被整修一新的宅院，又看到院中一派喜慶氣象，甚是驚異，小聲問道：「蘇子，此是何處？」

蘇秦在他耳邊輕語一陣，淳于髡先是驚訝，繼而爆出一聲長笑，連聲說道：「好好好，看老朽的！」

話音落處，淳于髡已經轉身，緩步走至公主車前，深揖一禮，呵呵笑道：「齊國到了，請公主下車！」

不一會兒，梅公主掀起車簾，在婢女的攙扶下走下車子。見周圍站著幾個陌生人，又見此處是一個充滿喜氣的農家院子，梅公主甚是驚異，抬頭望向淳于髡：「請問先生，此是何處？」

淳于髡笑道：「這是公主的新房！」

梅公主驚問：「不是沒到臨淄嗎？」

「是的，」淳于髡晃了晃光頭，「齊公子臨時改變主意，決定先在此處與公主完婚！」

梅公主花容失色，兩手捣面，泣不成聲：「你……你們……」

淳于髡呵呵一笑：「公主，待會兒見到妳的夫君，保準妳樂還樂不過來呢！」轉對

飛刀鄒，「有請新郎！」

飛刀鄒逕直走上公主的嫁車，從旁邊打開一處暗門，鑽進車底的寬大暗廂裡，不一會兒，連拖帶抱地拉出一人，蘇秦急前一步，合力將孫臏抬下。

梅公主陡然見是乾乾淨淨、煥然一新的孫臏，一下子傻了。

孫臏也是一怔！范廚的迷藥下得過猛，直到兩個時辰前他才醒來。見自己躺在一處暗箱裡，身下還有軟墊，又感覺是車馬在動，孫臏大吃一驚，細細回想，方才忖知是秦人將他劫走了。想到自己命運如此不濟，孫臏不禁長嘆一聲，盤腿坐起，閉上眼去，不想車門開處，拉他的竟是飛刀鄒，且映入眼簾的竟又是蘇秦、淳于髡和梅公主！

梅公主最先反應過來，驚叫一聲，飛步撲上前去，泣不成聲：「孫將軍——」

孫臏將她緊緊擁在懷裡，小聲泣道：「公主——」

望著二人親熱的樣子，淳于髡呵呵直樂：「公主，這就是妳的夫君，子虛先生！」轉對眾人，朗聲唱道，「奏樂，迎新人入洞房！」

原來，在秦人劫走孫臏之後，飛刀鄒一路緊盯，見他們將孫臏裝入馬車夾層，當即有了主意，在四更時分，帶人隱入。公子華等許是太過放心，竟沒設防，飛刀鄒未費多少功夫，又將孫臏盜出。

蘇秦等早已得到飛刀鄒的準信兒，特來迎接。鄄城是孫臏祖地，孫家老宅及宗祠經歷近兩百年風雨，雖有倒塌破損，根本仍在，早被蘇秦等人修繕一新，連洞房也布置好了。

在齊國五千接應軍卒的嚴密保護下，孫臏、梅公主夫婦祭過宗祠，行過婚禮，在新房裡度過三日蜜月，於第四日凌晨啟程趕往臨淄。

抵達臨淄後，為謹慎起見，蘇秦、田嬰暫將孫臏夫婦悄然無息地安置在大將軍田忌府中，在後花園裡另設別院住下。淳于髡入宮，將使魏過程及魏王回贈禮單細細奏過威王，並說順便應承魏王之請，成就了魏室公主的一樁姻親。淳于髡輕描淡寫，隻字未提孫臏，齊威王聽得直樂，此事也就掩飾過去了。

將孫臏成功救出，蘇秦去掉一樁心事，遂於該年五月，全身心地前往楚國合縱。縱親隊伍由入齊前的不足萬人增至一萬三千人，大隊車馬浩浩蕩蕩，人喊馬嘶，旌旗招搖，一路南去，渡過泗水、淮水，直奔楚國郢都。遠遠望去，氣勢可追天子出巡。

* * *

與此同時，楚國郢都的大街上，一個穿著奇怪的中年人坐在地上，正在扯著嗓子大聲叫賣：「丹藥，丹藥，靈妙丹藥，吃一粒可祛小病，吃十粒可祛大病，若是吃上百粒，百病皆除……」

中年人白眉長耳鷹鼻，面相甚是奇特，身旁鋪了一塊絲帛，帛上擺著一只丹瓶，瓶旁放著一粒如紅棗般大小的蜜丸。中年人不停地叫賣，因中氣十足，聲音富有樂感，身邊開始聚起一小堆人。秦國上卿陳軫正在街上漫步，聽到這邊熱鬧，也趨過來。

中年人見人越聚越多，開始自報家門：「在下姓莫名耳，荊山人，生於楚莊王元年，少時得逢異人，隨其遷居女幾之山，習煉仙大法，得長生之術，今已三百零七歲，此番來郢，乃奉家師之命，擇選有緣弟子……」

有個患牙病的擠到前面，指著腮幫子問道：「請問上仙，牙疼能否治癒？」

「牙疼是小病，一粒足矣！」

那人喜道：「請問上仙，多少錢一粒？」

「一金一粒！」

聽到如此昂貴，那人長嘆一聲，扭頭走去，周圍看客盡皆搖頭。像他這般異人，郢

人也似見得多了，有人嘻嘻笑道：「我說上仙，編謊也要編得圓些。瞧你這點年紀，大不過四十，卻說自己三百零七歲，騙鬼哩！」

眾人皆笑起來，不少人扭頭走開。中年人也未顯出絲毫失望，依舊坐在地上，衝著行人大聲叫賣。陳軫觀看一時，見看熱鬧的全散走了，方才走到跟前，摸出一金扔予他道：「莫上仙，在下買一粒！」

中年人看他一眼，接過一金，從瓶中倒出一粒丹藥，遞給陳軫。陳軫笑了笑，指著丹瓶道：「丹瓶裡還有多少？」

「八十粒！」

「請問上仙，此藥是否包醫百病？」

「這……」中年人略略一怔，將陳軫上下打量一番，緩緩說道，「要看什麼病了。病症不同，用藥也自有異！」

「嗯，」陳軫點頭道，「此話是哩。在下百病纏身，欲請上仙前往寒舍診治，不知上仙肯屈尊否？」

中年人思忖有頃，拱手道：「就依官人！」

* * *

昭氏府宅的龐大門樓上，原來的「昭府」已被「令尹府」三字取代。聽聞陳軫光臨，家宰邢才親自迎出，見過禮後，小聲叮囑道：「陳大人，近幾日老夫人病情加重，恐有不測，主公心情不好，在下特意提醒大人，見主公時，說話有個分寸！」

陳軫笑道：「謝家老了！」

邢才引陳軫至廳中坐下，自己躬身退出。不一會兒，昭陽進來，心情果是不好，面色陰鬱。陳軫起身揖道：「陳軫見過令尹大人！」

昭陽擺手讓他坐下，自己也於主位坐下。陳軫拱手道：「聽聞老夫人玉體欠安，在下特來拜望！」

昭陽眼角溼潤，聲音哽咽：「不瞞上卿，老夫人因和氏璧一事受驚，病情加重，反覆幾次，這一回，怕是……怕是頂不住了！陛下使御醫診治，老夫人什麼藥都吃過了，根本無用，御醫無法，只好用針！老夫人已是骨瘦如柴，早晚看到她身上扎滿銀針，在下……在下……」當下泣不成聲，有頃，從袖中摸出絲絹，拭了一把淚水。

「令尹大人，」陳軫見他擦完淚，方才說道，「在下此來，為的正是老夫人之病！」

「哦？」昭陽身子趨前，眼睛睜大，直直地望著陳軫。

陳軫緩緩說道：「老夫人之病，在下也是掛心。近日在下四處尋訪，終於訪到一位得道仙翁。在下將老夫人的病情詳細講過，仙翁什麼也沒有說，只交予在下一粒藥丸，」從袖中摸出一只小瓶，倒出一粒丹藥，「就是此丸，是否管用，大人或可請老夫人一試！」

昭陽接過丹藥，細細察過，閉目思忖有頃，叫來兩個婢女，吩咐她們將藥丸搗碎，和上蜂蜜，餵老夫人服下。約過半個時辰，一個婢女急來稟報，說老夫人滿面紅光，病情大有好轉，已能翻身坐起。昭陽驚喜，急隨婢女過去察看，又過半個時辰，樂呵呵地復入廳中，向陳軫求問上仙何在。

陳軫笑道：「大人莫急，若是此藥真正管用，老夫人之病，盡可包在陳軫身上！」

昭陽連連拱手謝過，由衷嘆道：「唉，每逢在下遭遇大坎，總是陳兄出手相助，陳兄大恩，讓在下實難……唉，不說了！」

陳軫還過一揖，鄭重說道：「大人不說，方是正理。在下在楚數年，虧得大人照料，這才活得像個人樣。大人於在下有此大恩，在下從未說過半句報答之語，只將點點滴滴刻在心裡。在此世上，在下早無親人，老夫人是大人母親，也是在下母親，在下此舉，不過是為母盡孝而已！」

陳軫說出此語，已是肝膽相照，昭陽心裡一陣感動，當下喝叫擺出香案，與陳軫歃血為盟，結為八拜之交。昭陽年長為兄，陳軫為弟。

結拜完畢，下人擺出酒席，二人痛飲。昭陽親手倒酒，雙手遞予陳軫：「來來來，賢弟，大哥敬你一爵！」

陳軫接過後放下，亦為昭陽倒滿一爵，雙手遞上。二人舉爵，昭陽正欲飲下，陳軫擺手止道：「大哥且慢，軫弟有一言，不吐不快！」

昭陽放下爵，正襟說道：「賢弟請講！」

陳軫亦放下爵，長嘆一聲，眼中淚出：「大哥，在下在魏蠅營狗苟十來年，別無他念，一心只想輔佐魏室，成就一生輝煌。豈料為件小事得罪龐涓，一家老小被他趕盡殺絕，在下也差一點被他凌遲處死。此仇此恨，在下早晚想起來，心如刀絞……」

昭陽眼珠暴起，「咚」的一拳擊在案上，將兩爵酒震得彈飛於地，酒灑一地，怒道：「龐涓豎子，欺侮賢弟，就是欺侮大哥，可為家仇！襲我陘山，斬我將士數萬，可為國恨！家仇國恨，昭陽若是不報，枉為丈人！」

陳軫伸手撿起倒在地上的酒爵，重新斟滿，緩緩說道：「大哥可曾想過如何報仇？」

「這有何難？」昭陽不假思索道，「大哥這就奏明陛下，興師伐魏！」

「唉，」陳軫思忖有頃，搖頭嘆道，「大哥縱使想伐，陛下亦必不肯！」

「哦？」昭陽一怔，「陛下為何不肯？」

「因為三晉年前縱親，年後蘇秦又去齊國遊說。若是不出在下所料，齊必入縱。中原列國皆入縱親，陛下如何興伐？再說，陛下已經鯨吞吳、越，拓地數千里，如此功業，遠超歷代先王。陛下眼下只想守成，早無進取之心，大哥縱想建功立業，使大楚稱霸天下，揚英名於萬代，也是難事！」

聽陳軫這麼一說，昭陽也似冷靜下來，沉吟有頃，點頭道：「嗯，賢弟所言甚是。依賢弟之見，該當如何？」

陳軫如此這般輕聲低語一番，昭陽頻頻點頭，舉爵道：「好，就依賢弟所言！來，為成功伐魏，報仇雪恥，乾！」

「乾！」

*　　*　　*

翌日晨起，昭陽將仙翁請至自己府中，視過江君夫人病情，又配一些丸藥。老夫人服畢，精神更見起色，已能說笑，甚至還能下地走動幾步。昭陽對仙翁的仙術深信不疑，次日晨起，依陳軫之計，載仙翁前往章華臺。

威王年事雖高，仍在章華臺裡沉湎於聲色，有時甚至日御數女。儘管有御醫滋補調養，威王卻也力不從心，龍體越來越差。近些日來，威王更是覺得四肢倦怠，精神煩悶，正自苦惱，內臣稟報昭陽求見。威王宣召，二人見過君臣大禮，昭陽依例將朝中諸事扼要稟報。威王聽見淨是瑣事，打聲哈欠。昭陽聽得分明，頓住話頭，趨身細審威王一會兒，不無關切地小聲說道：「觀陛下氣色，好似不如前番微臣來時爽朗！」

這一句果然撓在癢處上，威王長嘆一聲，搖頭道：「唉，老了，老了，寡人老了！」

昭陽急忙改坐為跪，叩道：「微臣失言，請陛下降罪！」

「唉，」威王復嘆一聲，「起來吧！寡人老了就是老了，不干愛卿之事，降什麼罪？」

昭陽依舊跪在地上，小聲問道：「微臣斗膽，敢問陛下有何不爽之處？」

「不瞞愛卿，」像所有老人一樣，威王開始津津樂道地數點自己的病情，「胸悶，四肢倦怠，茶飯不思，兩隻耳朵裡像是有知了在吱吱尖叫，有時還腰痠背疼，唉，愛卿啊，寡人說老就老了，前幾年一絲沒有感覺，這陣兒到處是病，上上下下沒有一處舒坦的地方！咦，說起這事，寡人差點忘了，江君夫人玉體如何？」

「謝陛下垂愛，」昭陽再次頓首，「微臣正欲稟報此事！家母前幾日病重，眼見不支，兩日前得遇神人，突然見好，今日晨起，微臣臨行之前探望家母，見她容光煥發，似是年輕數歲！得知微臣欲來章華覲見陛下，家母特託微臣向陛下叩安！」

「哦？」威王大喜，「是何神人有如此神通？」

「從蒼梧山來的仙翁，號蒼梧子！」

「蒼梧子？」威王思忖有頃，「傳聞蒼梧山在赤水之東，是舜帝升仙之處！」

「正是！」昭陽稟道，「據微臣考證，《海內南經》裡明確記載：『蒼梧之山。帝舜葬於陽，帝丹朱葬於陰。』」

「嗯，」威王點頭道，「怪道有此神通！此人何在？」

「就在殿外！」

「哦？」威王大喜，轉對內臣，「快，有請蒼梧子！」

內臣走出，不一會兒，領著那個中年男人急步趨進。在陳軫的精心打扮和演練下，中年男人已與街上所見判若兩人，衣冠更是煥然一新，真的給人以仙風道骨、超然於世的感覺。蒼梧子這個名號，也是陳軫臨時為他起的。

蒼梧子昂首立於廳中，見到威王，竟是不拜。昭陽急道：「仙翁，快，叩見陛下！」

蒼梧子象徵性地拱了拱手，口中飄出一個中氣十足的聲音：「老朽蒼梧子見過陛下！」

「老朽？」威王一怔，將蒼梧子上下打量幾眼，「請問上仙，高壽幾何？」

「回稟陛下，」蒼梧子朗聲說道，「及至昨日，老朽不多不少，剛滿三百零七歲，不敢妄稱高壽！」

「三百零七歲？」威王目瞪口呆，再次將他打探幾眼，長吸一氣，「請問上仙，可是一直住在蒼梧山？」

蒼梧子微微搖頭，緩緩說道：「回稟陛下，老朽本為荊山人氏，出生那年，莊王新立，又五年，父母雙亡，老朽傷悲欲絕，泣哭三日，聲震曠野。哭聲驚動一個異人，就是老朽先師。先師帶老朽一路西行，至女幾之山，在山中習練修仙之法。我們師徒在女幾山住滿兩個甲子，百二十春秋，先師飛昇，乘風逕去。老朽功力不逮，不能飛昇，只好在地上循氣直追，一直追至蒼梧之山，忽然不見先師之氣，遂在山中結草而居。住滿兩個甲子又三十年，老朽忽做一夢，先師現身，要老朽前往郢都，接引幾個有緣弟子，共赴仙道！」

「哦？」威王驚問，「上仙可曾接引到弟子？」

蒼梧子再次搖頭：「老朽初至郢都，有緣弟子尚未遇到！」

威王急問：「寡人不才，可否有緣隨上仙修習仙道？」

蒼梧子審視威王，有頃，搖頭道：「欲習仙道，首修不死之身。觀陛下龍體，將來或可，眼下卻不行！」

「不死之身？」威王大喜過望，「寡人如何方能修得不死之身？」

「這倒不難，」蒼梧子侃侃說道，「老朽可煉丹藥，只要陛下服下，即可不死！」

威王急問：「哦，此丹何時可成？」

「七七可成！」

「七七？」
「就是四十九日！」
威王急急起身，趨前一步，揖道：「晚生熊商求請仙翁為晚生提煉此丹！」
蒼梧子亦還一揖：「老朽可以提煉，不過，依老朽推算，陛下塵緣未了，服下此藥雖得不死，卻也難成仙道！」
「哦？」威王大驚，急問，「敢問仙翁，熊商有何塵緣未了？」
「按照天道推演，陛下尚有一樁大功未就，是以塵緣未了！」
「大功？」威王怔了，「寡人伐越，難道不為大功？」
「天降陛下，當有兩功，伐越可為一功，還有一功，尚須陛下完成！」
威王沉思一會兒，親手扶蒼梧子坐於客位，自己落席，拱手問道：「請問仙翁，此功可成於何處？」
蒼梧子拱手應道：「依老朽所推，陛下此功，當成於北！」
威王垂頭又思一陣，吩咐內臣：「仙翁遠來，一路勞頓，你領仙翁先至後宮安歇，待寡人處理好朝務，再陪仙翁盡興！」
蒼梧子謝過，起身告退，與內臣一道走出。威王目送二人走遠，將頭緩緩轉向昭陽：「昭愛卿，依你之見，此功何在？」
「可伐大梁！」昭陽拱手應道，「陘山之辱，微臣不雪，死不瞑目！」
「大梁？」威王閉目思忖，有頃，「聽說三晉已入縱親，我若伐魏，韓、趙皆來救援，如何是好？」
「三晉一向不和，即使縱親，也是面和心不和，未必全力救援，此其一也。我得吳、越之眾，兵精糧足，可起大軍三十萬，即使三晉合一，也有絕勝把握，此其二也！

三晉縱親，與秦不利，去年微臣就已聽聞秦欲伐韓宜陽。我若伐魏，可與秦結盟，使秦人出兵伐宜陽。韓自顧無暇，無法救援。有秦在後，趙亦不敢輕舉妄動。有秦在河西，魏必不敢全力抗我，此其三也。有此三利，微臣以為，可以伐魏！」

「魏有龐涓，愛卿可有應對？」

「陛下放心，微臣已經探明，前番魏伐陘山，皆是孫臏之謀。今孫臏已成廢人，龐涓不足懼也！」

「龐涓以少勝多，五日之內連敗齊、趙，愛卿不可小視！」

「縱觀黃池之戰，田忌輸在驕傲，輸在大意，龐涓勝在哀兵，勝在僥倖。朝歌之戰，奉陽君猝不及防不說，原本也不是龐涓對手。今非昔比，與魏作戰，魏是驕兵，我是哀兵。兵法有云：抗兵相若，哀者勝！」

威王再次垂首，有頃，抬頭又問：「若是伐魏，愛卿可有考慮？」

「可取襄陵！」昭陽似已胸有成竹，「魏以陘山為要，重兵守之，而襄陵空虛。襄陵卡在大梁與睢陽之間，前有睢水，後有濊水，是戰略形勝之地。我可兵出苦縣，長途奇襲襄陵，一舉下之，卡斷魏、宋聯絡，而後沿襄陵一線築壘設防，西拒魏卒，東收宋地，蠶食泗下千里沃野！」

聽完昭陽之謀，威王閉目有頃，點頭道：「好吧，就依愛卿之計！發大兵二十萬伐魏，愛卿為主將，屈愛卿、景愛卿為副將，景愛卿兼任南陽郡守，引兵五萬出方城，佯攻陘山，牽制龐涓。具體如何實施，愛卿可去擬道旨意！」

「微臣遵旨！」

*　　*　　*

伐魏非同小可。昭陽得旨，頻頻召集諸將，徵調三軍、糧草、輜重等，忙活月餘，

總算部署妥當。陳軫也緊急修書，奏請秦公征伐宜陽，牽制韓、趙。蒼梧子夜觀天象，定下出兵吉日。郢都乃至五千里楚地全都行動起來，一時間，馬蹄聲聲，磨刀霍霍。

然而，事有湊巧。就在昭陽祭旗出征的吉日前夕，一連吃下數十粒丸藥後一直紅光滿面的江君夫人突然間大叫數聲，吐血而死。昭陽大驚，哭絕於地，令尹府裡一片哀聲。

陳軫聞訊急至，哭得比昭陽還見悲切。昭陽傷悲有頃，毅然決定先國後家，咬破手指，寫血書奏報威王，聲稱帶喪出征。

翌日晨起，一身麻服的主將昭陽驅車趕往中軍轅門祭旗。三軍將士見到，無不泣淚，士氣激奮。卯時至，昭陽正欲祭旗出征，太子槐飛車馳到，宣讀威王詔書，嚴旨暫緩伐魏，為江君夫人發喪。

就在此時，合縱車馬轔轔而至，離郢都三十里駐紮。

翌日，臨朝代政的太子槐使靳尚隨同打前站的樓緩出城迎接，蘇秦帶著幾個公子和田文等五個副使及貼身隨從駕車馳入郢都東門，沿麗水右側的馳道直入王城旁邊的列國館驛。

正行之間，前面突然人頭攢動，接著是鐘鼓齊鳴，哀樂聲聲，看熱鬧的人群紛紛避讓於大街兩旁。靳尚率先避入道旁，蘇秦諸人也都紛紛避讓。不一會兒，一百單八名麻服衛士開路，接著是六十四名樂手，或吹或敲，哀樂聲聲；再後面是二十四名奇服巫女，簇擁一輛駟馬大車，車上站著一個白眉紅髮的神巫；神巫後面緊隨的是三十二名六至十三歲的童男童女，按年齡分成一十六對，皆雙腿盤坐，分對坐於由麻服做成的平臺上面，每對由兩名麻服壯漢抬著；這些孩子未穿麻服，個個衣著光鮮，瞪著好奇的大眼左顧右盼，有的嘴裡還吃著零食，覺得這一切甚是好玩，幾個小一點的仍在指指點點，吃吃發笑。孩子們的身後，又是二十四名巫女。

看到孩子們的天真樣子，眾多觀者不忍目睹，紛紛以袖拭淚。一個小女孩看得眼熱，指著被抬的孩子衝著身邊的一個年輕女人大叫：「娘，娘，我也要坐上去！」

那女人一把將女兒抱起，不無恐懼地扭過身子，完全不顧小女孩的哭鬧，飛步閃入旁邊的小路，好似走晚一步，她的女兒真的要被抬走一樣。

靳尚冷冷地望著這隊人流，面上毫無表情。蘇秦、公子卬、樓緩、公子章、田文皆知怎麼回事，無不神情黯然，勾下頭去。幾人中，唯有公子噲不知所以，輕聲詢問身邊的田文：「他們為何抬著那些孩子？」

田文別過臉去，沒有回答。公子噲一怔，好奇心越加強烈，復問樓緩和公子章，二人也都別過臉去，無人睬他。公子噲不好再問，只將兩眼死死地盯在那些孩子們身上。不消一時，麻服隊伍走遠，眾人也都散去。公子噲再也憋不下去，乾脆趨至蘇秦身邊，輕聲問道：「蘇子，那些孩子是怎麼回事？」

蘇秦輕嘆一聲，指著靳尚：「這是楚國之事，公子若想知曉，可問靳大夫！」

公子噲急忙轉向靳尚，拱手揖道：「請問靳大夫，到底是怎麼回事？」

「回稟公子，」靳尚回揖道，「江君夫人仙遊，那些孩子是隨身侍候她的！」

「什麼？」公子噲驚得呆了，好久方道，「你是說，他們是人殉？」

靳尚輕嘆一聲，垂下頭去。

公子噲愣怔有頃，回過神來，怒道：「都什麼年代了，還行人殉？」轉對飛刀鄒，「鄒子，你且說說，這些孩子……他們……他們還都懵然無知呢？」

飛刀鄒面孔扭曲，兩眼死死地盯住漸行漸遠的麻服隊伍，有頃，轉向靳尚，揖道：「請問靳大人，他們這就去殉葬嗎？」

靳尚搖頭道：「按照楚地習俗，出殯之後方才行殉，最快也要七日之後。神巫剛剛選定童男童女，今日只是巡街示眾，接後幾日，孩子們還要學會禮儀，而後行殉！」

飛刀鄒長出一口氣，拱手謝過。公子噲似也明白了飛刀鄒的用意，扯了扯他的衣襟。

*　　*　　*

是夜，雖有月光，天上烏雲卻多，地上時明時暗。

人定時分，列國館驛裡，一道院門輕啟，幾條黑影悄無聲息地閃出房門，正要飛身而去，身後陡然飄出一個嚴厲的聲音：「諸位留步！」

幾條黑影一怔，聽出是蘇秦，只好頓住步子。

「你們要去哪兒？」蘇秦急前幾步，沉聲問道。

公子噲囁嚅道：「不……不去哪兒，只是……只是隨便走走！」

蘇秦幾步跨到飛刀鄒跟前，從他身上各處搜出數十把飛刀，又掃眾人一眼，見他們俱是利刃在手，暗器在身，冷冷一笑：「隨便走走，帶這些物什做什麼？」

公子噲已知隱瞞不住，只好說道：「回蘇子的話，我們想去一趟令尹府！」

「搶人嗎？」

公子噲點頭道：「是去救人。那些孩子，他們不該死？」

「哼！」蘇秦從鼻子裡哼出一聲，數落道，「就你們幾人，想去昭陽府裡救人，簡直是去送死！堂堂燕室貴胄，手執利刃，半夜潛入楚國令尹府，此事若是傳揚出去，如何收場不說，楚史也必記上一筆！退一步說，即使你們不被發現，又如何救出那麼多懵然無知的孩子？他們飛不能飛，走不能走，何況又有好吃好喝好穿，未必肯走呢？」

眾人誰也不曾想到這些問題，尤其是公子噲，簡直傻了，愣怔半晌，方才囁嚅道：

「可……蘇子，我們總不能眼睜睜地看著孩子們死於非命吧？」

「好，」蘇秦順口說道，「縱使你們能夠救出他們，難道一切就可完結了？昭陽仍要葬母，神巫仍會再去尋人，你們不讓他們死於非命，就會有另外三十二個童男童女再去殉死！你們呢，只好再救，他們呢，只好再尋！姬公子，楚國陋習，積重難返哪！」

在場諸人盡皆傻了，紛紛蹲於地上，誰也不再吱聲。樓緩聽到聲音，也走出來，站在蘇秦身後。

蘇秦長嘆一聲，轉對樓緩：「樓兄，明日晨起，置辦厚禮，下帖令尹府，就說五國合縱特使蘇秦午後申時，偕同列國副使，前往府上為江君夫人弔孝！」

「下官遵令！」

* * *

翌日申時，蘇秦與五國副使前往令尹府中，弔唁江君夫人。五國盡皆備下厚禮，抬禮箱的絡繹走入，忙得邢才等人應接不暇。

五國特使未上朝，先上府門弔孝，且五個副使中，除去樓緩，其他四人皆是公室貴胄，真也給足了昭陽面子。昭陽偕前來守靈的昭氏一族顯要十數人迎出府門，見過禮，直接將蘇秦等迎入老夫人靈堂，蘇秦致悼言，而後與眾副使行祭拜大禮。

悼畢，昭陽引蘇秦諸人前去客堂，路過一處院落，隱約聽到裡面傳出一群孩子的說話聲。眾人心裡皆是一揪，蘇秦若無其事地走至門口，朝院中掃一眼，轉對昭陽道：「令尹大人，這些孩子都是府中的？」

「不不不，是在下特意買來的。」昭陽應道。

「哦？」蘇秦假作不知，「大人買來這麼多孩子，可有何用？」

「蘇子有所不知，」昭陽略一思忖，壓低聲音解釋道，「他們皆是人殉，待過幾

日，就去那兒侍奉先母！」

蘇秦點了點頭：「久聞大人事親至孝，今日得見矣！在下能去看看他們嗎？」

昭陽伸手道：「請！」

蘇秦與眾人走進院中，見兩個巫女正在教孩子們習禮。看到進來這麼多陌生人，孩子們皆是一驚，怯生生地望著他們。巫女迎上前來，朝他們揖過禮，喝叫孩子們拜見諸位大人。孩子們皆跪下來，行叩禮。蘇秦心裡一酸，轉身走出。

走至客堂，眾人分賓主坐下，幾個婢女端上茶水，躬身退去。昭陽舉杯道：「蘇子，各位公子，請品茶！」

幾人皆在想著那些孩子們，沒有人回應。蘇秦率先端起，咂巴幾口，放下杯子，輕聲嘆道：「唉，在下幼時就聽過昭奚恤大人的豐功偉績，亦聽聞江君夫人賢淑惠慈四德俱全。昭奚恤大人早已仙遊，此番來郢，在下存念一睹江君夫人手采，聆聽夫人教誨，不想夫人竟也……竟也撒手去了！」言訖，輕聲啜泣，以袖抹淚。

昭陽見蘇秦情真意切，不似做作，甚是感動，拱手說道：「在下代先父、先母謝蘇子美言！先母走得甚是突然，即使在下也始料不及。唉，家母她……」以袖掩面，哽咽起來。

蘇秦陪他又落一會兒眼淚，拱手揖道：「敢問大人，老夫人高壽幾何？」

「七十有一！」

蘇秦微微點頭：「這麼說來，老夫人屆滿古稀，是喜喪了！」

昭陽再次拱手：「再謝蘇子吉言！」

蘇秦還過一揖，轉過話鋒，多少有些感慨：「在下早聞荊楚與中原風俗有異，今見大人為老夫人治喪，頗多感慨！」

「哦？」昭陽心裡一動，「敢問蘇子有何感慨？」

「昔年仲尼倡導慎終追遠，生有所養，終有所葬，因而中原列國既重生前之養，亦重身後之葬，而你們荊人，似乎是更重生前，不重身後！」

聞聽此言，昭陽一下子愣了，待反應過來，拉長臉，冷冷說道：「蘇子何出此話？」

「敢問大人，老夫人生前，是何人侍奉？」

「有許多下人，貼身的是婢女！」

「再問大人，這些下人是大人還是童子？」

「當然是大人了。童子哪會侍奉？」

「這就是了！」蘇秦緩緩說道，「老夫人生前，是大人侍奉，而老夫人身後，跟前卻圍著一群童子。這些童子少不更事，既不會說話哄老夫人高興，又不會端茶掃地，做衣煮飯，服侍不好老夫人不說，反倒淨給老人家添亂。再說，老人天性安靜，童子卻天性嬉鬧，這一靜一鬧，老夫人何得安歇？僅此一事，在下認為，你們荊人只重生前，不重身後！」

其他幾人亦開始明白蘇秦的用意，連連點頭。昭陽面上雖掛不住，卻也說不出理，囁嚅有頃，方才說道：「蘇子所言不無道理，只是荊人仙遊，習慣上殉以童男童女，這是祖制，昭陽不敢有違！」

「祖制為法，」蘇秦順口說道，「法為聖人所立。聖人立法，循於天道，合於情理，順於民風，隨於鄉俗。風有一隅小風，亦有天下大風，俗有一方小俗，亦有天下大俗。聖人和風隨俗，非和一隅之風，非隨一方之俗，和的是天下大風，隨的是天下大俗。天道有易，風俗有變，因而，聖世之法，絕不墨守成規。古之聖賢以樂為法，黃帝作《雲門》，堯作《咸池》，舜作《大韶》，夏啟作《大夏》，商湯作《大濩》，時代不同，樂舞不同，法亦自然相異。今世風已變，天下易俗，中原皆不行人殉，楚荊卻殉以童子，在下是以感慨！」

「這……」昭陽倒是張口結舌，說不出話來。

「再說，」蘇秦接道，「楚制也不是一成不變的。據在下所知，楚國貴族行世襲，一朝封君，可享千世，致使楚國五零四散，國力大傷。悼王使吳子變法，損有餘而補不足，世襲貴胄僅行三世，三世之後，若無功勳，即收其所襲，充實邊塞，楚國亦由此大治，吳起雖死，此制卻奉行至今。即使殉器，亦非一成不變。上古多殉以石器，中古多殉以陶器，近古多殉以銅器，近世多殉以鐵器。殉器不同，說明世俗在變；世俗已變，葬習自然有異！」

蘇秦所言有理有據，昭陽沉思有頃，微微點頭，顯然是聽進去了。

蘇秦抱拳又道：「在下聽聞老夫人生前不但四德俱全，而且好生樂施，慈愛祥和，不曾加刃於一雞，見螻蟻而避之，不知可有此事？」

昭陽連連點頭，啜泣道：「家母是這樣的！」

蘇秦趁熱打鐵：「在下以為，親人仙去，重在追遠。所謂追遠，就是緬懷親人，送終盡孝。天下大孝，莫過於想親人之所想，為親人之所為。今老夫人仙去，在下以為，大人若行大孝，當想老夫人之所想，為老夫人之所為。老夫人仁慈若是，大人卻以活人殉之，老夫人九泉之下得知，必不肯受！」

蘇秦將話說至此處，且句句在理，昭陽根本無法反駁，只好勾下頭去，有頃，似是經過慎重考慮，抬頭道：「若是不行人殉，在下又當如何表達對先母的悼念之情？」

「大人聽說齊人鄒子否？」

「鄒子？」昭陽問道，「哪個鄒子？」

「就是鄒衍，提出天地萬物皆是金、木、水、火、土五行依陰陽之理生剋變化的那人！」

昭陽點頭道：「聽說過他。聽說此人還有海外九州之說！」

「大人所言甚是！」蘇秦讚道，「此人當是今世得道之人，方面大耳，目光如炬，人長丈二，天生異相，廣有神通，通曉陰陽兩界，多次遊歷冥界，還與冥王義結金蘭，是莫逆之交。蘇秦有幸會過此人一面，聽他詳細講過冥界情勢，簡直就跟陽世一般無二。據鄒子所言，人生在世，生有陽壽，死有陰壽。積陽德者可增陽壽，積陰功者可增陰壽。車馬僕役為陽世所用，器俑犧牲通行於陰世。犧牲以人，上拂陽德，下損陰功，有百害而無一利。正是由於鄒子之言，中原列國葬習盡改，秦人殉以車馬陶俑，三晉、燕、齊殉以牛羊犧牲！就老夫人而論，能得古稀陽壽，表明她生前陽德厚重。若大人殉以童子，在下竊以為，或會有損老夫人陰功，折去老夫人陰壽。」

昭陽驚道：「此言當真？」

「陰界之事，」蘇秦言道，「在下未得體驗，是以無法斷言。不過，依理推之，在下以為，鄒子所言不無道理。古往聖人，自伏羲氏、黃帝至堯、舜、禹，不曾行過人祭。是以上古之人多長壽。人祭自夏始，至商流行，是以後世多短壽。今中原之人皆信鄒子之言，廢止人殉了！」

昭陽倒吸一口涼氣，勾頭沉思。

蘇秦拱手祈請道：「大人何不順應時代變化，在荊楚之地率先易俗呢？」

「這……」昭陽遲疑不決。

「此舉或可一箭雙鵰啊！」

「一箭雙鵰？」昭陽瞪大眼睛。

「大人試想，若是不行人殉，於老夫人，既得清靜，又積陰功；於大人，既彰仁慈好生之名，又開移風易俗之先，必將在楚名垂青史，德行千秋！」

「嗯，」昭陽心裡一動，點頭說道，「蘇子所言甚是。不過，此事非同小可，還容在下與族人商議！」

「哦，是這樣！」蘇秦微微點頭，看一眼諸位公子，不無理解地衝昭陽抱拳說道，「看來，你們楚人是族大於國了。照理說，大人在楚是一人之下，萬人之上，且行不行人殉，亦為家事，即使楚王陛下，亦是鞭長莫及，無法管至此處，不想難處卻在族內！」

蘇秦顯然在用激將法，眾副使心領神會，皆將詫異的目光盯向昭陽。昭陽顯然掛不住面子，朝外厲聲叫道：「來人！」

邢才急跑進來，哈腰望著昭陽。

昭陽一字一頓，斬釘截鐵：「送童男童女各回其家，每家賜一金安撫！」

邢才大怔，急視昭陽，見他面孔剛毅，毫無迴旋餘地，只好點頭應過，快步退出。

不一會兒，蘇秦隱約聽到遠處傳來邢才的吩咐聲和眾家奴的跑步聲，為安全起見，又坐一時，估計那些孩子皆被送走，方與諸位副使起身告辭。

返回途中，公子噲由衷嘆服，抱拳揖道：「蘇子，您可真是鐵嘴銅舌，三言兩語，於頃刻之間，竟然就從虎口裡救出了那些孩子！」

「唉，」蘇秦長嘆一聲，「救童子易，救楚卻是難哪！」

眾人皆驚：「此是為何？」

「積重難返！」

*　　　*　　　*

翌日晨起，宮中宣見列國合縱特使，蘇秦與五國副使入宮覲見殿下。由於令尹昭陽府中正在為江君夫人舉喪，昭氏一門皆未上朝。自昭陽任令尹之後，屬下各府多用昭氏一門，因而，昭氏一不上朝，朝堂上頓時顯得空落許多。

蘇秦等叩見禮畢，呈上中原五國的國書及求請合縱的約書。太子槐拿起約書，細細看過，吩咐道：「諸位使臣，中原列國皆已縱親，楚國自當入縱。不過，本宮稚嫩，如此邦交大事，尚要與眾臣議過，稟明父王，三日之後，或有決斷。諸位遠道而來，正好趁這幾日歇息一下，順便品味荊楚風情！」轉向靳尚，「靳愛卿，蘇子及列國公子由你款待，不可怠慢！」

靳尚叩道：「微臣領旨！」

蘇秦與眾副使叩恩後退下，逕回館驛。處理完朝事，太子槐袖了約書，擺駕直趨章華臺，向威王稟報縱親之事。威王接過約書，粗粗掃過一眼，不及太子槐稟完，十分不耐地擺手打斷，大聲責道：「此等小事，也來稟報！」啪的一聲扔下約書，起身逕自去了。

中原五國特使同時入朝，此事謂之小，何事謂之大？威王做此反應實在出人意料，太子槐一下子怔了。愣怔有頃，太子槐瞥見內臣仍舊站在此處，似在等著送他出殿，遂移過眼去，望向內臣。內臣望一眼威王的背影，從地上撿起約書，趨前一步，小聲奏道：「殿下有所不知，再過幾日，蒼梧仙翁的不死之丹就要出爐，陛下心中只存此事，顧不上別的！殿下可先回郢，待過幾日，陛下的仙丹煉出來了，再稟此事不遲！」言訖，雙手捧上約書。

蒼梧子之事太子槐早有所聞，此時被內臣點破，就不好再說什麼，微微點頭，接過約書，輕輕納入袖中，拱手別過內臣，快快走出，下臺而去。

回至宮中，太子槐閉口不提合縱之事。蘇秦諸人在館驛候過三日，仍然不見殿下宣召，亦不見靳尚露面。幾位副使無心遊玩，正自煩悶，隱約聽到蘇秦在彈琴，不約而同地來到蘇秦院中。

見眾人進來，蘇秦頓住，拱手道：「坐坐坐！」

公子卬仍是火爆脾氣，劈口叫道：「特使大人，這是在哪兒？你竟有閒心彈琴！」

「請問公子，不讓彈琴，你讓在下做什麼？」蘇秦笑問。

「上殿尋他們去！」公子卬氣呼呼地一拍大腿，「熊槐親口答應我們，三日後給個決斷。今日已是第四日，非但音訊皆無，連靳尚那廝也不露頭，這不是成心要我們嗎？」

眾人皆將目光盯向蘇秦。

「我們是來結親的，不是來逼親的！」蘇秦微微攤開兩手，做出無奈的樣子，「人家不宣，我們若是厚著臉皮硬闖宮門，惹惱楚人，萬一被他們轟出宮去，面子豈不丟大了？」

眾人皆笑起來，公子卬也撲哧笑出，拱手道：「那……蘇子愛彈琴，讓我們做什麼？」

「聽琴啊！」蘇秦指了指耳朵。

眾人復笑起來。

「不過，」蘇秦想了一下，緩緩起身，「幾位公子聽慣了高雅之曲，在下亂彈琴，或不入耳。這樣吧，若是大家閒得無聊，在下可領你們前往一處地方，聽聽楚風楚樂如何？」

幾位公子皆是振奮，叫上車駕，跟隨蘇秦馳至一處巨大的宅院。眾人抬頭一看匾額，竟是左司馬府。蘇秦遞上名帖，不一會兒，左司馬屈武攜其長公子屈丐拱手迎出，見過禮，迎入廳中，分賓主坐下。婢女端上茶水，眾人品啜一時，屈武掃視眾人一眼，拱手說道：「諸位特使大人光臨寒舍，在下不勝榮幸。在下一介武夫，見識淺薄，還請諸位教誨！」

「司馬大人客氣了！」蘇秦拱手還過一揖，「在下與幾位公子初來楚地，一切皆是新鮮。至郢之後，在下本欲領略楚地風采，卻又人地兩生，不敢蠻行，每日只在館中憋屈，甚是煩悶。在下好樂，聽聞楚地歌舞迥異於中原，又聞司馬大人深諳楚樂，心癢難熬，今日冒昧登門，特此求教。幾位公子聞聽此事，皆欲同行。我等率性而來，甚是唐突，失禮之處，還望司馬大人寬諒！」

「蘇子說笑了！」屈武笑道，「在下是粗人，只知舞槍弄棒，何能知樂？不過，諸位大人既然特意登門賞樂，在下亦難推諉。也是巧了，在下有個堂姪，新從家鄉來，年紀雖幼，卻是聰穎，頗知樂舞，亦善辭賦，在鄉里是個才人。諸位大人皆是中原雅士，正可指點於他！」轉向屈丐，「丐兒，去請屈原來！」

屈丐應聲出門，不一會兒，引了一個年輕後生急步趨入。後生進門，縱使心裡有所準備，陡然見到這麼多人，仍是吃了一驚，先對屈武揖道：「不肖姪見過伯父！」而後轉向蘇秦諸人，逐個躬身揖過，聲音極輕，顯得有些木訥，「晚生屈平見過諸位大人！」

蘇秦及諸公子齊將目光盯在這個名叫屈平的小伙子身上。屈平面容清秀，細看起來，卻是稚氣未脫，頭上尚未著冠，個頭與公子章不相上下，看那又細又瘦的身條，似是仍在向高處竄長。

蘇秦諸人將屈平上下打量一遍，面面相覷。在常人眼裡，未行冠禮之人，皆是孩子。似此乳臭未乾之人，屈武竟說他「頗知樂舞，亦善辭賦」，且公然向蘇秦等中原高士推薦，實讓眾人吃驚。

見是孩子，蘇秦並未起身，稍稍拱了拱手，以長輩的口吻笑問：「小伙子，今年多大了？」

「回稟大人，」屈平揖道，「待桂花再開時，晚生可歷一十六秋！」

聽到這一妙答，眾人皆笑起來。

「好說詞，果是才子！」蘇秦微微點頭，再不敢怠慢，起身回過一揖，「洛陽人蘇秦見過屈子！」

「晚生幼稚，子不敢當！謝蘇大人美言了！」屈平再次揖過，接道，「晚生久聞蘇大人大名，今日得見，不勝榮幸！」

屈武呵呵笑出幾聲，接過話頭，將幾位公子逐一引見，各個見禮。禮畢，屈武話入正題：「小原，蘇大人與諸位公子俱是中原高人，今日登門，前來賞鑑荊楚俗樂。伯父不通音律，特請你來演奏一曲，讓諸位大人指點！」

屈平允過，轉向蘇秦諸人揖道：「晚生可奏楚樂，亦可奏巴樂，請問諸位大人，欲聽何樂？」

蘇秦思忖有頃：「請奏楚樂！」

屈平點了點頭，走出去，不一會兒，外面走進十幾個樂手，搬來一堆樂器，有鍾、鼓、磬、竽、瑟、琴、簫等，眾人挪開席位，讓出一片空場地。眾樂手一一擺好，目光盡皆望向屈平。屈平朝眾人深鞠一躬，朗聲道：「晚生不才，就為諸位大人表演一曲晚生所譜的〈橘頌〉！」言訖，走至一排編磬前坐下，拿起敲磬用的銅棒。

聽他說出曲子是自己所譜，又見他親手擊磬，蘇秦等又是一驚，目不轉睛地望著這個小伙子。

屈平揚手敲磬，數聲之後，眾樂手跟著齊奏，音聲不僅悅耳，且亦激奮。奏有一時，屈平陡然出聲，半吟半唱：

后皇嘉樹，橘徠服兮。受命不遷，生南國兮。
深固難徙，更壹志兮。綠葉素榮，紛其可喜兮。
曾枝剡棘，圓果摶兮。青黃雜糅，文章爛兮。
精色內白，類可任兮。紛縕宜脩，姱而不醜兮。
嗟爾幼志，有以異兮。獨立不遷，豈不可喜兮。
深固難徙，廓其無求兮。蘇世獨立，橫而不流兮。
閉心自慎，終不失過兮。秉德無私，參天地兮。
願歲并謝，與長友兮。淑離不淫，梗其有理兮。
年歲雖少，可師長兮。行比伯夷，置以為像兮。

屈平連吟三遍，個別句子重複多次，終於在一聲清脆的磬聲中，音律戛然而止。蘇秦正襟端坐，閉目凝神，竟是聽得呆了。聽到音樂止住，眾人喝采，蘇秦方才回過神來，由衷嘆道：「好一個『蘇世獨立，橫而不流兮』，『秉德無私，參天地兮』，真是好詞啊！」起身走向屈平，將他又是一番打量，不無感慨地連連點頭，「嗯，聽到此樂此詞，你完全可以稱子了！請問屈子，曲詞何來？」

「回稟蘇大人，」屈平亦站起來，回過一揖，「曲詞乃晚生三年前所作，成於家鄉寒舍附近的橘園！」

「三年前，屈子年僅十三，即能做出此等好詞，且又行比伯夷，可見屈子少年壯志，將來必有大成！」

「謝大人褒獎！」

「聽司馬大人說，屈子新從家鄉來。敢問屈子，家鄉何在？」

「丹陽屈邑，樂平里！」

「丹陽？」蘇秦點頭道，「丹陽是楚國先祖封地，屈子所作，當是真正的楚風了！楚地東擴，丹陽之西，該是巴國了！」

屈平生父屈文與屈武出自同一個祖父屈宜臼，因而當是隔代堂兄弟。屈宜臼反對吳起變法，並在吳起伏王屍被害後，受株連而死，屈氏受到削弱，其子屈鼇回到祖地丹陽，生子屈文，屈文生子屈平，字原。屈平少有壯志，年十二時，屈文病故，年十三時作〈橘頌〉，自述心志。此番屈平因巴國而奔郢，投奔屈武，也不全為巴、蜀，更在尋找機會，施展自己的鴻鵠之志。

此時遇到蘇秦，又聽他提到巴國，屈平自然不肯放過近在眼前的機緣，忙點頭道：「大人所言甚是，晚生此來，為的正是巴國之事！」

「哦？」蘇秦一怔，「巴國何事？」

屈平侃侃言道：「近年來，巴、蜀屢次交兵，巴國不敵，損失慘重，幾番為之移都。巴人無奈，又與我大楚有隙，只好轉向秦國求救。幾個月前，蜀人突然偃旗息鼓，巴人驚異，多方打探，方知蜀人已先一步與秦人結盟，舉傾國之力，闢山開路，欲打通秦塞。巴人再去秦地打探，得知秦人亦在終南山裡開山闢路，看來，兩國必結永世盟好！巴王急了，有意轉向陛下求援，卻又心生懼意，因巴、楚世有仇怨，巴人世代擾我邊境，巴王擔憂陛下責難。巴王不知從何處打探到晚生伯父是大楚司馬，親至寒舍求請晚生，又令太子陪晚生前來，向伯父求情，巴國願與楚國重修舊好，永世結盟！」

聞聽此言，蘇秦又是一驚。此人小小年紀，竟然用詞準確，表達清楚，沒有絲毫拖沓，顯然是個天生的遊士。

不過，蘇秦眼下更感興趣的不是屈平，而是巴人，凝眉道：「秦蜀結盟，似與築路並無關係。請問屈子，蜀人突然開山鬮路，可有因由？」

「據巴人所說，秦公贈予蜀國開明王五頭石牛，皆重千鈞，蜀人修路，是要運回石牛！」

「石牛？」公子卬大是驚奇，應聲問道，「蜀人要石牛何用？」

「回公子的話，」屈平轉向公子卬，「巴、蜀貴金，據蜀人所說，這些石牛皆能便金，一日一便，是以蜀人欲運回去！」

聽到如此不可思議之事，眾人皆是愣了，待回過神來，盡皆哄笑起來。

蘇秦卻笑不出來。一聽此事，他的敏銳感覺就已斷出，石牛定是秦人圖占巴蜀之計，且行此計之人，必是張儀。再細一想，圖占巴蜀可謂是避實就虛，既可避開山東列國合縱之鋒，又可蓄勢養銳，以待後舉，就眼下而論，無疑是秦人切實可行的明智選擇。且從客觀上說，張儀此舉，的確也是在成全他的合縱。不過，以便金石牛來哄騙蜀人，虧張儀想得出來。然而，那些蜀人竟然聽之信之，且還勞民傷財地開山鬮路，引狼入室，真也是匪夷所思！

想到這裡，蘇秦心中篤定，猛然想起屈平，有意試其才具，遂微微一笑，轉向他問道：「屈子可信此事？」

「晚生不信！」屈平搖頭，「晚生以為，秦人此舉別有用心！」

「哦？」蘇秦不可置信地望著屈平，「請問屈子，秦人是何用心？」

「吞併蜀、巴！」屈原和盤托出自己對局勢的理解，吐字清晰，幾乎是一字一頓，目光裡不含半點猶疑，與他十六歲的年齡甚不相符。

屈平小小年紀竟有如此敏銳的大局眼光，蘇秦驚得呆了，凝視他許久，方才點了點頭，踱回原處，端坐下來，轉對屈武，抱拳揖道：「屈子之見，司馬大人意下如何？」

「稚子之見，無稽之談！」屈武卻是不屑一顧，微微抱拳，呵呵笑道。

「不不不，」蘇秦連連搖頭，不無讚賞地看一眼屈平，又轉回屈武，「司馬大人，在下以為，屈子之見絕非無稽之談！秦若圖楚，必滅巴蜀。換言之，秦滅巴、蜀，意在圖楚。別的不說，在下只請司馬大人設想一事：由楚入巴、蜀，逆水行舟，難矣哉。由巴、蜀而入楚，可是順流而下，千里飛舟啊！」

此言一出，眾人皆驚。顯然，蘇秦所見比屈平所言又遠一層，屈平不無欽佩地望向蘇秦，連連點頭。屈武不由自主地打了個寒噤，細細一想，真也後怕起來，拱手道：「那……果真如此，我當如何應對？」

「合縱擯秦！」

屈武閉目又思一時，抬頭道：「邦交事務，原本不歸司馬府管轄，不過，眼下昭氏舉喪，事務又急，在下只好越俎代庖了。明日晨起，在下直接引見諸位覲見殿下，平兒與巴國使臣也去，直接向殿下陳明利害。」略頓一下，「請問蘇子，這樣安排，妥否？」

蘇秦拱手謝道：「謝司馬大人！」

* * *

翌日，左司馬屈武如約引領蘇秦、諸公子、屈平和巴國王子等入宮覲見殿下。屈武讓眾人候在偏殿，自入正殿，將巴、蜀情勢略述一遍。太子槐果然震驚，當即宣見屈平和巴國王子。

太子槐問過巴蜀情勢，揮退王子，只對屈平詳加盤問，見他應答自如，出口成章，甚是驚喜。屈武趁機美言，介紹姪子能詞善樂，才藝雙全。殿下深信不疑，當即問他是否願留宮中隨侍左右，做殿前文學侍從。屈平大喜過望，目視伯父。眼下昭氏得寵，屈平若能常侍殿下，俟陛下百年之後，殿下承繼大統，屈平或將有所施展，有利於屈氏一門。屈武此番引屈平覲見殿下，本有此意，見時見問，二話未說，即與屈平叩首謝恩。太子槐大喜，傳來靳尚，吩咐他妥善安置屈平。

看到靳尚、屈平緩緩退出，太子槐回頭讚道：「屈門出此才俊，可喜可賀啊！」

屈武叩道：「小姪能得殿下賞識，當是他的造化！」

「屈愛卿，」太子槐轉過話題，「巴、蜀一事，確非小可。前年張子在時，多次與本宮談及巴、蜀，本宮也早有意圖之，言於父王，父王似不著急。今秦人覬覦，巴、蜀內爭，情勢刻不容緩了。如何應對，屈愛卿可有良策？」

「回稟殿下，」屈武拱手應道，「如何應對，殿下可問蘇秦！」

「哦，」太子槐抬頭看著屈武，「聽愛卿之意，已經見過蘇子了！」

「殿下聖明！」屈武應道，「微臣見過蘇子，且已帶他入宮，正在偏殿候旨覲見！」

太子槐輕嘆一聲，點頭道：「既然來了，就讓他進來吧！」

內臣宣召，不一會兒，蘇秦趨進，叩道：「五國特使蘇秦叩見殿下！」

「蘇子平身，看座！」太子槐讓道。

蘇秦謝過，起身於客位坐下。不待蘇秦說話，太子槐先自一笑，不無抱歉地拱了拱手：「關於合縱一事，本宮原說三日之後給蘇子一個明斷的，可……蘇子想也知道了，昭愛卿正服大喪，本宮尚未廷議此事，因而未能奏報陛下，在此致歉了！」

「殿下不必客氣！」蘇秦還過一揖，「不過，依蘇秦看來，殿下縱使廷議此事，令尹大人也必不肯！」

「哦，」太子槐似是一怔，「蘇子何說此話？」

「令尹大人萬事俱備，一意伐魏，報陘山之仇，自然不肯准允縱親了！」

「蘇子所言甚是！」太子槐點了點頭，「數年前，魏人奪我陘山，斬我六萬將士，朝野復仇心切，昭愛卿奏請伐魏，陛下也已准奏，三軍整裝待發，如箭在弦上，若是突然收弓，一時也難轉過彎子！」

「殿下，此箭若是發出，後果不堪設想啊！」

「哦？」太子槐急道，「請問蘇子，有何後果？」

「殿下還曾記得河西大戰嗎？魏侯一心逞強，稱王伐弱衛，與山東列國對峙。結果如何？弱衛之地尺寸未得，河西七百里卻拱手送予秦人。這且不說，更有八萬大魏武卒死於非命，數十萬魏民成為秦人！殿下，前事不忘，後世之師啊！」

做為孟津之會的親身參與者，公孫鞅謀魏的整個過程太子槐最是清楚，每每想起，仍是心有餘悸，因而，蘇秦一提此事，他就感同身受，點頭嘆道：「唉，山東列國皆縱，楚國本也無可選擇。只是，唉，不瞞蘇子，其實本宮早將縱親之事稟過陛下了，可……這些日來，陛下一心痴於不死之藥，根本無意朝事！」

「不死之藥？」蘇秦、屈武皆是一怔。

太子槐遂將蒼梧子諸事略述一遍，嗟嘆再三。蘇秦思忖有頃，微微一笑，抱拳道：「蘇秦有意覲見陛下，懇請殿下引見！」

太子槐點了點頭，起身道：「走吧！」

太子槐引領諸人逕去章華臺。這日偏巧不死之丹出爐，但出爐過程蒼梧子卻不讓任何人觀看，楚威王心急如火燎，正在觀波亭裡來回踱步，內臣稟報殿下引五國特使蘇秦及列國副使上臺覲見。威王原本無心待客，但想到蘇秦是五國特使，且又尋上門來，若再推托，傳揚出去大是不妥。再說，仙丹不知何時才可出爐，自己在這裡苦熬，也是難受，不如與人說說話。想至此處，威王宣見。

不一會兒，太子槐已與蘇秦諸人急步趨入。威王迎上幾步，太子、蘇秦諸人叩安。威王與諸人見過虛禮，返回亭中，分賓主席次坐定。

威王拱手道：「寡人久聞蘇子大名，如聞聖賢。今日蘇子光臨，可有教寡人之處？」

「陛下客氣了！」蘇秦拱手回禮，「蘇秦至楚已經有些時日，今欲辭歸中原，特此向陛下道別！」

「哦？」楚威王先是一怔，繼而呵呵笑道，「諸位特使遠途至此，不勝辛苦，為何不在荊楚多住幾日呢？」

「唉，」蘇秦長嘆一聲，搖了搖頭，「謝陛下盛情！不過，蘇秦實在住不起了！」

威王又是一怔，看一眼太子槐，見他也是一臉惶惑，轉對蘇秦：「蘇子何說此話？」

蘇秦朗聲應道：「荊楚是上國貴地，食物如同寶玉一樣，薪柴如同蘭桂一樣，大臣如同神龍一樣，陛下如同天帝一樣。陛下試想，蘇秦及列國使臣一萬餘口，日日吃著寶玉，燒著蘭桂，恭候神龍，盼望天帝，何能住得起呢？」

「呵呵呵，」楚威王乾笑數聲，不無抱歉地拱了拱手，「聽聞蘇子能言，寡人今日領教了！」長嘆一聲，掃視諸位客人一眼，半是解嘲，半是解釋，「唉，寡人老了，早將國事託於太子與諸卿，諸位此來，為的是國事，寡人知道國重於私，因而就想在諸位理完國事之後，再行請教，是以怠慢諸位了！」轉對太子槐，「諸位特使及隨行人員的一切日用，皆由國庫調撥！」

「兒臣遵旨！」

威王轉向蘇秦，拱手道：「寡人在此懇請蘇子寬留幾日，一來觀賞南國風情，二來也讓寡人有機會討教！」

「謝陛下款待！」蘇秦拱手還禮，「陛下既下旨令，蘇秦只能從命了！」

「好好好！」威王呵呵笑起來，正欲問話，內臣進來，走近威王，小聲稟道：「陛下，仙丹出爐了！」

「哦！」威王大喜，忽一下站起，又覺不妥，復坐下來，思忖有頃，轉對內臣，「快傳仙翁，速捧丹來！」

內臣走後，威王抑制不住內心興奮，轉對蘇秦諸人呵呵笑道：「諸位真也來巧了，待會兒寡人請你們觀看稀世奇寶！」

不一會兒，內臣果然領著蒼梧子從遠處走來。蒼梧子不無踞傲地跨進殿門，猛見亭中坐著這麼多客人，神情稍顯慌亂，迅即鎮定下來，並不跪拜，只是稍稍拱了拱手：「草民蒼梧子參見陛下！」

蘇秦眼中射出兩道光柱，直擊蒼梧子，將他從上至下審視一番，見他目光閃躲，神智慌亂，根本不是得道之人，又見他兩耳垂肩，兩道白眉既長且密，極其奇特，略一思忖，心中頓時有了底數。

「仙丹呢？」威王不予還禮，兩眼直勾勾地望著蒼梧子。

蒼梧子從袖中摸出一只寶瓶：「回稟陛下，仙丹在此！」

內臣上前，雙手接過寶瓶，呈予威王。威王倒出仙丹，拿在手中細審有頃，嘖嘖讚嘆幾聲，轉對蘇秦諸人呵呵笑道：「諸位請看，這就是寡人方才所說的稀世奇寶——不死仙丹！」

「不死仙丹？」蘇秦微微一笑，望向威王，「世上真有此物，倒是奇了！」

「請陛下服之！」蒼梧子朗聲說道。

內臣呈上清水，威王正欲服藥，蘇秦陡然抬手：「陛下且慢！」

威王一怔，凝視蘇秦。蘇秦轉過頭去，再次逼視蒼梧子，有頃，緩緩起身，走至蒼梧子跟前，陡然抬手，以迅雷不及掩耳之勢一把揭去他的白眉，厲聲喝道：「什麼仙翁？你這刁民，膽子也夠大了，竟敢闖進宮中撒野，行詐陛下，明欺大楚無人嗎？」

蒼梧子猝不及防，面色煞白，急急捣住另一隻眉，另一手指向蘇秦，語不成聲：「你……你……你是何……何人？」

蘇秦一不做，二不休，再次抬手，一把扯下他的右邊長朵，亦擲於地。眾人視之，竟是用膠漆之物做成的假耳。蒼梧子轉身欲逃，公子卬早看明白，大喝一聲，飛身而起，一把扯住他的胳膊，摔在地上。蒼梧子疼得「哎喲」一聲，叩首於地，全身抖作一團。

這場變故來得太快，也太突然，在場之人全看傻了，威王更是呆若木雞，有頃，方才醒過神來，手指蒼梧子：「仙……仙翁……」

蒼梧子矜持全失，叩首如搗蒜：「陛……陛下……」

威王緩緩轉過頭來，望向蘇秦。蘇秦彎腰拾起地上的假耳和假眉，雙手呈上。內臣接過，一併呈予威王，擺在前面的几案上。威王眼睛眨也不眨地凝視假耳和假眉，面色漸漸紫漲，全身哆嗦起來，手指蒼梧子：「說，你是何人？為何行詐寡人？」

「草……草民乃西……西陵人，本在街……街上賣……賣藥，後……後來遇……遇到一位大……大人，教……教草民煉……煉不死之丹！」

「哪位大人？」

「草……草民不……不……不……」

威王傾身喝問：「可是帶你來的那位大人？」

蒼梧子連連搖頭。威王鬆出一口氣，震几喝道：「快說，他是何人？」

蒼梧子全身抖作一團，囁嚅道：「是陳……陳……陳大人！」

「可是陳軫？」太子槐厲聲問道。

「正……正是陳軫陳……陳大人！」

威王陡然一怔，思忖有頃，冷笑一聲，朝外喝道：「來人！」門外立時衝進兩個武士，一人一邊，將蒼梧子牢牢扭住。

威王擲出手中丹丸，一字一頓：「將此粒丹丸讓他服下，推出去，斬！」

武士拾起丹丸，不由分說，塞進蒼梧子口中，逼他吞下，拖起即走。蒼梧子屁滾尿流，拚死掙扎，連呼饒命。威王盯他一眼，冷冷說道：「蒼梧子，你既是得道仙人，又服下不死丹藥，還怕死嗎？拖出去！」

不一會兒，武士斬訖，將蒼梧子的頭顱盛在一個托盤中，端上覆命。威王別過臉去，擺了擺手：「懸掛出去，張貼榜文，凡欺君者，皆此下場！」

武士端上托盤，應聲告退。威王轉過頭來，對蘇秦及諸公子，面現愧色，連連抱拳道：「慚愧，慚愧，若不是蘇子，寡人險為奸人蒙蔽！」

蘇秦抱拳應道：「蒙蔽陛下的是秦人，不是這個假仙！」

威王思忖有頃，點頭道：「嗯，蘇子所言甚是！」轉對太子槐，「槐兒，秦國客卿在郢一住數年，也該讓他回去向主子覆命去了！」

「兒臣遵旨！」

威王緩緩扭過頭來，轉對蘇秦及幾位副使：「蘇子，諸位公子，你們此來覲見寡人，必為合縱摒秦之事。不用議了，寡人准允。」轉對太子槐，「合縱諸事，就依縱親國慣例，具體事項，你辦去吧！你們坐吧，寡人累了！」緩緩起身，不無疲憊地抬腳走去。內臣急步上前，小心翼翼地攙住他的胳膊。

一切來得如此之快，又如此簡單，太子槐、蘇秦及諸公子無不面面相覷，愣有一時，方才回過神來，起身叩首謝恩，目送威王與內臣搖搖晃晃地步下觀波臺。

* * *

三日之後，太子在楚宮大朝，宣讀楚威王詔命，晉封蘇秦為楚國合縱特使，子如（太子槐胞弟）為合縱副使，參與會同，與山東五國縱親摒秦。

與此同時，在一大隊楚國甲士的押送下，陳軫一行十幾輛車馬打著秦使旗號，轔轔滾出郢都北門，朝西北方向惶恐馳去。

GOBOOKS
& SITAK
GROUP ©